Sarah Koch

In den Fängen des Waldes

Sarah Koch

In den Fängen des Waldes

Thriller

PIPER

Mehr über unsere Autoren und Bücher:
www.piper.de

Wenn Ihnen dieser Thriler gefallen hat, schreiben Sie uns unter Nennung des Titels »In den Fängen des Waldes« an empfehlungen@piper.de, und wir empfehlen Ihnen gerne vergleichbare Bücher.

ISBN 978-3-492-50346-4

Litho: Lorenz & Zeller, Inning am Ammersee
Redaktion: Diana Napolitano
Covergestaltung: Giessel Design
Covermotiv: Bilder unter Lizenzierung
von Shutterstock.com genutzt
Printed in Germany

Für alle, die nie aufhören,
nach der Wahrheit zu suchen.

Kapitel 1

Mein Wagen rumpelt über den Kiesweg, der tiefer und tiefer hineinführt in das Grauen, das sie verschluckt hat. Als die Steigung zunimmt, fluche ich darüber, kein glücklicher Besitzer eines Allradantriebs zu sein. Mit Ach und Krach schafft es meine Klapperkiste, den Hügel zu überwinden, dann breitet sich Erleichterung in mir aus, als ich die Ebene vor mir ausmache. Vorerst erwartet mich keine weitere Steigung, und ich bete innerlich, dass mir wenigstens der Weg ab hier keine Schwierigkeiten bereitet. Mein GPS hat längst den Geist aufgegeben, Google Maps ist machtlos, auf meinem Handy prangt statt der üblichen Balken ein X, das meinen Mund trocken werden lässt. Nicht dass ich viel Hoffnung hatte, in dieser Gegend Empfang zu haben, aber die Gewissheit, vollkommen auf mich allein gestellt zu sein, wiegt letztendlich doch schwerer, als ich dachte. Auf WLAN kann ich in der Hütte, die ich gemietet habe, kaum hoffen. Der Besitzer hat mich bereits darauf vorbereitet, dass ich von Glück sprechen kann, wenn der Strom funktioniert. Einen Moment bin ich abgelenkt, mein Blick hängt an dem Foto fest, das auf der Beifahrerseite in der Sonnenblende klemmt. Ihr Lächeln, seine funkelnden Augen … mein Herz friert für eine Sekunde ein, und ich kann gerade noch das Lenkrad herumreißen bevor ich gegen einen Baum krache.

»Scheiße«, murmle ich und fahre mir mit der Hand durchs Gesicht.

Ich stoppe das Fahrzeug, lege meinen Kopf auf das Lenkrad und zwinge mich durchzuatmen. Zwar bin ich erst seit eineinhalb Stunden unterwegs, aber meine Augen sind von den letzten zwei Wochen noch zu geschwollen, um lange konzentriert bleiben zu können. Als ich die Tür öffne und aussteige, um mir die Beine zu vertreten, erwarten meine Lungen Ströme frischer Herbstluft, die ihnen die nötige Erfrischung bringen. Doch die Erwartungen meines schmetterlingsförmigen Organs werden nicht erfüllt. Die Luft, die hier zwischen den Bäumen hängt, drückt den Schmetterling zusammen, statt ihn auszudehnen. Schweißperlen sammeln sich auf meiner Stirn, und ich laufe ein Stück, komme aber nicht weit. Ununterbrochen muss ich mich umsehen, habe das Gefühl, als würde hinter jedem Baumstamm ein Paar Augen lauern. Einerseits ist da die Hoffnung, eines davon könnte Lina oder Tom gehören, andererseits weiß irgendetwas in mir, dass die Blicke des Waldes nicht von vertrauten Personen ausgehen.

»Das ist doch bescheuert.« Ich schüttle den Kopf über meine Paranoia, doch als es hinter mir knackt, drehe ich mich so schnell um, dass sich das Knackgeräusch in meinem Nacken fortsetzt. Mein Atem geht stoßweise, und ich sprinte zurück ins Auto, knalle die Tür hinter mir zu und taste mit meinem Finger nach dem Knopf der Zentralverriegelung. Ohne zurückzuschauen starte ich den Motor. Erst nachdem die falsch eingestellte Zeitanzeige unter meinem Tachometer zwanzig Minuten weitergezählt hat, beruhigt sich mein Herzschlag.

»Total bescheuert.« Ich kann es mir nicht erlauben, schon auf der Anreise verrückt zu werden. Weitere zehn Minuten später schlängelt sich der von Laub bedeckte Kiesweg um eine so enge Kurve, dass ich froh bin nicht bei Regen und entsprechend auf nassen Blättern unterwegs zu sein. Von Weitem kann ich jetzt die Hütte ausmachen, vor der der Besitzer bereits auf mich wartet. Sie sieht noch heruntergekommener aus als auf den Fotos im Internet, so, wie man es von der Urlaubsplanung gewohnt ist. Nur dass das hier alles andere als Urlaub ist. Ich parke vor meiner Behausung auf unbestimmte Zeit und kämpfe gegen das beklemmende Gefühl an, das sich bei deren Anblick in mir breitmacht.

Den Besitzer schätze ich auf Mitte 50 und staune nicht schlecht, als er sich mir mit perfekt gestylter Gelfrisur, Anzughose, gebügeltem Hemd und Krawatte vorstellt. Ich erwidere seinen festen Händedruck.

»Frau Höffner, schön, Sie kennenzulernen. Haben Sie gut hergefunden?«

»Danke, ja.« Offenbar bemerkt er meine fragenden Blicke.

»Ich komme direkt von der Arbeit, so laufe ich normalerweise nicht durch den Wald.«

Ich ringe mir ein Lächeln ab. »Verstehe.«

»Wollen wir?« Er zeigt in Richtung der Eingangstür, und wir setzen uns in Bewegung. Das Interieur der Hütte wirkt erstaunlich gemütlich und ist moderner, als ich erwartet hatte. »Wie gesagt fällt der Strom manchmal aus, dagegen ist man hier oben leider machtlos. Im Schrank«, er zeigt auf einen dunkel angestrichenen Schrank im Landhausstil an der Wand uns gegenüber, »finden Sie Kerzen und Feuerzeuge.«

»Perfekt.« Mein Lächeln kommt mir jetzt, da ich sehe, dass ich wenigstens besser untergebracht sein werde, als ich dachte, leichter über die Lippen.

»Wasser sollten Sie durchgehend haben, nur warm wird es leider nicht sein.«

»Ich dusche sowieso kalt.«

»So eine sind Sie also. Das erklärt auch, warum Sie sich ganz allein hier hochtrauen, Sie sind mutig. Meine Frau würde sterben vor Angst.« Nun ist er es, der lächelt. Ich weiß nicht was ich antworten soll, also lasse ich es. »Was führt Sie eigentlich her? Ich muss zugeben, ich hatte noch nie nur einen einzelnen Gast hier, immer Paare.«

»Ich wollte einfach mal meine Ruhe.« Ich spüre, wie die Lüge sich in mir ausbreitet wie ein Virus und ignoriere den stechenden Schmerz in meiner Brust, als sie mein Herz erreicht.

»Na, die werden Sie hier auf jeden Fall haben. Handtücher sind im Bad, das Bett ist frisch überzogen, und Wanderkarten finden Sie in der Kommode da drüben. Brauchen Sie noch was?«

»Nein, danke. Ich denke, ich habe alles.«

Er schüttelt mir erneut die Hand und begibt sich zur Tür. Seine polierten Anzugschuhe lassen die Dielen knarzen beim Gehen. »Dann wünsche ich Ihnen einen angenehmen Aufenthalt.« Ich nicke dankend und begleite ihn zum Ausgang. »Erholen Sie sich gut«, sagt er noch, dann schließe ich die Tür hinter ihm.

Aus dem Fenster sehe ich seinem Mercedes nach, bis er um die enge Kurve verschwunden ist. Dann verschluckt mich die unendliche Stille dieses Ortes und lässt die Schreie in meinem Inneren umso lauter wirken.

Kapitel 2

Ich kann nicht schlafen. Der Wind zerrt an den Fensterscheiben und rüttelt an den Ästen, die durch das Mondlicht wandern und Schatten durch den Raum schicken. Schatten, die nach mir zu greifen scheinen. Selbst wenn ich die Augen schließe, sehe ich sie, während in meinen Ohren das Heulen der Böen dem eines hungrigen Wolfes ähnelt. Unruhig werfe ich mich hin und her, ziehe mir die Decke über den Kopf, stecke mir Kopfhörer in die Ohren und drehe die Musik auf meinem Handy voll auf. Aber auch die sanften Klänge meiner Meditations-Playlist können mich nicht beruhigen. Das kann schon zu lange nichts mehr. Erst als draußen der Regen einsetzt und in wirren Bahnen auf das Dach der Hütte prasselt, wiegt mich der beständige Rhythmus in den Schlaf.

Keine drei Stunden später wecken mich die ersten Sonnenstrahlen, und ich stehe auf, um mir bei einer kalten Dusche den Schweiß vom Körper zu waschen. Die kleine Küchenzeile beherbergt trotz ihrer spärlichen Ausstattung eine Kaffeemaschine, die ihrem Aussehen nach zu urteilen schon den Mauerfall miterlebt hat. Ich staune nicht schlecht, als ich in einer der hintersten Ecken des Küchenschränkchens Kaffeefilter und Pulver finde. Das Gebräu schmeckt scheußlich, aber es erfüllt seinen Zweck.

Nachdem ich mir wahllos irgendwelche Klamotten aus

meinem Koffer angezogen und meine noch nassen Haare zu einem Pferdeschwanz zusammengebunden habe, legt sich ein Gefühl der Ernüchterung über mich. In meiner Verzweiflung habe ich gestern meine Sachen gepackt, die einzige noch verfügbare Unterkunft gebucht und mich ins Auto gesetzt. Voller Tatendrang, entschlossen, meine Tochter und meinen Mann wiederzufinden, wenn schon die Polizei nichts dergleichen zu tun vermag. Erst jetzt fällt mir auf, dass ich überhaupt keinen Plan habe. Was habe ich mir bloß dabei gedacht, einfach zu verschwinden? Ich habe hier nicht einmal Empfang. Was ist, wenn die Polizei mich kontaktieren muss? Oder wenn sie Lina und Tom doch finden und mich nicht erreichen können? Wie soll ich überhaupt vorgehen?

»Beruhig dich«, rede ich mir selbst ein und zwinge mich dazu, einmal tief ein- und auszuatmen.

In der Kommode finde ich die versprochenen Wanderkarten und klappe die erstbeste davon auf. Mit dem Finger fahre ich über das vergilbte Papier, bis meine abgenagte Fingerkuppe auf das Waldstück stößt, in dem einer der Spürhunde Linas Schal gefunden hat. Meine Hand beginnt zu zittern, also ziehe ich sie weg und knete sie unter dem Tisch in meiner anderen, bis sie sich beruhigt.

Die Polizei schließt ein Gewaltverbrechen aus und geht von einem Unfall aus, oder noch schlimmer. Sie denkt, Tom könnte mit Lina davongelaufen sein. Die Suche wird wohl bald eingestellt, obwohl ich es besser weiß. Tom würde mich niemals im Stich lassen, nicht nach allem, was wir durchgemacht haben. Ja, wir hatten in letzter Zeit unsere Probleme, aber die hätte jeder in unserer Situation. Nein, Tom ist nicht abgehauen. Und Tom würde nie mit Lina gefährliche Wege gehen, was soll denn bei ein paar netten Spaziergängen auf befestigten Waldwegen großartig passieren?

Mein Blick schweift über die Karte und bleibt wieder auf dem Waldstück hängen, in dem der Schal lag. Es hat keinen Sinn, diese riesige Waldfläche allein abzusuchen. Außerdem hat das die Polizei längst getan. Unterhalb des Waldes zeigt mir die Karte ein Dorf an, und ich beschließe, mich als Erstes dort umzusehen. Wenn ich die Straße weiterfahre, auf der ich hergekommen bin, sollte ich direkt im Ort herauskommen. Ich brauche sowieso Lebensmittel, obwohl ich seit Wochen keinen Appetit mehr verspüre.

Beim letzten Schluck meiner Kaffeeplörre verziehe ich das Gesicht, halte einen Moment inne, um mir die müden Schläfen zu reiben und packe schließlich die Wanderkarte in meine Handtasche. Ich schnappe mir den Schlüssel von der Kommode, ziehe meine Nikes an, die ihre besten Zeiten lange hinter sich haben, und trete aus der Tür.

Der Wald liegt an diesem Morgen so friedlich im Sonnenlicht, dass ich mich beinahe selbst dafür auslache, mich gestern darin gefürchtet zu haben wie ein verschrecktes Zwergkaninchen. Mit einem Blick auf das Foto, das in der rechten Sonnenblende steckt, wächst meine Entschlossenheit, und ich starte den Motor.

Keine zwanzig Minuten später parke ich neben der Dorfkirche von Eschheim, einem Ort, der in den Siebzigerjahren stehen geblieben zu sein scheint. Modernität sucht man hier vergeblich. Bei der Einfahrt in den Ort wundere ich mich über die Existenz eines Bahnhofs, vermisse aber gleichzeitig die dort herumlungernden Teenagerbanden. Entsprechende Graffitis sind immerhin an den von Schmutz gezierten Mauern des winzigen Bahnwärterhäuschens vorhanden.

Etwas ratlos sehe ich mich auf dem öffentlichen Parkplatz um, drehe den Kopf in alle drei Richtungen, in die ich von hier aus laufen könnte und entscheide mich schließlich für die, in der ich in einiger Entfernung Geschäfte ausmachen kann. Der Herbstwind meint es heute besser als gestern Nacht und liebkost meine Wangen mit sanften Brisen. Auf einer kleinen Weide neben mir stehen zwei Pferde maximal voneinander entfernt, was die Einsamkeit Eschheims auf den Punkt bringt. Bisher bin ich keiner Menschenseele begegnet, auch mit dem Auto an keiner vorbeigefahren.

Meine Hoffnung, hier auf Hilfe zu stoßen, schwindet im Minutentakt. Erst als ich bei den Geschäften ankomme, erwacht das Dorf allmählich zum Leben. Alles, was man braucht, ist in den nächsten fünfhundert Metern fein säuberlich aneinandergereiht: ein spärlicher Supermarkt, ein Metzger, ein Bäcker, eine Drogerie, nebenan eine Apotheke und sogar eine kleine Buchhandlung.

Da ich nicht daran gedacht habe, Shampoo und Duschgel einzupacken, begebe ich mich zunächst in die Drogerie, die mir die Auswahl dadurch erleichtert, nur drei verschiedene Marken überhaupt anzubieten. Mehr würden in der Ladenfläche von der Größe einer Besenkammer à la Harry Potter schlichtweg keinen Platz finden. Zwar muss ich hier nicht befürchten, mich zum Bezahlen in einer Schlange anstellen zu müssen, doch wenigstens bin ich nicht die einzige Kundin im Geschäft. Eine ältere Dame schenkt mir ein Lächeln, als ich mich an ihr vorbeidränge Richtung Kasse, und mir wird augenblicklich leichter ums Herz. Irgendetwas an dieser Geste gibt mir ein Fünkchen Hoffnung zurück, dass das hier letztendlich doch ein stinknormaler Ort ist, in dem stinknormale Menschen leben, die sicherlich bereit sein werden, mir zu helfen.

Beim Bäcker nebenan hole ich mir einen zweiten Kaffee, der um Welten besser schmeckt als mein erster. Vielleicht kann er meine Augenringe wenigstens von Level Vogelscheuche auf Level Partyqueen reduzieren. Als ich in der Apotheke nach Schlaftabletten verlange, wirft mir ein Herr im hohen Rentneralter von der Seite einen seltsamen Blick zu. So schnell ich kann, verlasse ich das Geschäft, doch der Alte holt mich mit seinem Rollwagen ein, während ich die Tabletten draußen in meiner Tasche verstaue.

»Sind Sie zu Besuch hier, junge Dame?«, fragt er, und ich sehe sein Augenlid zucken, als könne er meine Antwort vor Neugier kaum erwarten.

»Urlaub«, nuschle ich und will weitergehen, aber er hält mich am Arm zurück.

»Was soll das?« Ich befreie meinen Arm aus seinem unerwartet festen Griff und trete einen Schritt zurück. »Was wollen Sie von mir?«

Der Fremde stützt sich auf seine Gehhilfe und schnalzt mit der Zunge. »Ich hab Sie im Fernsehen gesehen!«

Na super, denke ich, *diese Rentner verbringen eindeutig zu viel Zeit vor der Glotze.*

»Ich muss weiter …«

»Sie suchen nach ihnen, hab ich recht?«

»Bei allem Respekt, das geht Sie nichts an.«

Er schnalzt erneut mit der Zunge, was mich nervöser macht als es sollte, und schaut mir direkt in die Augen. »Halten Sie sich vom Wald fern.«

Liebend gern würde ich den alten Herrn schlicht als dement und verwirrt abstempeln, aber die Art, wie er spricht, lässt nicht darauf schließen, dass er geistig so nachgelassen hat wie der Haarwuchs auf seinem Kopf.

»Der Wald ist meine einzige Hoffnung. Ich muss jetzt wirklich weiter.« Ich dränge mich auf dem Bürgersteig an ihm vorbei.

»Dann, fürchte ich, sind Sie genauso verloren wie der Rest Ihrer Familie.«

Noch ein letztes Mal höre ich sein Schnalzen. Als ich mich umdrehe, ist er bereits hinter der nächsten Hausecke verschwunden.

Eine Minute bleibe ich stehen und starre in die Richtung, in die der Alte gegangen ist. Meine Gedanken kreisen um seine Worte, die sich jeglichem Sinn entziehen. Wenn er nicht doch schon geistig verwirrt ist, dann muss er ein ziemlicher Spinner sein. Einer dieser Verschwörungstheoretiker, die hinter jedem Baum ein Ungeheuer wittern. Ich schüttle den Kopf und setze meinen Weg fort zum Supermarkt. Hier treffe ich endlich auch auf jüngere Gesichter, generell auf mehr als fünf Leute an einem Fleck und fühle mich augenblicklich wohler als draußen allein mit dem Verrückten.

Der Laden ist im Gegensatz zu unseren Stadt-Supermärkten ein Witz, aber man findet alles, was man braucht. Gang für Gang füllt sich mein Einkaufswagen mit dem Nötigsten, auch Instantkaffee bekommt einen Platz darin. Alles ist besser als ein Getränk aus dieser Maschine, die mich in meinem Domizil erwartet. An der Kasse angekommen, stelle ich mich hinter drei Jugendliche, ein Mädchen und zwei Jungs, in die überschaubare Schlange. Das Mädchen mustert mich von oben bis unten, weshalb ich mich wegdrehe und so tue, als würde ich mir die Zigarettenpackungen anschauen, die ich in Wirklichkeit nie anfassen würde. Sie dreht sich wieder zu ihren Freunden um, und das Grüppchen beginnt zu tuscheln.

Es ist Wochen her, dass ich im Fernsehen zu sehen war. Diese Welt ist zu schnelllebig, um dem Verschwinden einer halben Familie mehr als zwei Wochen ihre Aufmerksamkeit zu schenken. Die Menschheit wird sich erst dann wieder für uns interessieren, wenn wir glücklich vereint sein werden. Oder wenn sie Leichen finden. Dann sogar noch mehr.

Wie so oft in letzter Zeit trifft mich die Erkenntnis, dass mein Mann und meine Tochter tot sein könnten, wie eine Tracht Prügel in die Magengrube. Und wie immer wenn das passiert, schiebe ich diesen Gedanken von mir, was mir nur unter Schweißausbrüchen, mit zitternden Händen und aller Kraft, die ich aufbringen kann, gelingt. Aber es gelingt. Ich räuspere mich, streiche mir eine Haarsträhne aus dem Gesicht und richte mich auf. Nachdem ich bezahlt und alles verstaut habe, sehe ich durch die gläsernen Eingangstüren des Ladens, dass die Teenager draußen herumlungern, und mir bricht direkt wieder der Schweiß aus, als ich bemerke, dass sie auf mich zu warten scheinen. Ich senke meinen Kopf, fixiere die Pflastersteine auf dem Boden und versuche, mich unsichtbar zu machen, aber das Mädchen spricht mich trotzdem an.

»Hey«, sagt sie und läuft neben mir her wie ein Hund, denn ich halte nicht an, um ihr zuzuhören.

»Wir … ähm …«, sie räuspert sich ein paar Mal, bevor ihre pubertäre Entschlossenheit zurückkehrt, »wir wollten nur sagen, dass wir die Ermittlungen genau verfolgt haben, und, na ja, also wir helfen gern, wenn wir können. Ich bin sogar sicher, dass wir das können. Wir kennen uns hier gut aus und wissen vielleicht mehr als die Polizei.«

Für den Bruchteil einer Sekunde schaue ich sie an, nehme aber so schnell nicht einmal ihre Haarfarbe wahr, bevor ich wieder das Muster der Pflastersteine bewundere. Denken diese halben Portionen ernsthaft, dass ich darauf anspringe? Auf ihre Sensationsgeilheit kann ich wirklich gut verzichten. Doch so schnell lässt das Mädchen nicht locker, während sich ihre männlichen Begleiter im Hintergrund halten und die Frau die Angelegenheit regeln lassen.

»Hier ist meine Nummer, ich bin jederzeit erreichbar. Wir helfen echt gern.«

Dass sie jederzeit erreichbar ist, auch zu Schulzeiten, wage ich zu bezweifeln. Andererseits traue ich ihr durchaus zu, den Unterricht für ein Telefonat mit mir zu verlassen. Ich mache keine Anstalten, ihr den Zettel, den sie mir hinstreckt, aus der Hand zu nehmen. Ich werde sie sowieso nicht anrufen. Als sie mir aber bis zu meinem Auto mit dem Blatt Papier hinterhertrottet, nehme ich ihn ihr kommentarlos aus der Hand und stopfe ihn in meine Jackentasche.

»Ich muss jetzt weiter«, verabschiede ich mich und verstaue meine Einkäufe im Kofferraum.

»Ja klar, bis bald«, sagt das Mädchen, und ich bilde mir ein, auch ein gemurmeltes »Ciao« von einem ihrer Kumpels zu hören. Ich schaue ihnen nach, um mich zu vergewissern, dass sie sich tatsächlich entfernen, und schüttle den Kopf. Erst als meine ungebetenen Möchtegernhelfer um die nächste Ecke verschwunden sind, steige ich ins Auto und lenke es aus der Parklücke.

Je näher ich der Hütte komme, desto dichter kommt mir der Wald vor, desto holpriger die Straße. Noch vor wenigen Monaten hätte mich das nicht beunruhigt. Heute, in dem Wissen, dass meine Familie irgendwo in diesem Gebiet verschwunden ist, schnürt es mir die Kehle zu. Ich zwinge mich dazu, dort, wo die Straße nur geradeaus dahingeht, den Blick so oft wie möglich zwischen die Baumreihen zu lenken, um mir selbst zu zeigen, dass dort nichts Böses lauert. Eine Weile gelingt mir das sogar, doch dann taucht zwischen zwei Büschen ein Gesicht auf, und ich mache eine Vollbremsung. Vor Schreck keuche ich auf, drehe den Kopf, der von der Kraft des abrupten Stoppens nach vorn gekippt ist, zurück zu der Stelle, an der die fremden Augen meine gefunden haben. Doch zwischen den Büschen tanzt nur ein einzelnes Blatt im Wind, begleitet von den Stimmen der Vögel, die ein Konzert des Friedens angestimmt haben, das so ironisch auf mich wirkt, dass mir nur ein leises »Scheiße« über die Lippen kommt.

Kapitel 3

Schweißperlen kleben auf meiner Stirn, als ich die Hütte erreiche, obwohl im Auto die Klimaanlage lief. Es gibt genau zwei Erklärungen für das, was gerade geschehen ist: Entweder ich habe einen Jogger oder Spaziergänger gesehen, der einfach schnell weitergegangen ist. Oder meine Augen haben sich mit den Reflektionen der Sonne verbündet und mir einen Streich gespielt.

Ich streiche mir mit meinem Jackenärmel den Schweiß von der Stirn, befreie meinen Kofferraum von meinen Einkäufen und krame den Schlüssel aus meiner Handtasche. Wenn ich schon am ersten Tag meiner Suche Geister im Wald sehe und mich aufführe wie eine Verrückte, habe ich nicht den Hauch einer Chance, meine Familie zurückzubekommen.

Ich schiebe meine vermeintliche Vision auf den Stress der letzten Wochen und den Schlafentzug und verstaue die Lebensmittel in meiner beschaulichen Küche. Da ich weiß, dass der Strom ab und an streikt, habe ich nicht viel Verderbliches für den Kühlschrank besorgt. Noch vor ein paar Wochen hätte ich Mütter, die sich nicht die Mühe machen, frisch zu kochen und stattdessen Fertigfraß kaufen, verurteilt. Jetzt reihen sich auf der Kochfläche neben den zwei Herdplatten die Konservendosen. Ravioli und Fertigeintopf strahlen mir, für den »Serviervorschlag« mithilfe von Food-

Stylisten hübsch drapiert, von den Packungen entgegen. Innen wird es aussehen und riechen wie Hundefutter, aber ich bin momentan keine Mutter, ich bin nur eine verzweifelte Frau Mitte dreißig, die in den letzten Wochen mehr Falten und graue Haare bekommen hat als alle Sechzigjährigen dieses seltsamen Dorfes und wahrscheinlich noch aller Nachbardörfer mit eingeschlossen. Kein Kind sitzt zurzeit an meinem Tisch, das wertvolle Nährstoffe bräuchte.

»Selbstmitleid bringt dich nicht weiter«, sage ich zu mir selbst und packe das Schinkenbrötchen aus, das ich mir in der Bäckerei mitgenommen habe. Mein Magen krümmt sich bereits vor Hunger, und ich zwinge mir das Frühstück bis zum letzten Brösel hinunter. Ich weiß, dass ich hier nicht schlapp machen darf. Ich brauche die Energie, die ich sonst als Vollblutmama, Ehefrau und freiberufliche Dolmetscherin stets an den Tag gelegt habe.

Nachdem ich mich etwas frisch gemacht habe, packe ich meinen Laptop in meine Tasche und begebe mich erneut auf den Weg ins Dorf. Ich muss ein Café finden, in dem ich WLAN-Zugang habe, um ein paar Nachrichten zu beantworten. Vor allem aber will ich über diesen Ort hier recherchieren.

Bisher waren der Schock und die Verzweiflung zu groß, und ich habe jegliche Ermittlungsarbeit der Polizei überlassen. Man sollte ja auch meinen, die Polizei wüsste am besten, was sie tut. Aber seitdem man mir mitgeteilt hat, dass die Suche eingestellt werde, bin ich mir da nicht mehr sicher. Ganze drei Ermittler werden sich weiterhin mit dem Fall beschäftigen; drei Ermittler, von denen zwei gerade erst fertig studiert und noch nie einen realen Fall bearbeitet haben. Ermittler, denen noch Pickel neben den ersten Bartstoppeln sprießen und ihr Leiter, der mich von Anfang an nicht ernst genommen, ja sogar mich selbst schon verdächtigt hat.

Ich muss wissen, was es mit diesem Dorf auf sich hat und ob es in diesem verdammten Wald schon einmal Verbrechen gab. Wenn ja, hat sie die Polizei mir gegenüber bisher nicht erwähnt. Der Wald hier erstreckt sich über mehrere Orte, unendliche Kilometer weit, unmöglich für einen einzelnen Menschen wie mich, sie alle zu durchkämmen. Da Linas Schal in dieser bestimmten Region gefunden wurde, haben sich die Ermittlungen von Anfang an auf dieses Waldstück konzentriert und genauso werde ich es tun, auch wenn nicht einmal die Hundertschaft mehr als den Schal meiner Tochter finden konnte. Irgendetwas lauert hier trotzdem, irgendetwas, das noch keiner entdeckt hat. Ich spüre das einfach, ohne es erklären zu können.

Diesmal halte ich die Augen stur geradeaus auf die Forststraße gerichtet, als würde eine Halskrause auf meinen Schultern ruhen und meinen Kopf unbeweglich machen. So komme ich ohne Zwischenfälle wieder im Dorf an, in dem die Pferde mittlerweile ganz verschwunden sind. Ich würde mich nicht wundern, wenn der Wind gleich einen einsamen Steppenläufer über die Straße fegen würde, wie in einem alten Western.

Ich parke nicht auf dem öffentlichen Parkplatz, sondern fahre direkt durch die Ladenstraße und folge einem Wegweiser mit der Aufschrift »Zentrum« nach rechts. Tatsächlich stoße ich dort auf einen belebteren Platz mit einem Springbrunnen und einer Fußgängerzone, die der Größe nach zu urteilen auch der Flur unserer Doppelhaushälfte sein könnte. Immerhin ist hier mehr los, auch junge Menschen tummeln sich auf dem Kopfsteinpflaster, und die Häuser sind schön verziert. Sogar die Blumen in den Blumenkästen um den Springbrunnen herum strahlen Leben aus.

Ich halte am Straßenrand an, lasse mein Fenster herunter und spreche die nächstbeste Frau an.

»Entschuldigung?« Etwas umständlich verrenke ich mich in meinem Sitz, sodass ich den Kopf aus dem Fenster strecken kann. Die Frau beugt sich zu mir herunter und hebt ihre Sonnenbrille an.

»Kann ich Ihnen helfen?«

Ich nicke und setze ein Lächeln auf. »Ich suche ein Café mit Internetzugang. Gibt es hier in Eschheim eins?«

Die Frau lacht, schüttelt ihre kastanienbraunen Haare und macht eine wischende Handbewegung. »Hier in Eschheim wären wir schon froh, wenn wir überhaupt mal ordentliche Internetanbieter bekämen. Schrecklich langsam hier das Netz!«

Mein Lächeln schrumpft wie ein Ballon, aus dem die Luft weicht. »Verstehe.« Das wäre auch fast ein Wunder gewesen.

»Aber versuchen Sie's doch mal im Nachbarort, da könnten Sie Glück haben. Lahnstatt, keine zwanzig Minuten von hier. Einfach den Schildern folgen. Ist eine Kleinstadt mit vielen Cafés, fragen Sie einfach.«

Der Ballon füllt sich wieder, und meine Mundwinkel schießen nach oben. »Vielen Dank, das mache ich. Schönen Tag noch.«

Bevor die Frau sich fertig verabschieden kann, habe ich das Fenster wieder hochgelassen und den Motor gestartet.

Die Fahrt nach Lahnstatt kommt mir vor wie Urlaub. Hier auf der Landstraße herrscht das ganz normale Verkehrschaos. Motorradfahrer preschen wie Geistesgestörte an mir vorbei, eine Mercedes A-Klasse überholt mich kurz vor einer Kurve, nur um zwei Minuten später von einem Traktor ausgebremst zu werden und wieder direkt vor mir zu sein. Normalerweise rege ich mich über Verkehrsteilnehmer dergleichen immer so auf, dass mein Körper nach Betablockern verlangt. Heute pfeife ich dabei zur Radiomusik. Wieder in der Zivilisation zu sein, unter Menschen, auf normalen Straßen, verleiht meinem Geist ein Gefühl von grenzenloser Freiheit. Der Wald und Eschheim erdrücken mich, ich fühle mich darin als könne ich nicht atmen.

In Lahnstatt ist gegen Eschheim die absolute Hölle los. Ich bekomme kaum einen Parkplatz, und als ich letztendlich doch Glück habe, zahle ich einen Euro pro Stunde dafür. Ein gutes Zeichen, dass hier nicht nur imaginäre Steppenläufer zu Hause sind.

Schon das zweite Café, das ich ansteuere, hat WLAN, und ich setze mich an einen Tisch in der angenehm wärmenden Herbstsonne. Ein Fluss, bei dem es sich wohl um die Lahn handelt, zieht sich einige Meter vor mir durch die Stadt. Pärchen flanieren Händchen haltend an der Promenade entlang, Kinder spielen auf dem Platz, an dem ich sitze und genießen die letzten Eiskugeln, bevor die Saison endet. Es tut weh, diese Familien so zu sehen, versunken im Alltag, vereint, glücklich. Aber es spornt mich auch an, endlich mehr herauszufinden, also klappe ich meinen Laptop auf und logge mich in das Netz des Cafés ein.

Meine erste Suche bleibt erfolglos, doch irgendwann habe ich das richtige Schlagwort getroffen und gelange auf die Archiv-Seite der Lokalzeitung von Lahnstatt, die einen Teil ihrer Ausgabe den »Eschheimer Nachrichten« widmet. Mein Puls beschleunigt sich, als ich den ersten von drei Treffern anklicke. Er ist auf Mai 1997 datiert.

Vermisste Marlene (17) zuletzt in Eschheim gesehen

Der Polizei Marburg liegen neue Hinweise vor im Fall Marlene. Das seit vergangenem Samstag vermisste Mädchen wurde laut einer Zeugenaussage am Sonntag ge-

sehen, wie es den Bahnhof Eschheim in Richtung der Waldwanderwege verließ. Eine Hundertschaft sucht nun das gesamte Gebiet der Eschheimer Waldflächen ab. Bisher gibt es keine Spuren und keine Hinweise auf ein Gewaltverbrechen. Man geht davon aus, dass Marlene von zu Hause weggelaufen ist, die Gründe dafür sind allerdings unklar. Hinweise nimmt die Polizeidirektion Lahnstatt entgegen.

Fassungslos betrachte ich das Foto, das neben der Telefonnummer der Polizei prangt. Besagte Marlene lächelt darauf, als hätte sie noch nie etwas anderes getan. Als hätte ihr Herz noch nie Schmerz ertragen müssen. Sie muss ein echter Sonnenschein gewesen sein, mit ihren strahlenden Augen und ihrer wilden Lockenpracht. Ich kann mir genauso wenig vorstellen, dass sie weggelaufen ist und ihre Familie im Stich gelassen hat, wie ich es mir von Tom und Lina vorstellen kann. Auch wenn ich Marlene gar nicht kannte, irgendetwas sagt mir, dass mehr dahintersteckt. In die Suchleiste meines Browsers gebe ich den Namen Marlene, das Jahr und »verschwunden« ein und stoße auf unzählige alte Zeitungsartikel. Keiner davon erwähnt, dass Marlene wiedergefunden wurde. Genauso wie keiner, auch nicht der aktuellste aus dem Jahr 2002, von einer gefundenen Leiche berichtet. Der Schlund des Eschheimer Waldes hat sie einfach verschluckt, genau wie meinen Mann und meine Tochter. Mein Mund ist trocken wie Zunder, und ich nippe an der Apfelschorle, die mir die Kellnerin gebracht haben muss, während ich ins Lesen vertieft war. Mit einem Klick wirft mir mein Browser die nächste Headline vor die Augen. Diesmal aus dem Jahr 2007:

Touristenpaar vermisst

Die Polizeidirektion Lahnstatt sucht nach dem unten abgebildeten Paar, das eine Woche Urlaub in einem Eschheimer Hotel verbringen sollte, aber seit dem zweiten Tag nicht mehr in der Unterkunft aufgetaucht ist. Angehörige haben seitdem ebenfalls keine Nachricht von den Touristen erhalten. Laut Aussagen einer Rezeptionistin, die sich mit dem Paar unterhalten hat, wollten sie die Eschheimer Waldwanderwege erkunden. Bisher hat die Polizei keine Spur, es gebe aber bislang auch keinen Grund zur Annahme eines Gewaltverbrechens. Wer die beiden gesehen hat, soll sich unverzüglich bei den zuständigen Beamten melden.

Wieder folgt auf die Telefonnummer das Bild der Vermissten. Wieder steht in ihren Gesichtern ein Lächeln, das die Sorgenfalten, die es abgelöst haben müssen, absolut nicht erahnen lässt. Im Gegensatz zu Marlene finde ich über die Touristen nur einen einzigen anderen Artikel, der nur einige Wochen später bestätigt, dass sie noch nicht gefunden wurden. Mittlerweile umklammere ich die Apfelschorle so fest, dass das hautfarbene Rosé aus meinen Fingern gewichen ist und einem ungesunden Weiß-Gelbton Platz gemacht hat. Ich klicke auf Headline Nummer drei, die nur zwei Jahre alt ist.

Wanderer stirbt im Eschheimer Wald

Mein Magen verkrampft sich. Verschwinden ist eine Sache, sterben ist Gewissheit. Für mich bedeutet es die erste Gewissheit, dass in diesem Wald tatsächlich auch Menschen sterben. Verschwundene Menschen können lebendig wiedergefunden werden. Tote Menschen nicht. Ich reiße mich zusammen und lese den kurzen Artikel.

Die Leiche eines 44-jährigen Wanderers aus Lahnstatt ist am Freitagabend von einer Spaziergängerin im Eschheimer Wald gefunden worden. Der Mann scheint auf einen der Felsen am Eschheimer Nordhang geklettert und gestürzt zu sein, wobei er sich schwere Kopfverletzungen zuzog, denen er noch am Unfallort erlag. Die Frau des Mannes hatte ihn gerade als vermisst gemeldet, als nur wenige Stunden später der Anruf der Spaziergängerin einging.

»Ein Unfall«, denke ich und atme tief ein und aus. »Es war ein Unfall.« Die innere Stimme, die mir sagt, dass er auch geschubst worden sein könnte, ignoriere ich. Bevor ich es selbst richtig bemerke, habe ich mein Handy aus meiner Handtasche gezogen und die Nummer des Leiters der winzigen Sonderkommission gewählt. Die zahlreichen Nachrichten, die hier im guten Empfang Lahnstatts nacheinander aufploppen, wische ich auf dem Touchpad zur Seite.

»Frau Höffner?«, meldet sich der Kommissar mit der Gelfrisur am anderen Ende der Leitung. Mittlerweile kennt er wohl meine Nummer.

»Wieso haben Sie mir nichts von den verschwundenen Touristen in Eschheim erzählt? Und von Marlene? Das Mädchen? 1997? Sie müssen doch davon gewusst haben!«

Meine Begrüßung hat er sich wohl freundlicher vorgestellt, ich schreie beinahe in den Hörer. Als sich eine Frau am Tisch neben mir genervt zu mir umdreht, halte ich entschuldigend eine Hand hoch, räuspere mich und zwinge mich, ruhig und sachlich zu bleiben.

»Frau Höffner, wo stecken Sie denn? Sie sind nicht zu

Hause, man erreicht nur Ihre Mailbox. Wir haben uns Sorgen gemacht.«

»Beantworten Sie meine Frage.« Meine Stimme hat ihre normale Lautstärke zurück, ist aber bestimmt. Er soll endlich Klartext mit mir reden.

Der Kommissar erlaubt sich eine Denkpause. »Marlene sagen Sie? Ja, an den Fall kann ich mich erinnern. Aber der ist ewig her und hat rein gar nichts mit Ihrer Familie zu tun. Es hätte Sie nur beunruhigt, wenn ich Ihnen davon erzählt hätte.«

Ich bemerke, dass ich meine Apfelschorle noch immer fest umklammere, nehme einen großen Schluck aus dem Glas und lasse schließlich davon ab. »Es beunruhigt mich, wenn Sie mir irgendwelche Halbwahrheiten auftischen. Was ist mit den Touristen? Und woher wollen Sie wissen, dass der Fall Marlene nichts mit meiner Familie zu tun hat?«

Ein langer Seufzer des Kommissars kommt als Knacken an meinem Ende der Leitung an. »Wir haben uns diese Fälle selbstverständlich angesehen, aber da gibt es wirklich keinerlei Gemeinsamkeiten, und bei allen wurde ein Gewaltverbrechen ausgeschlossen.«

Nervös fahre ich mir durch die Haare und drehe einzelne Strähnen mit meinen Fingern ein. »Das scheint so eine Masche der Polizei zu sein. Wenn Sie nicht weiterwissen, schließen Sie Schlimmeres einfach aus und stellen die Suche ein. Sie wären ein super Politiker.«

Wieder knackt es in der Leitung, diesmal hört es sich an wie ein lang gezogener Atemzug.

»Frau Höffner, diese Diskussion hatten wir doch schon. Ich verstehe ja, dass es auf Sie nicht so wirken mag, aber ich versichere Ihnen, wir tun, was wir können. Sie können gern aufs Revier kommen, und wir gehen noch einmal alles in Ruhe zusammen durch, was halten Sie davon?«

»Nichts«, entfährt es mir geradeheraus. »Außerdem bin ich gar nicht da.«

»Das habe ich mitbekommen. Wo stecken Sie?«

»Ich brauche einfach ein wenig Abstand. Machen Sie sich um mich keine Sorgen, machen Sie lieber Ihren Job.«

»Das machen wir, Frau Höffner. Passen Sie auf sich auf, und melden Sie sich wieder.«

Ich verstehe nicht, wie er so freundlich bleiben kann, wenn ich ihm nur motzig Vorwürfe mache, aber es ist wohl unprofessionell, Frauen anzuschreien, die ihre Familie verloren haben.

Nachdem wir aufgelegt haben, fliegen meine Finger erneut über die Tastatur meines Laptops, voller Entschlossenheit, selbst mehr über die vergangenen Fälle herauszufinden. Als ich schon fast aufgeben will, stoße ich auf einen archivierten Beitrag auf der Webseite einer evangelischen Kirchengemeinde Marburgs. In der Rubrik »Unsere Geschichte« wird darüber berichtet, wie Pastor Klaus Becker mit seiner Frau Judith und seiner Tochter Marlene im Jahr 1987 aus Frankfurt nach Marburg zog und Klaus Becker in der Gemeinde seine Pastorenstelle antrat. Ein Blick auf die damals siebenjährige Marlene auf dem Foto genügt mir, um sicher zu sein, dass hier dasselbe Mädchen lächelt, wie das in der Vermisstenanzeige. Ein paar Minuten später hat mir meine Suchmaschine die Adresse einer Judith Becker in Marburg ausgespuckt, und ich habe mir fest in den Kopf gesetzt, dieser Frau einen Besuch abzustatten, in der Hoffnung, dass es sich tatsächlich um *die* Judith Becker handelt.

Ich trinke die restliche Apfelschorle in einem Zug leer und gehe hinein an die Theke, um zu bezahlen. Aufgrund des schönen Wetters sitzen fast alle Gäste draußen, und ich beschließe, die Kellnerin auf die Fälle, die ich online gefunden habe, anzusprechen. Was ich allerdings nicht bedacht habe ist ihr Alter.

»1997 war ich gerade erst drei Jahre alt, ich fürchte, da kann ich Ihnen nicht weiterhelfen. Ich habe auch noch nie von dieser Marlene gehört.« Sie nimmt meinen Fünfeuroschein an und öffnet die Kasse.

»Stimmt so«, sage ich.

Sie lächelt. »Vielen Dank. Oh, und was die Touristen angeht … tut mir leid, auch davon weiß ich nichts. Es kann sein, dass ich schon mal davon gehört habe, aber auch nicht mehr als Sie.«

Ich lächle zurück. Das Mädchen kann auch nichts für meinen Schlamassel. »Kein Problem. Weißt du zufällig, wo ich mehr Informationen dazu bekommen könnte?«

Sie schließt die Kasse mit einem »Pling« und versenkt mein Trinkgeld in einem Porzellanschweinchen auf der Theke. »Außer bei der Polizei direkt? Keine Ahnung. Sie müssen vorsichtig sein, wen Sie fragen. Hier gibt es ziemlich viele Spinner, die Ihnen keine hilfreichen Antworten geben werden.«

Sofort muss ich an den Alten von heute Morgen denken. »Wie meinst du das, Spinner?«

Die Kellnerin hat in der Zwischenzeit ein Tablett und einen Putzlappen gezückt und läuft nun um die Theke herum zu mir. Mit dem Kopf bedeutet sie mir, ihr raus auf die Terrasse zu folgen, wo ich meinen Tisch verlassen habe. Ich folge ihr, und wir führen unser Gespräch im Gehen weiter.

»Na ja, viele sind überzeugt davon, dass der Wald … sagen wir, dass es darin spukt. Die bilden sich alle möglichen Dinge ein. Sehen Gesichter und so.«

Ich schlucke. Bin ich einer dieser Spinner? Das Mädchen stellt das Tablett mit meinem leeren Glas darauf auf einem Nachbartisch ab und wischt mit dem Lappen über meinen Tisch.

»Deshalb kann ich mir denken, dass Ihnen viele Leute erzählen werden, die Seelen oder was auch immer, hätten diese Marlene und das Pärchen mitgenommen. Irgendwie so was in der Art würde man Ihnen bestimmt weismachen wollen.« Sie ist fertig mit Putzen und hebt das Tablett auf.

»Die Seelen?«, frage ich, die Stirn in Falten gelegt.

»Ich weiß nicht, wie sie sie genau nennen oder was sich diese Verrückten einbilden. Aber es sind nur Geschichten. Die Leute stehen eben auf Gruselgeschichten. Ich muss jetzt weiterarbeiten, tut mir leid. Viel Erfolg jedenfalls.«

»Ja, klar. Danke«, nuschle ich in meinen Jackenkragen.

Meine Gedanken kreisen um Seelen und Gruselgeschichten, und als ich auf dem Weg nach Marburg am Wald vorbeifahre, fange ich beinahe an, daran zu glauben.

Kapitel 4

13 Monate zuvor

Die Reifen meines Toyota quietschen und hinterlassen Bremsspuren auf den Pflastersteinen des Krankenhausparkplatzes. Obwohl ich nur hinterm Steuer gesessen bin, bin ich außer Atem und schnappe nach Luft, als ich die Tür aufreiße. Ich packe meine Handtasche vom Beifahrersitz, stolpere aus dem Wagen und knalle die Tür hinter mir zu. Meine dreckigen Nikes sprinten so schnell über den Asphalt in Richtung Notaufnahme, dass ich das Gefühl habe, den Boden gar nicht zu berühren. Ob ich zugesperrt oder die Autotür überhaupt richtig zugemacht habe, weiß ich nicht. Ich vergewissere mich aber auch nicht noch einmal, denn es ist mir egal. Alles, was in diesem Moment zählt, befindet sich in diesem Krankenhaus.

Vor mir öffnet sich gerade noch schnell genug die automatische Schiebetür, und ich presche durch den Eingang zu einer Theke, hinter der eine mürrische Krankenschwester Kaugummi kaut.

»Bitte«, keuche ich, »Höffner, ich …« Ich schlucke, huste, räuspere mich.

Die Krankenschwester glotzt mich an, eine Augenbraue nach oben gezogen, Ungeduld im Blick.

»Meine Familie! Höffner, mein Mann und meine Kinder müssen hier irgendwo sein.« Mein Atem geht stoßweise, sodass ich eine weitere Sprechpause brauche. »Bitte, ich muss zu ihnen.«

Die Augenbraue der Schwester sackt nach unten. »Warten Sie hier.«

Mein Magen verkrampft sich, und ich krümme mich, was die Massen an wartenden Patienten sicherlich annehmen lässt, ich wäre ebenfalls mit Symptomen hier. Ein älteres Ehepaar tuschelt bereits, während sie mich ansehen. Es muss wohl so wirken, als würde ich vor ihnen behandelt werden, obwohl ich gerade erst angekommen bin und sie wahrscheinlich schon seit Stunden warten.

Die Minuten, die ich warten muss, bis die Schwester zurückkommt, ziehen sich wie der Kaugummi, den sie zwischen ihren Zähnen hin- und herschiebt. Ich merke, wie ich schwitze und mir trotzdem kalt ist, wie meine Beine die Konsistenz von Götterspeise annehmen. Zappelig stehe ich vor ihr, als sie mich abholt und »Kommen'S mit mir« in einen imaginären Bart nuschelt. Wir passieren einen Raum, in dem sich ein Mann gerade in eine Nierenschale übergibt. Ich schlucke gegen meinen eigenen Würgreflex an und folge der Krankenschwester noch ein wenig weiter den Gang hinunter. Mit jedem meiner Schritte pocht mein Herz schneller. In meinem Nacken haben sich Schweißperlen gebildet, gefolgt von einer Gänsehaut, die sich den ganzen Rücken hinunterzieht.

»Bitte.« Die Schwester zeigt mit der Hand in den Raum zu unserer Rechten, in dem ich Tom und Lina erkenne, die nebeneinander auf Liegen gebettet sind und von zwei anderen Krankenschwestern und einem Arzt behandelt werden.

»Oh mein Gott«, flüstere ich ins Leere und stürme in das Zimmer.

»Mama!«, ruft Lina mir mit Tränen in den Augen entgegen. Ich laufe zu ihr, greife nach ihrer Hand und drücke sie so fest, dass sie zurückzuckt. An ihren geschwollenen Wangen und roten Augen erkenne ich, dass sie geweint hat. Ein Zugang verbindet ihre andere Hand mit einer Infusion, die, Tropfen für Tropfen, Flüssigkeit in ihren Blutkreislauf drückt. Bis auf ein paar Schrammen und blaue Flecken sieht sie unversehrt aus, was mich kurz aufatmen lässt.

»Lina Maus, geht's dir gut?«

Sie fängt wieder an zu weinen, nickt aber. Ich ignoriere die Schwester, die gerade eine ihrer Wunden säubert und ziehe sie vorsichtig an mich, streiche ihr über ihr blondes Haar.

»Schhh, ist ja gut.« Aber es ist noch längst nicht alles gut. Was ist mit Tom, und wo ist Luis? Ich drücke Lina einen Kuss auf die Stirn und streiche ihre Tränen von den Backen.

»Sind Sie die Mutter?«

Über mir sehe ich das Gesicht eines jungen Arztes, ein Stethoskop lässig um die Schultern gelegt. Ich nicke und stehe auf, um auf Augenhöhe mit ihm zu sein.

»Was ist passiert?«

»Ihr Mann hatte mit den Kindern einen Autounfall, Genaueres weiß ich nicht. Die Polizei schwirrt hier irgendwo rum, die können es Ihnen sicher sagen. Ihre Tochter hat nur ein paar Prellungen und den ein oder anderen Kratzer abbekommen. Nichts Schlimmes, nichts, was man nähen muss. Sie soll sich ein paar Tage ausruhen, aber sie wird sicher bald wieder fit sein.«

Mehr als ein weiteres Nicken bringe ich nicht zustande. Mir liegen so viele Fragen auf der Zunge, dass sich in dieser chaotischen Masse keine davon ihren Weg bis zu den Lippen freikämpfen kann. Zum Glück spricht der Arzt, dessen Kittel ihn als »Dr. Schröter« offenbart, unaufgefordert weiter.

»Mit Ihrem Mann verhält es sich ähnlich. Er hat sich mehrere Rippen geprellt und hatte eine Platzwunde am Kopf, die wir genäht haben. Dazu eine leichte Gehirnerschütterung. Wir behalten ihn zur Beobachtung bis morgen hier, aber auch er sollte sich schnell erholen. Im Moment steht er unter Schock.«

»Wo ist Luis?«, platzt es aus mir heraus. Die Frage, die seit ich in diesem Raum angekommen bin auf meiner Zunge brennt, hat sich wie ein Lauffeuer in meiner Mundhöhle verbreitet und schließlich den Ausgang gefunden.

Zu meiner unendlichen Beunruhigung legt mir der Arzt eine Hand auf den Arm. »Frau Höffner, wir sollten nicht vor Ihrer Tochter ... lassen Sie uns kurz rausgehen.«

»Ich verstehe nicht, ich ... Nein, ich lasse meine Tochter nicht allein.«

Ein Blick auf Tom bestätigt mir, dass er unter Schock steht, wie der Arzt gesagt hat. Er starrt völlig apathisch vor sich hin, lässt alles, was man mit ihm macht, kommentarlos über sich ergehen und scheint mich gar nicht wahrzunehmen. Lina muss völlig verstört sein, sie ist doch erst sechs Jahre alt. Sie braucht ihre Mutter. Eine der Krankenschwestern legt ihren Arm um Lina und spricht in meine Richtung.

»Wir kümmern uns gut um sie, Frau Höffner. Gehen Sie ruhig kurz mit.«

Der Gedanke, was das alles zu bedeuten haben könnte, schießt mir durch den Kopf, und ich habe das Gefühl, auch eine Nierenschale zu brauchen. Noch einmal schließe ich Lina in eine zarte Umarmung.

»Ich bin gleich zurück, Schatz, okay? Ich liebe dich«, flüstere ich in ihr Ohr. Bevor ich den Schmerz in ihrem Gesicht sehen kann, drehe ich mich um und verlasse schweren Herzens den Raum an der Seite von Dr. Schröter.

Er geht mit mir ein paar Schritte weiter den Gang entlang. Es ist mir ein Rätsel, wie sich meine Beine noch fortbewegen können. Mein Kopf fühlt sich so leicht an, dass er jeden Moment davonschweben könnte. Schwindel vernebelt mir die Sinne, und Magensäure kriecht mir die Kehle hoch. Egal wie oft ich schlucke, mein Speichel kann den Brand nicht löschen, und mein Mund wird von jedem Schlucken nur noch trockener.

Wir setzen uns auf zwei Stühle, die in einer Ecke nebeneinanderstehen. Noch bevor Dr. Schröter seinen Mund zum Sprechen öffnet, trifft mich die Erkenntnis wie das Auto, das meine Familie an diesem Schicksalstag getroffen hat. Dass wir extra hierherkommen, wo wir ungestört sind und Lina uns nicht hören kann, das alles kann nur einen Grund haben.

»Frau Höffner, es tut mir unendlich leid, dass ich Ihnen keine besseren Nachrichten überbringen kann.«

Die erste Träne tropft aus meinem Auge und zerplatzt auf dem Linoleumboden in zahlreiche kleinere Tropfen.

»Ihr Sohn Luis hat bei der Kollision sehr schwere Kopfverletzungen davongetragen. Er ist noch im Rettungswagen verstorben. Die Kollegen haben alles getan, was sie konnten.«

Ich höre die Worte des Arztes so gedämpft, als wäre ich am anderen Ende einer Telefonleitung mit schlechter Verbindung. Einzelne Ausdrücke kommen versetzt voneinander bei mir an. »Ihr Sohn Luis, verstorben« hallt es immer wieder durch meinen Kopf, der sich nun endgültig von meinem Körper gelöst haben muss. Es scheint, als würde er durch irgendeine andere Galaxie schweben, in der jegliche Realität so weit weg ist, dass sie einem nichts mehr anhaben kann.

»Ihr Sohn Luis, verstorben«, hallt es noch ein letztes Mal. Dann trifft mein Kopf in der entfernten Galaxie auf ein schwarzes Loch und die tiefste Dunkelheit, die ich mir je hätte vorstellen können, umfängt mich.

Kapitel 5

Ich parke am Straßenrand und wackle mit steigendem Puls die Treppen zur Eingangstür hinauf. Das Klingelschild von Judith Becker verrät mir zwei Sachen: Erstens muss sie hier schon länger leben, denn man kann ihren Namen kaum noch lesen; zweitens scheint sie allein zu wohnen.

»Hallo?« Es rauscht in der Freisprechanlage.

»Frau Becker? Hier ist Ella Höffner, ich ...« Ich weiß nicht, was ich sagen soll. Warum sollte mir diese Frau aufmachen? »Ich bin wegen Marlene hier«, sage ich schließlich.

»Sind Sie von der Polizei?«

Augenblicklich fühle ich mich schlecht, diese arme Frau zu belästigen. Gleichzeitig bin ich erleichtert, dass ich offenbar tatsächlich auf die richtige Judith Becker gestoßen bin. Ich will mir gar nicht vorstellen, was in ihrem Kopf gerade vor sich geht. Wahrscheinlich denkt sie, die Polizei hätte Marlenes Leiche gefunden.

»Nein, nein, ... ich ... tut mir leid, kann ich reinkommen? Es ist schwer zu erklären.«

Man hört nur beständiges Rauschen, ab und an durch ein Knacken untersetzt. Ansonsten ist es ruhig am anderen Ende der Anlage. Dann, nachdem ich mich schon fast enttäuscht wieder umdrehen und zurück zum Auto gehen will, surrt der Türöffner, und ich trete ein.

Im Treppenhaus riecht es muffig nach alten Schuhen,

und irgendwer scheint ein edles Eau de Toilette aufgetragen und den Duft beim Gehen im Gang verteilt zu haben. Die Mischung der Gerüche prügelt auf meinen Riechnerv ein, was mich antreibt, schneller zu gehen. Im zweiten Stock steht eine Tür offen und eine an die siebzig Jahre alte Frau streckt ihren Kopf in den Flur. Ihr Haar ist weitgehend ergraut, ihr Gesicht liegt in tieferen Falten, als es in ihrem Alter schon sein sollte.

»Frau Becker?«, frage ich als ich auf dem Treppenabsatz ankomme.

Sie nickt. »Was wollen Sie?«

Ich laufe langsam auf sie zu, nähere mich so vorsichtig, als wäre sie ein wildes Tier, das ich nicht aufschrecken möchte. In meiner Hand halte ich das Foto von Lina und Tom hoch, sodass sie es sehen kann.

»Es tut mir schrecklich leid, Sie zu stören, Frau Becker. Aber ich brauche Ihre Hilfe. Das hier«, ich zeige mit der anderen Hand auf das Foto, »sind mein Mann Tom und meine Tochter Lina.«

»Ich dachte, Sie sind wegen Marlene hier?«, unterbricht sie mich. Von Nahem fallen mir erst die dunklen Schatten unter ihren Augen auf. Sie sieht ungesund aus, von den vielen Jahren des Kummers ausgezehrt. Innerlich bete ich, dass ich nicht auch eines Tages so ende.

»Tom und Lina sind vor ein paar Wochen verschwunden, und die Polizei hat keine Ahnung, wo sie stecken. Sie sind in Eschheim verschwunden, im Wald, wie Ihre Tochter Marlene damals.«

»Das ist über zwanzig Jahre her. Ich kann Ihnen nicht helfen.«

Sie will die Tür vor meiner Nase zumachen, aber ich stelle einen Fuß dazwischen. »Bitte!«

Wenn ich es vorher vermeiden konnte, habe ich das wilde Tier mit dieser Aktion nun doch aufgeschreckt. Sie mustert mich mit steinerner Miene.

»Ich habe schon meinen Sohn verloren«, sage ich und Tränen stauen sich in meinen Augen beim Gedanken an Luis, »ich kann sie nicht auch noch verlieren.«

Es ist nicht meine Absicht, bei ihr Mitleid zu erzeugen und sie dadurch einzulullen. Aber es hilft, und das ist alles, was gerade für mich zählt. Sie öffnet die Tür ganz und lässt mich eintreten.

»Kommen Sie«, sagt sie, und ich folge ihr in ein kleines, altmodisch eingerichtetes Wohnzimmer. Auf dem Esstisch steht ein Porzellanigel neben einem Windlicht. Die Fensterbank wird von weiteren Windlichtern und kleineren Porzellanfiguren geziert. Weiße Spitzengardinen rahmen die Fenster ein, von denen aus ich auf einen Gemeinschaftsgarten blicken kann, in dem die Wäscheleinen mit Kleidungsstücken dicht behängt sind.

Wir setzen uns an den Tisch, und sie fragt, ob ich etwas trinken möchte.

»Nein, danke, ich möchte Ihnen keine Umstände machen. Ich bleibe auch nicht lange.«

Sie nickt, als wäre ihr das gerade recht so. »Also, was möchten Sie wissen?«

»Die Polizei will die Suche einstellen, weil sie ein Gewaltverbrechen ausschließt, genau wie damals bei Marlene. Um ehrlich zu sein, wusste ich einfach nicht, wo ich sonst nach Antworten suchen soll …«

Die Schatten unter Judiths Augen scheinen sich zu verdunkeln, als ich Marlenes Namen erwähne. Ihr Blick ist auf das Bücherregal im anderen Teil des Raumes gerichtet, aus dem mir Marlene von einem Foto aus entgegenstrahlt.

»Ich weiß nicht, was ich Ihnen sagen soll. Sie scheinen sich sowieso schon informiert zu haben. Marlene wurde nie gefunden.« Sie sagt das so trocken, als würde sie mir von ihrem Bügeleisen erzählen. Die Jahre müssen sie hart gemacht haben.

»Hat die Polizei von Anfang an angenommen, dass Marlene einfach davongelaufen ist? Sie denken, dass auch Tom mit Lina davongelaufen sein könnte. Aber ich weiß, dass er das nie tun würde.«

»Dann geht es Ihnen genauso wie mir damals. Ich hätte auch niemals geglaubt, dass mich Marlene verlassen könnte. Ich hatte doch sonst keinen mehr.«

Mein Blick wandert noch einmal zum Bücherregal, in dem mir neben Marlene noch das Gesicht des Pastors entgegen lächelt, den ich schon im Internet auf Fotos gesehen habe.

»Ist Ihr Mann …«, beginne ich, traue mich aber nicht, die Frage direkt zu stellen.

»Mein Mann ist ein paar Monate vor Marlenes Verschwinden an Krebs gestorben. Marlene ist damit nicht fertig geworden. Wir beide hatten eine schwere Zeit, aber wir haben immer zusammengehalten. Wieso hätte sie mich denn allein lassen sollen? Ich war doch ihr einziger Halt, wir hatten doch nur noch uns beide.«

Jetzt erkenne ich auch in Judiths Augen Tränen, aber sie schluckt sie tapfer hinunter, so, wie sie es sich wohl antrainiert hat.

»Gab es denn nie einen Verdächtigen?«

»Doch«, sagt Judith, ohne nachzudenken, und ich werde hellhörig. »Aber er wurde schneller wieder freigelassen, als man bis drei zählen konnte.« Sie macht eine Pause, und ich bedeute ihr weiterzureden, indem ich selbst den Mund halte. »Er war der Letzte, der jemals mit Marlene gesehen wurde.

Am Bahnhof in Eschheim. Danach ist sie allein in Richtung Wald gegangen.«

Mein Herz pocht so stark gegen meine Brust, dass ich meine Hand dagegenhalte, als könne es sonst ausbrechen. »Wissen Sie noch, wie der Mann hieß?«

Judiths Gesichtszüge verhärten sich, und sie senkt den Kopf zu einem Nicken. »Johann Schlosser.«

Einen Augenblick weiß ich nicht, woher mir der Name bekannt vorkommt. Dann falle ich beinahe vom Stuhl, als mir einfällt, dass so der Vermieter meiner Hütte heißt. Ich sage nichts, weil ich Marlenes Mutter nicht aus dem Konzept bringen will, merke aber, wie mir der Schweiß ausbricht.

»Er hat sich mit Marlene unterhalten, bevor sie in den Wald gegangen ist. Mehr nicht. Daher ist die Polizei davon ausgegangen, dass er ihr nur den Weg gesagt hat.«

»Und Sie? Wovon sind Sie ausgegangen?«

Sie atmet tief aus, begleitet von einem Seufzer. »Johann Schlosser stammt aus einer einflussreichen Unternehmerfamilie. Er hatte sofort den besten Anwalt der Region an seiner Seite. Glauben Sie wirklich, die Polizei hätte ihm so irgendetwas anhängen können? Die haben nicht einmal einen Durchsuchungsbefehl gekriegt.« Sie schnaubt, als wäre sie wirklich das wilde Tier, das ich vorher aufgeschreckt habe. Dann schaut sie mir direkt in die Augen, und ihre Stimme wird eine Oktave tiefer als sie weiterspricht. »Ich weiß nicht, wie Sie Ihre Tochter und Ihren Mann finden können. Aber ich weiß, dass man sich aus den Angelegenheiten von Johann Schlosser besser heraushalten sollte.«

Zurück in meinem Auto wähle ich die Nummer meiner Schwiegermutter Annette, die sich bestimmt schon Sorgen macht, weil ich mich noch nicht gemeldet habe. Sie ist die einzige, die Lina von ihren Großeltern und Tom und mir von unseren Eltern noch geblieben ist und hat genauso wie ich ihre komplette Familie verloren.

»Ella, Gott sei Dank, ist alles in Ordnung?«, meldet sich ihre Stimme bereits nach einem Klingeln.

»Ja, entschuldige, dass ich mich erst jetzt melde, ich … Na ja, das ist hier alles ein wenig überwältigend.«

»Hast du schon was herausgefunden? Mir gefällt der Gedanke immer noch nicht, dass du ganz allein da bist.«

Ja, mir gefällt das auch nicht. Aber es war keine Option für mich, jemanden hierhin mitzunehmen. Erstens hat ja jeder seinen Alltag, seine Arbeit, Familie und das alles. Und zweitens wollte ich absolut keinen hier mit reinziehen. Es ist meine Familie. Meine Angelegenheit.

»Ich war gerade bei der Mutter einer Marlene Becker, die ist hier in den Neunzigern verschwunden und nie wieder aufgetaucht. Hast du da mal was gelesen?«

Einen Moment ist es ruhig am anderen Ende der Leitung. Annette scheint zu überlegen. »Irgendwoher kommt mir der Name bekannt vor, ja. Kann sein, dass ich das damals in den Nachrichten gesehen habe. Denkst du, die Fälle hängen zusammen? Was hat denn ihre Mutter gesagt?«

Innerhalb von Sekunden lasse ich den Besuch bei Judith Becker noch einmal in meinem Kopf Revue passieren. »Nicht viel, aber es gab damals einen Verdächtigen, den ich mal im Auge behalten werde.« Dass mich Judith vor Johann Schlosser und seinen Machenschaften ausdrücklich gewarnt hat, verschweige ich meiner Schwiegermutter. Sie ist so schon beunruhigt genug.

»Bitte sei vorsichtig, Ella«, dringt ihre Stimme prompt aus dem Hörer zu mir. Ich nicke und antworte erst als mir einfällt, dass sie das nicht sehen kann.

»Ja.« Der Kloß in meinem Hals beim Gedanken an Judith droht, mich zu ersticken, deshalb spreche ich mir meine größte Sorge von der Seele. »Diese Frau sieht aus, als hätte sie der Kummer zerfressen wie Käfer einen Baum. Ich will so nicht enden, Annette.«

»Ich weiß«, sagt sie nur. Schließlich kann mir keiner versprechen, dass es anders kommen wird.

Kapitel 6

Zurück im Zentrum Marburgs finde ich die Filiale einer großen Café-Kette, in der ich mir einen Café Americano und einen Bagel zum Preis eines Gebrauchtwagens bestelle und mich wie eine dieser super hippen Business-Ladys mit meinem Laptop an einem der Tische niederlasse. Mein Notebook klebt sofort am Tisch fest, als ich es daraufstelle, und zerquetscht den ein oder anderen Krümel. Ich verziehe das Gesicht, kümmere mich aber nicht weiter darum. Sobald ich mich im WLAN eingeloggt habe, fliegen meine Finger über die Tastatur und geben »Johann Schlosser, Eschheim« in die Google-Suche ein. Gleich der erste Treffer sorgt dafür, dass ich mich an meinem Americano verschlucke.

Johann Schlosser mag in seiner Freizeit Ferienhütten vermieten, beruflich allerdings ist er mehr als nur der Sohn eines reichen Unternehmerehepaars. Beruflich wird mein Vermieter in Eschheim »Bürgermeister Schlosser« gerufen. Und das schon seit über einem Jahrzehnt.

Ich scrolle mich Treffer für Treffer durch die Suchergebnisse und finde schließlich heraus, was für ein Unternehmen Johanns Familie führt. Sein Großvater ist der Gründer der Ägidius-Privatkliniken, die mir vor allem daher ein Begriff sind, da sie mir nach dem Verlust meines Sohnes öfter ans Herz gelegt wurden, um meine Trauer zu verarbeiten. Das Ägidius-Imperium für Privatpatienten und Selbstzahler umfasst mittlerweile fast zwanzig Kliniken in ganz Deutschland. Die Behandlungsschwerpunkte liegen auf Depressionen, Burn-out, Angststörungen und Zwangsstörungen.

Meine Entdeckung ist zwar nicht uninteressant, aber ich sehe nicht, was sie mir für meine Suche bringen soll. Vielleicht wird es irgendwann noch eine Rolle spielen? Ich weiß es nicht, aber ich werde es im Hinterkopf behalten, nur für den Fall, dass ich auf etwas stoße, das mit den Kliniken zu tun haben könnte.

Einen Moment bin ich abgelenkt, weil das Mädchen am Nebentisch seinen Orangensaft verschüttet, woraufhin es sich ein wildes Um-die-Wette-Brüllen mit seiner Mutter liefert. Ich höre nicht lange genug aktiv zu, um mitzubekommen, wer gewinnt.

Als ich auf Seite zwei der Google-Suche auf Johanns Facebook-Profil stoße, muss ich selbst aufpassen, meinen Kaffee nicht umzuschütten. Es scheint, als hätte Bürgermeister Schlosser ein zweites Standbein als Redner. Er hält Vorträge zum Thema Trauerbewältigung, was allein noch nichts Besonderes wäre, als Erbe einer Kette von psychosomatischen Kliniken. Der Beitrag, der mich innerlich zum Aufschreien bringt, ist drei Monate alt. Johann bedankt sich für das Interesse an seinem Vortrag in Marburg und hängt einige Fotos des Abends an. Auf einem von ihnen erkenne ich Tom. Er sitzt in einer der vordersten Reihen und lauscht den Worten Johanns mit dem interessierten Gesichtsausdruck, den er immer aufsetzt, wenn er geistig vollkommen in etwas versinkt.

Mein Herzschlag beschleunigt sich, Schweiß tritt aus meinen Poren. Was hat Tom auf diesem Vortrag gesucht? Er hat mir nichts davon erzählt. Ich erinnere mich noch, als er an diesem Tag meinte, er müsse arbeitsbedingt nach Marburg. Damals habe ich mich schon gewundert, was er dort will, habe ihn sogar verdächtigt sich mit einer anderen Frau zu treffen. Tom arbeitet als Creative Director in einer Werbeagentur. Dass er abends Überstunden macht, ist normal, aber nicht, dass er zu einem Vortrag nach Marburg muss. Klar, ab und zu ist er beruflich unterwegs, aber ein Vortrag über Trauerbewältigung gehört wohl eher nicht zu seinen Aufgaben.

Dieses altbekannte Gefühl überkommt mich, bei dem sich meine Eingeweide umdrehen und ineinander verknoten; bei dem sich mein Hals zuschnürt und meine Augen einen Staudamm bilden, der jeden Moment brechen kann. Ich weiß, dass Tom sich jeden Tag genau so gefühlt hat, nachdem wir Luis verloren haben. Dass Tom sich noch miserabler gefühlt hat, weil er sich selbst die Schuld am Tod unseres vierjährigen Sohnes gab. Es liegt nahe, dass er sich Hilfe gesucht hat, auf Vorträgen, in Büchern, Selbsthilfegruppen, wo auch immer. Aber es verletzt mich, dass er es heimlich getan hat. Ich hätte auch Hilfe gebraucht, ich brauche sie immer noch.

»Mama, die Frau da weint!«, höre ich das Kind am Nebentisch, das mittlerweile einen neuen Orangensaft von seiner Mutter bekommen hat, sagen. Während ich über Toms Geheimnisse nachgedacht habe, muss der Staudamm gebrochen sein und das Salzwasser über meine Wangen geschwemmt haben, ohne dass ich es bemerkt habe.

Die Mutter des Kindes dreht sich zu mir um, sieht wie ich mir die Tränen mit dem Ärmel meines Cardigans aus dem Gesicht streiche, und wendet sich ihrer Tochter zu. »Mia, trink deinen Saft, und lass die Dame in Ruhe!«, keift sie sie an und murmelt ein leises »Entschuldigung« in meine Richtung.

Sobald das Salz der Tränen in meiner Haut versickert ist, kann ich wieder klarer denken und schiebe meine Emotionen, was Toms Handeln betrifft, vorerst beiseite. Um ihn zur Rede stellen zu können, muss ich ihn erst einmal lebendig wiederfinden. Entschlossen mache ich einen Screenshot des Facebook-Beitrags und maile ihn an Kommissar »Schönling«, wie ich ihn für mich liebevoll getauft habe. Fast zeitgleich wähle ich seine Nummer.

»Ja?«, meldet er sich nüchtern.

»Haben Sie meine E-Mail gesehen?«

»Frau Höffner, sind Sie das? Ihre E-Mail, ich habe keine …«, er stockt, als die Mail bei ihm eintrudelt und ist leise, während er sie ansieht. »Was soll ich damit?«, fragt er schließlich, was mich beinahe dazu veranlasst, meine Faust auf den klebrigen Tisch zu donnern.

»Sind Sie blind?«

»Ich kann Ihren Mann durchaus erkennen, aber was soll mir das Bild sagen?«

Obwohl ich mich normalerweise davor ekeln würde, drücke ich mit meinen Fingern einzelne Krümel auf dem Tisch platt, um ruhig zu bleiben. »Er war bei einem Vortrag, ohne mir davon zu erzählen, und dieser Vortrag wurde von keinem Geringeren gehalten, als dem Bürgermeister von *Eschheim*!« Ich betone den Ort extra, um den Ernst der Lage zu verdeutlichen.

»Okay. Und jetzt? Ihr Mann hätte auch auf einem Vortrag von Ted Bundy sein können, und trotzdem wäre das allein noch lange nicht Grund genug, gegen Bundy vorzugehen.«

»Johann Schlosser hat etwas zu verbergen!«

Ich kann förmlich sehen, wie er in seinem Büro sitzt und mit den Augen rollt. »Und das sagt Ihnen dieses Foto?«

»Das sagt mir Judith Becker, und ich glaube es ihr.«

Die Art, wie ich es sage, lässt mehr auf einen Befehl schließen als auf eine simple Aussage. Als hätte der Satz eine metasprachliche Ebene, die schreit »Sie glauben mir jetzt verdammt noch mal«.

»Wer zum Teufel ist Judith …«, er bricht seine Frage ab, als er endlich eins und eins zusammengezählt bekommt. »Moment mal, *die* Judith Becker? Sie waren bei Marlenes Mutter? Sind Sie jetzt völlig übergeschnappt?«

Die Krümel auf dem Tisch sind mittlerweile alle zerquetscht, und ich schiebe sie hin und her, forme Hügel daraus, nur um sie im nächsten Moment wieder einzureißen. »Man wird sich ja wohl noch mit Leidensgenossen unterhalten dürfen.«

»Frau Höffner, Sie können nicht einfach auf eigene Faust irgendwelche seltsamen Ermittlungen anstellen. So behindern Sie am Ende nur *unsere* Ermittlungen und verhindern, dass wir unseren Job machen können.«

Ich stoße voller Wut Luft aus meiner Nase, die solchen Wind erzeugt, dass meine Krümel in alle Richtungen davongeweht werden. »Das Foto«, erinnere ich ihn an den eigentlichen Grund, warum ich anrufe.

Ein tiefer Seufzer von Kommissar Schönling verursacht Störgeräusche in der Telefonleitung. »Sie haben mir doch selbst erklärt, dass Ihr Mann nicht mit dem Verlust von Luis zurechtgekommen ist. Was ist überraschend daran, dass er sich einen Vortrag über Trauerbewältigung angehört hat?«

Das widerliche Gefühl kommt zurück, nur diesmal sorge ich dafür, dass der Staudamm standhält. »Niemand kommt mit dem Verlust seines Kindes zurecht. Das heißt aber noch lange nicht, dass jeder, der sein Kind verloren hat, heimlich zu irgendwelchen Vorträgen schleicht und ein paar Wochen später spurlos verschwindet! Und das ausgerechnet in dem Ort, in dem der Redner Bürgermeister ist. Da stimmt doch irgendwas nicht, hören Sie auf, das zu leugnen!«

Einen Moment ist es still. Dann räuspert sich der Kommissar und spricht langsam und bedacht. »Frau Höffner, ich leugne gar nicht, dass das alles ein ziemlich … ungewöhnlicher Zufall ist. Aber …«

»Nein, schon klar, ich habe Sie schon verstanden.«

Bevor Herr Schönling ausreden kann, habe ich meinen Daumen auf den roten Knopf gedonnert und das Gespräch beendet. Die Tränen, die sich jetzt in meinen Augen stauen, sind Frusttränen, die ich zwar leichter hinunterschlucken kann, die aber trotzdem nicht weniger brennen. Doch als mein Blick zufällig zurück auf die Facebook-Seite driftet, stoße ich auf Johann Schlossers nächste angelegte Veranstaltung, für die er bereits fleißig Werbung macht. Schon übermorgen hält er einen Vortrag in Lahnstatt, und meine Wut auf Kommissar Schönling verfliegt, denn sie muss strategischen Gedanken Platz machen.

Ich kann unmöglich selbst zum Vortrag gehen, das wäre viel zu riskant. Schließlich möchte ich nicht, dass Johan ahnt, dass ich ihm auf der Spur bin. Wenn er tatsächlich etwas mit Toms und Linas Verschwinden zu tun hat, weiß er ganz bestimmt, wer ich bin. Überhaupt frage ich mich, warum ausgerechnet ein reicher Unternehmererbe und Bürgermeister es nötig hat, eine marode Hütte mitten im Wald zu vermieten. Sucht er sich so seine Opfer aus? Hat er es längst auf mich abgesehen, will er die ganze Familie gefangen nehmen, oder schlimmer?

Ich traue diesem Mann nicht über den Weg, kann mich also nicht bei seinem Vortrag zeigen. Eine verrückte Idee breitet sich in meinem Kopf aus wie ein Lauffeuer, und ich versuche vergeblich, sie zu löschen. Ich wollte doch niemanden in meine Angelegenheiten mit hineinziehen, schon gar nicht, wenn sie noch nicht einmal erwachsen sind. Aber mir fällt einfach keine andere Lösung ein, und immerhin haben sie ja von allein ihre Hilfe angeboten. Auf dem Zettel, den ich aus meiner Jackentasche krame, steht in krakeliger Schrift der Name Marcella und darunter ihre Telefonnummer.

Sie nimmt wie Annette nach dem ersten Klingeln ab. »Hallo?« Ihre Stimme klingt fast heiser vor Aufregung, denn sie ahnt vermutlich, wer hinter der fremden Nummer stecken muss, die sie anruft.

»Ich würde eure Hilfe gern annehmen. Können wir uns treffen?«, falle ich mit der Tür ins Haus, ohne mich großartig vorzustellen.

»Ja, ja natürlich, ja gern!« Wahrscheinlich hüpft sie gerade vor lauter Euphorie auf einem Himmelbett in ihrem Kinderzimmer herum. »Morgen Nachmittag, 14 Uhr? Wir treffen uns am Nordhang, da sind wir ungestört.«

»Am Nordhang?«, frage ich.

»Eschheimer Nordhang ist in den Wanderkarten eingezeichnet. Man muss ein Stückchen laufen, aber es ist ein schöner Weg. Also?«

Der Treffpunkt sagt mir jetzt schon wenig zu, aber ich habe keine Energie, mit einem Teenager zu diskutieren, darum protestiere ich nicht.

»Okay. Dann bis morgen.«

Bevor sie sich richtig verabschieden kann, habe ich aufgelegt.

Meine Finger kribbeln, als das Adrenalin, das ich beim Gedanken an meine bevorstehende Verabredung hervorrufe, durch meine Adern schießt. Endlich könnte ich Antworten bekommen, auch wenn ich mir über die Vertraulichkeit der Quelle noch nicht im Klaren bin. Bevor ich mich aus dem Café verabschiede, setzen meine Finger noch zu einer letzten Suche an, aber ehe ich mir auch nur einen Treffer anschauen kann, halte ich inne. Es ist mehr als verlockend, die Hütte hinter mir zu lassen und in ein anderes Domizil umzuziehen. Von dem feineren Tagungshotel am Ortsrand weiß ich, dass es noch die nächsten zwei Wochen aufgrund von größeren Kongressen und Firmenveranstaltungen ausgebucht ist. Es scheint eine Menge Industrie in dieser Gegend zu geben. Andererseits ist das vielleicht auch das einzige Hotel dieser Art weit und breit, und alle Unternehmen der Region sind darauf angewiesen.

Die anderen Ferienwohnungen, die ich gefunden habe, könnten mittlerweile allerdings wieder frei sein. So beliebt kann dieser verdammte Ort doch gar nicht sein. Ich beschließe dennoch, nicht nachzusehen, denn wenn ich Johann Schlosser nicht verdächtig machen möchte, muss ich vor allem eins: mich normal verhalten. Ich weiß nicht, ob er die Hütte beobachtet, aber falls er es tut, dann kann ich nicht einfach heimlich auschecken. Was ich auch nicht kann, ist, mit irgendeinem Vorwand abreisen und doch im Dorf bleiben. Wenn er mich dann sieht, schöpft er erst recht Verdacht. Nein, ich muss den Schein wahren, als wäre ich einfach nur im Urlaub. Als bräuchte ich einfach nur ein wenig Abstand von den Schicksalsschlägen, die mich in den letzten 13 Monaten ereilt haben. Wenn er wirklich hinter allem steckt, wird mir Johann das ohnehin nicht abnehmen, aber man kann das Spiel ja trotzdem mitspielen.

Seufzend klappe ich meinen Laptop zu, packe ihn in meine Tasche und erhebe mich von meinem Stuhl im Reich der teuren Kaffeeschubserei, in dem sich zwei Jugendliche vom Nachbartisch gegenseitig ihre gepiercten Mocca-Zungen in den Rachen schieben. Die Sonne ist in der Zeit, die ich im Café verbracht habe, hinter einer dichten Wolkendecke verschwunden, am Horizont zeichnet sich ein Gewitter ab.

Was für ein Klischee, denke ich, als der erste Regentropfen ein Gefühl der Beklemmung auf mich spült, denn ich weiß, dass ich jetzt zurück in meine verhasste Behausung fahren muss und passend dazu wird es donnern und blitzen. Wenn ich Glück habe, fällt mir noch ein schöner dicker Ast auf die Windschutzscheibe.

Je näher ich Eschheim komme, desto ländlicher wird die Gegend und desto fester der Knoten um meinen Magen. Den ersten Regenschauer habe ich bereits überstanden, aber das Gewitter sitzt mir noch im Nacken und wird mich früher oder später einholen. Im Auto fühle ich mich dabei ohnehin sicherer als in der Hütte. Als ich etwa auf Höhe von Lahnstatt auf eine andere Landstraße abbiege, sehe ich ein Schild, das auf einen abgelegenen Bauernhof verweist, mit der Aufschrift »Hundewelpen abzugeben«. Wie der Blitz, der einige Kilometer weiter gerade den Himmel durchzieht, trifft mich eine Idee, und ich reiße das Steuer herum, um auf den Feldweg einzubiegen, der zum Bauernhof führt. Mag sein, dass ich zurück zur Hütte muss, aber wer bitte sagt, dass ich allein bleiben muss? Ein Welpe kann mich zwar nicht besonders gut beschützen, aber immerhin kläfft er, wenn sich jemand nähert und kann mich so vielleicht ganz gut warnen. Außerdem kann ich etwas niedliche Gesellschaft nur zu gut gebrauchen, um meine eingefrorene Fröhlichkeit etwas aufzutauen.

Erst als ich vor der Bäuerin ins Stottern komme, fällt mir

auf, dass ich weder genug Bargeld noch eine Leine, einen Napf oder sonstiges Zubehör für einen Welpen habe.

»Wie dumm von mir, ich bin einfach ganz spontan abgebogen. Wissen Sie, meine Tochter wünscht sich schon so lange einen Hund, aber mein Mann war immer dagegen. Jetzt, da er mich verlassen hat …«, setze ich zu einer Notlüge an und erstaune mich selbst mit meinem ungeahnten Improvisationstalent. »Sie ist zurzeit sehr traurig, und sie würde sich riesig freuen.«

Ich zücke mein Handy, suche schnell in meiner Galerie ein Foto von Lina und halte es der Bäuerin unter die Nase. Sie antwortet in tiefstem hessischem Dialekt. »Oh, das tut mir leid, ich habe ganz vergessen, das Schild abzuhängen. Der letzte Welpe wurde gestern abgeholt, wir haben mittlerweile schon alle vergeben. Allerdings … Kommen Sie mal mit.«

Enttäuscht und neugierig zugleich folge ich der Bäuerin in den Stall, in dem neben einem extra Verschlag für die Hühner, zwei Schäferhunde dicht nebeneinander liegen, während ein dritter abseits im Heu liegt und sich das Fell leckt.

Das Gegacker der Hennen mischt sich mit dem aufgeregten Muhen der Kühe im Nebenstall, die sich bei dem Gewitter wahrscheinlich nicht wohlfühlen. Die Bäuerin zeigt auf den felligen Außenseiter. »Wir suchen schon seit Wochen nach einem neuen Zuhause für unsere Malou«, sagt sie, »ihre Besitzerin hat sie vor ungefähr drei Jahren von uns als Welpe mitgenommen, aber musste sie vor ein paar Wochen zurückbringen, da sie sie aus persönlichen Gründen nicht mehr betreuen kann. War kein schöner Abschied für beide. Leider wollen alle immer nur unsere Welpen, für die älteren Hunde, auch wenn es nur drei Jahre sind, interessiert sich selten jemand. Wären Sie vielleicht auch an ihr interessiert? Sie ist wirklich eine ganz Liebe.«

Die Hündin hat nicht die klassische »Kommissar-Rex-Musterung«, sondern ist weitgehend schwarz mit wenigen hellbraunen Stellen im Fell. An den Seiten ihres Mauls ist das Fell buschig und hat einen blonden Saum, als hätte sie einen Bart. Sie ist wunderschön und kommt direkt zu mir her getrottet, als ich mich zu ihr herunterbeuge, schnüffelt an meiner Hand und leckt mir über die Wange.

»Na das passt ja wie Arsch auf Eimer!«, ruft die Bäuerin und schlägt grinsend die Hände über dem Kopf zusammen.

»Ich würde Malou liebend gern mitnehmen«, sage ich, »meine Tochter wird sie lieben.« Ich schlucke gegen den Kloß in meinem Hals an und stelle mir vor, wie ich Lina finde und ihr die Hündin vorstelle. Sie würde sie wirklich lieben.

»Sie zwei gehören offensichtlich zusammen, und ich bin froh und dankbar, wenn Malou endlich ein schönes neues Zuhause bekommt. Hier fühlt sie sich nicht wohl, wird von den anderen nicht angenommen.«

Wir gehen zurück ins Haus, wo sie mir den Preis und die Adresse der nächsten Zoohandlung und des nächsten EC-Automaten aufschreibt.

Eine halbe Stunde später stehe ich mit dem Kofferraum voll Hundeutensilien und genug Bargeld wieder vor der Tür der Bäuerin, die alles, was ich gekauft habe, inspiziert und für gut befindet. Ich bedanke mich bei ihr, sie übergibt mir alle Papiere und wir verabschieden uns.

Dann mache ich mich auf den Weg nach Eschheim und fühle mich durch das gelegentliche Bellen und Jaulen nur noch halb so einsam und bedrückt. Meine Stimmung ist zum ersten Mal seit ich hier angekommen bin richtig gut, und ich sehe heute weder Gesichter im Wald, noch habe ich sonst irgendwelche seltsamen Begegnungen oder Gefühle.

Dieses Hoch legt sich allerdings augenblicklich, als ich vor der Hütte parke und sehe, dass die Tür offensteht. Der Wind weht sie langsam in ihren Angeln hin und her. Ich bin mir zu hundert Prozent sicher, dass ich sie morgens abgesperrt habe. War Johann hier? Ist jemand eingebrochen? Was wollte er? Mich?

Wie versteinert bleibe ich im Auto sitzen und starre auf die Hütte, als würde ich nur darauf warten, dass der Einbrecher gleich mit erhobenen Händen herauskommt. Irgendwann nehme ich meinen Mut zusammen, klinke die Leine an Malous neu gekauftem Halsband ein und führe sie neben mir zögerlich zur Tür.

»Hallo?«, rufe ich etwas dümmlich in den Regen. »Ist jemand hier?«

Natürlich antwortet mir keiner, nur das Heulen des Windes und das Prasseln des Regens beschallen den Wald.

Ich habe das Gefühl, mein Herz schlüge direkt in meinem Rachen, so heftig kann ich meinen Puls spüren. Im Eingangsbereich hat der Regen nicht nur Wasser, sondern auch jede Menge Dreck hereingespült. Die Hütte ist menschenleer, auch im Bad ist niemand. Erleichtert atme ich durch und versuche, meinen Herzschlag zu beruhigen. Malou trottet brav hinter mir her.

Gerade will ich zurück ins Wohn- und Schlafzimmer laufen, um zu sehen, ob etwas von meinen Sachen gestohlen wurde, da fällt mein Blick auf meine Fußspuren, die ich dank der Nässe und dem Dreck auf dem Boden hinterlassen habe. Es scheint, als wären vorher bereits Spuren da gewesen, aber ich erkenne es nicht genau, deshalb gehe ich in die Hocke. Ich kann nicht entziffern, um welche Spuren es sich handelt, ob sie überhaupt menschlich sind, aber da sind definitiv noch andere Abdrücke außer meinen. Am seltsamsten aber ist, dass es aussieht als wären sie nach meinen entstanden, als würden sie meine Fußabdrücke bedecken. Vor allem sieht es der Form nach zu urteilen so aus, als wäre diese Person, dieses Tier oder was auch immer, in die andere Richtung unterwegs gewesen, also vom Bad zurück zur Tür.

Die Pumpe in mir, die sich gerade beruhigt hatte, arbeitet wieder auf Hochtouren, und jemand zieht an einer unsichtbaren Schnur um meine Kehle. In meine Gedanken versunken bemerke ich erst gar nicht, wie Malou an der Leine reißt, abwechselnd winselt und bellt und die Tür anglotzt, als läge dort ein überdimensional großer Knochen. Dann fällt die Tür mit einem Ruck ins Schloss, was mich einen Satz nach hinten machen lässt. Meine Knie tragen mich nur noch wackelnd, aber ich bleibe stehen wie Lots Frau und warte darauf, was als Nächstes passiert.

Es passiert aber rein gar nichts. Nur Malou beruhigt sich und fängt an, an allem zu schnüffeln. Der unsichtbare Gast mit den mysteriösen Spuren, vor dem sie sich scheinbar gerade noch gefürchtet hat, scheint unser Domizil verlassen zu haben.

Kapitel 7

Ich träume. Von Luis, dem Krankenhaus, dem Unfall, den ich noch nicht einmal miterlebt habe und mir trotzdem aus Erzählungen zusammenreimen kann. Tom sitzt hinterm Steuer und singt Kinderlieder zu Luis Lieblings-CD, die sich im Laufwerk dreht. Die Kinder singen mit, lachen und imitieren die Geräusche des Frosches, der im Lied vorkommt. Und dann kommt das Auto, wie aus dem Nichts, und prallt frontal in die Seite, auf der Luis in seinem Kindersitz gerade noch singt und im nächsten Moment für immer schweigt.

Schweißgebadet schrecke ich hoch und wecke dabei Malou, die in ihrem Körbchen neben dem Bett geschlafen hat. Jetzt bellt sie und jault ein wenig. Mir ist übel, und ich brauche dringend frische Luft, also leine ich Malou an, schlüpfe in meine Turnschuhe, werfe mir meine Jacke über und gehe vor die Tür.

Gierig saugen meine Lungen den Sauerstoff ein und geben ihn der Nacht als weißen Nebelhauch wieder zurück. Durch ihre schwarze Musterung wirkt es, als würde die Nacht Malou halb verschlucken. Im schwachen Schein des von Wolken bedeckten Mondes kann man nur ihre hellbraunen Beine und den blonden Saum um ihren Mund richtig erkennen. Dieses knuffige Wesen bringt mir tatsächlich einen Teil meiner Freude zurück, die ich auf dem Weg durch das letzte Jahr nach und nach verloren habe. Ich gehe in die

Hocke, und Malou stellt ihre Vorderpfoten auf meine Beine, damit sie mein Gesicht abschlecken kann. »Pfui«, sage ich und recke den Kopf nach oben, kraule dabei aber lachend Malous Rücken.

Mein Lachen bleibt mir im Hals stecken, als ich plötzlich ein Kitzeln im Nacken spüre. So schnell wie es gekommen ist, zieht es weiter, und ich will gerade den Kopf über meine Paranoia schütteln, da legt mir jemand von hinten seine Hand auf die Schulter. Heißer Atem trifft auf meine Nackenhaare, die sich ruckartig aufgestellt haben. Mein eigener Atem geht stoßweise, ich wage es nicht, mich umzudrehen, wage es nicht zu sprechen, zu fragen, wer sich hier mitten in der Nacht vor meiner Hütte im Nirgendwo herumtreibt. Malou kläfft und knurrt und starrt dabei hinter mich, doch als ich endlich den Mumm habe, mich umzudrehen, ist niemand zu sehen. Auch der Druck der unsichtbaren Hand auf meiner Schulter ist verschwunden, kein Lufthauch umspielt mehr meinen Nacken. Nur mein Hund bellt weiter ins Nichts, reißt an der Leine, bereit zum Angriff, aber auf wen?

»Hallo?«, rufe ich in die Nacht, vor Angst so leise, dass der Wind das Wort verschluckt. Malous Bellen verwandelt sich in ein Winseln, und sie legt die Ohren an, weicht zurück an meine Seite, von der aus sie vorher nach vorn geschnellt ist.

Kurz darauf schubst mich die unsichtbare Hand an der Schulter, und ich falle nach hinten, lande mit meiner Schlafanzughose im nassen Laub. Malou dreht sich um, die Ohren weiterhin angelegt, winselt noch ein wenig, dann bellt sie wieder und knurrt die Nacht an. Zitternd stehe ich auf, klopfe mir den Dreck und kleine Steinchen von den Händen und der Hose und zwinge mich dazu, meinen Kopf in alle Richtungen zu drehen.

Auf der Lichtung ist nichts zu sehen, und dort, wo der Wald beginnt, herrscht nichts als Dunkelheit. Hätte man den Augenblick eingefroren und einen Künstler damit beauftragt, ein Gemälde zu zeichnen, hätte er ein ganzes Fass schwarzer Tinte über diese Stelle schütten müssen.

In der Richtung, die Malou weiterhin anknurrt, raschelt ein Strauch und bringt mein Herz dazu, das Tempolimit meines Blutkreislaufs noch weiter zu übersteigen. Wie gestern, als die Tür ins Schloss fiel, beruhigt sich Malou wieder, sobald der Strauch nicht mehr zu hören ist. Ich blicke abwechselnd meinen Hund und die Pflanze an, unschlüssig, was dieses Tier mit der Natur für ein Spiel spielt. Ich habe genug frische Luft geschnappt, ich halte es keine Minute länger hier draußen aus. Als würde sie spüren, dass wir jetzt wieder reingehen, nutzt Malou die Gunst der Stunde, um an einen nahe gelegenen Busch zu pinkeln, dann zerre ich sie eilig zurück in die Hütte.

Sofort verriegle ich die Tür hinter mir. Innen lehne ich mich daran an und gleite langsam auf dem Holz nach unten, bis ich auf dem Boden sitze.

Es fällt mir schwer, zurück ins Bett zu gehen und einfach weiterzuschlafen, als wäre nichts passiert. Schon der Traum vorher war genug, um mich die Nacht kein Auge mehr zutun zu lassen. Während Malou sich zurück in ihr Körbchen kuschelt, werfe ich eine Schlaftablette ein und warte gefühlt viel zu lange, bis sie wirkt.

Als ich am nächsten Tag zum Nordhang aufbreche, ist es kälter als die letzten Tage, und die Sonne versteckt sich hinter dicken Wolken. Vor dem Wanderweg bleibe ich stehen und schlucke ein paar Mal gegen meinen Unmut an, bevor ich einen Fuß daraufsetze. Malou zerrt schon ungeduldig an der Leine. Mit Steinen im Magen laufe ich los, mitten hinein in den Rachen des Naturungetüms, das sich vor mir entfaltet und mich schon nach wenigen Schritten verschlingt.

Der Frieden dieses Waldes muss eine Täuschung sein. Wäre ich zum ersten Mal hier, ganz ohne Vorgeschichte, auf einer netten Sonntagswanderung mit meiner intakten Familie, ich würde mich fühlen wie eine Fee im Märchen. Wohin ich sehe, ist der Boden außerhalb des Kiesweges bedeckt von Moos, dicker als das Sandwich, das sich Lina immer für die Schulpause wünscht. An den Bäumen schlängelt sich wilder Efeu bis unter die Baumkronen, in denen Eichhörnchen herumhüpfen und Vögel die Kulisse perfekt vertonen. Jedes der Tiere beherrscht seine eigenen Strophen, und doch finden sie immer wieder zu ein und demselben Refrain zusammen. Ja, wäre ich zum ersten Mal hier, würde ich den Eschheimer Wald als Idyll sondergleichen bezeichnen.

Aber ich bin nicht zum ersten Mal hier, und irgendetwas in mir weiß, dass der alte Spinner, den ich am ersten Tag getroffen habe, seine Warnung ernst gemeint hat. »Halten Sie sich vom Wald fern«, erinnere ich mich an seine Worte und schüttle mich vor einer aufkommenden Gänsehaut. Egal von welcher Schönheit meine Umgebung gesegnet ist, sie erstickt mich. Wie auf der Hinfahrt ist das Gefühl, beobachtet zu werden, mein ständiger Begleiter. Den ganzen Weg über zwinge ich mich, den Blick auf den Pfad gerichtet zu halten und auf Malou, die brav an ihrer Leine geht, ab und zu stehen bleibt, um alles Mögliche zu erkunden und den ein oder anderen Baum beschnüffelt. Nach zwanzig Minuten muss ich eine Pause einlegen und lasse Malou an einem Bachlauf trinken, während ich mich mit einem Apfel stärke. Dadurch, dass ich mich hier so unwohl fühle, renne ich fast und bin jetzt schon außer Atem.

Nach einer weiteren zwanzigminütigen Joggingtour, die mir meine Angst beschert, sehe ich das Ziel vor mir. Ein moosbedeckter Felsen zieht sich wie eine Mauer kilometerweit durch den Wald, vereinzelt ragen Baumstämme aus Vorsprüngen in die Luft. Steinplatten, die sich immer wieder etwas weiter nach vorn schieben als der Rest des Felsens, durchziehen den natürlichen Wall und verleihen ihm ein wellenartiges Muster.

Mein Blick fällt auf einen Wegweiser, der nach rechts den weiteren Rundweg, nach links den Weg zur »Räubereck Ruine« in »2,8 km« ausschildert. Da ich keine Lust auf die Richtung der Räuber habe, drehe ich meinen Kopf nach rechts und sehe die drei Teenager den Weg entlang auf mich zukommen.

»Hallo«, begrüßt mich Marcella, die in der Mitte geht, euphorisch, als das Trio vor mit zum Stehen kommt. Auch die Jungs nuscheln eine Begrüßung, die ich erwidere. Zum ersten Mal schaue ich meine minderjährigen Helfer bewusst an. Der größere der Jungs hat schulterlange Dreadlocks, die mich irgendwie an Tante Gudruns Fensterbrett erinnern, das immer mit grauenhaft selbst gemachten Filztieren bestückt war.

»Bist du allein?«, will der Kleinere wissen, dessen Kurzhaarfrisur neben seinem Kumpel gepflegt ist wie ein englischer Rasen.

»Ist es neuerdings Mode, erwachsene Frauen einfach zu Duzen?«, frage ich mit einem Hauch von Zickigkeit in der Stimme, der mich als den eigentlichen Teenager entlarvt.

Der Filzhaartyp zuckt nur die Achseln, die Rasenfrisur murmelt ein leises »Sorry«, und das Mädchen beugt sich zu Malou hinunter, um sie ausgiebig streicheln zu können.

»Oh, wie süß der ist«, quietscht sie, und ich korrigiere: »Der ist eine Sie.«

Als sie fertig ist mit ihrer Streicheleinheit, steht sie auf und streckt mir ihre Hand hin, die jetzt voller Hundehaare ist. Ich nehme sie an, dankbar für etwas Anstand und schüttle auch den Jungs die Hände, als sie es ihrer Freundin gleichtun.

»Ich bin Marcella, aber das weißt du ja schon«, sagt sie, während sich der Filzhaartyp als »Oskar« und die Rasenfrisur als »Finn« vorstellen. Erst als Marcella wieder steht, fällt mir auf, dass ihre Haare fast bis zu ihren Hüften hängen und dem Braun von Tannenzapfen gleichen. Auf ihrer Nase prangt eine riesige Brille, die ihr einen Look verleiht, den man heutzutage wohl als »hip« bezeichnen würde.

»Was hast du vor dem Supermarkt gemeint, als du gesagt hast, ihr wüsstet mehr als die Polizei?«, stelle ich meine erste Frage, die sich hauptsächlich an Marcella richtet, da sie diese Behauptung vor wenigen Tagen aufgestellt hat.

»Wir ermitteln noch nicht lange«, sagt Marcella.

»Ermitteln? Wer seid ihr, die drei Fragezeichen?«

»Die drei Fragezeichen sind alle männlich.« Marcella wirft mir einen gespielt vorwurfsvollen Blick zu, bevor sie zu einer ausführlicheren Erklärung ansetzt. »Vielleicht ist ermitteln das falsche Wort. Aber es gibt nur zwei verdächtige Dinge, die in diesen Wäldern zu Hause sind, und wenn man bedenkt, dass eines davon das Gerücht ist, dass es im Wald spukt, bleibt eigentlich nur eine Sache.«

»Aha. Und die wäre?«, frage ich und kann nicht verhindern, dass sich mein Puls beschleunigt, obwohl wahrscheinlich sowieso nichts hinter den Vermutungen von ein paar Jugendlichen steckt.

»Eine Kommune, tief drin im Wald. Eigentlich ganz normale Leute, die auch im Dorf und der Umgebung arbeiten, mit uns zur Schule gehen und so weiter. Aber irgendwie sind sie eben auch komisch …«

»Nicht nur komisch, Mann. Die spinnen, leben voll so in ihrer eigenen Welt«, ergänzt Oskar das, was Marcella über die Mitglieder berichtet hat.

Eine Kommune mitten im Wald? Was soll das sein, so eine Art Sekte?

»Und was tun die Verdächtiges? Inwiefern spinnen die?«, bohre ich weiter.

»Na ja, sie reden nicht wirklich viel mit den normalen Leuten im Dorf«, sagt Finn. Zwar finde ich die Definition von »normal« relativ schwierig, aber ich weiß was er meint.

»Nur weil sie nicht viel reden, spinnen sie aber doch nicht. Und das soll jetzt die wertvolle Information sein, die ihr im Gegensatz zur Polizei habt?«

Wie automatisch haben wir während unserer Unterhaltung den Weg eingeschlagen, auf dem ich hergelaufen bin, um uns ein wenig zu bewegen und nicht nur rumzustehen. Marcella schüttelt energisch den Kopf. »Nein, das weiß die Polizei sicher auch. Wir haben erst vor Kurzem den Bürgermeister im Wald gesehen. Auf dem Weg zur Kommune.«

»Johann Schlosser?«, kommt es mir so laut über die Lippen, dass ich mich umdrehe, um zu sehen, ob uns jemand hören kann.

Finn nickt. »Ja, genau. Alter Schnösel, hält sich für was Besseres.«

»Und woher wisst ihr, dass er ausgerechnet zu dieser Kommune wollte?«

»Wohin hätte er sonst gehen sollen, hier ist ja sonst nichts. Außerdem ist er genau in einen der Pfade abgebogen, die nur zur Kommune führen«, antwortet Oskar schulterzuckend, wobei seine Dreadlocks auf seinen Schultern auf und ab hüpfen.

Ich bin mir nicht sicher, ob mir diese Erklärung genügt,

er könnte immer noch einfach spazieren gewesen sein, aber ich stelle dennoch weiter Fragen. Jeder Hinweis könnte mir weiterhelfen. »Woran glaubt diese Kommune?«

»Das weiß keiner so genau, das macht sie ja so verdächtig«, stellt Marcella fest, obwohl ich das allein noch nicht wirklich verdächtig finde. Lediglich die Tatsache, dass mein selbst gewählter Hauptverdächtiger Johann Schlosser etwas mit der Kommune zu tun haben könnte, macht sie für mich verdächtig.

»Eins der Kinder hat sich mal in der Schule verplappert, daher wissen wir, wie sie ihre Kommune nennen. Askanien«, spricht Marcella weiter.

»Askanien, was soll das bedeuten?«

»Kein Peil, was das bedeutet«, sagt Oskar und schiebt sich eine Filzlocke aus dem Gesicht.

Mit meinen Fragen über die Kommune komme ich nicht weiter, meine drei Fragezeichen scheinen darüber absolut nichts Brauchbares zu wissen. Daher erkundige ich mich lediglich noch nach dem Weg dorthin, den sie natürlich auch nur so ungefähr kennen und lenke dann das Thema auf den eigentlichen Grund, warum ich hier bin.

»Wusstet ihr, dass Johann Schlosser Vorträge über Trauerbewältigung hält?«

Marcella kann ihre Augen nicht von der herumtollenden Malou abwenden, also drücke ich ihr die Leine in die Hand, damit sie mit ihr spielen kann. Sie grinst mich an, übernimmt Malous Führung und antwortet mir nebenbei.

»Ja, seine Familie besitzt die Ägidius-Kliniken für ...«

»Ich kenne die Kliniken«, schneide ich ihr das Wort ab. »Mein Mann hat einen der Vorträge besucht, ein paar Wochen bevor er und Lina verschwunden sind. Hier. In diesem verfluchten Wald.«

Oskar und Finn tauschen einen Blick, der mich an Kommissar Schönling erinnert, wenn er über etwas nachdenkt.

»Und du denkst, das war kein Zufall?«, fragt Oskar.

»Ich weiß es nicht. Aber morgen ist noch mal ein Vortrag in Lahnstatt, und ich brauche jemanden, der dort für mich hingeht.«

Ein Eichhörnchen springt einige Meter über uns von einem Ast zum nächsten und tritt ein paar Blätter los, die Malou zu fangen versucht.

»Wir helfen dir«, beschließt Marcella kollektiv für ihre Gruppe. »Einer von uns kann zum Vortrag gehen und den Ton aufnehmen.«

»Ladys first«, witzelt Finn, der offenbar keine Lust hat, diesen Part zu übernehmen.

»Ich mach's«, meldet sich Oskar freiwillig, bevor Marcella antworten kann. Als ihn seine Freunde skeptisch anschauen, hebt er entschuldigend die Arme. »Was, ich bin der einzige von uns, der schon mal jemanden verloren hat.«

Die Skepsis in Finns Blick verstärkt sich. »Alter, dir ist schon klar, dass das nicht ernst gemeint ist, du musst keinen verloren haben, um da hinzugehen? Außerdem hast du deinen Opa doch fast nicht gekannt.«

»Ey, ich war elf, als mein Opa gestorben ist, natürlich hab ich den gekannt, das war voll schlimm!«, wehrt sich Oskar.

»Na, dann ist Oskar vielleicht wirklich am überzeugendsten, wenn er nach dem Vortrag mit Johann redet«, stelle ich fest und kann es mir nicht verkneifen, mit tiefer Stimme noch ein »Alter« hinterherzuschieben. Es sollte VHS-Kurse für Jugendsprache geben.

»Wie, mit dem reden? Was soll ich mit dem reden?«

Ich kann nicht anders als jedes Mal, wenn ich ihn anschaue, an Gudruns Filztiere zu denken, obwohl seine Dreads wirklich gut an ihm aussehen.

»Na ja, der Vortrag allein wird uns nicht besonders weiterhelfen, fürchte ich. Du musst schon etwas mehr aus ihm rauskitzeln.«

»Und wenn ich das nicht kann?«

»Das schaffst du schon, wir üben das zusammen.«

Dankend nicke ich Marcella zu und frage mich insgeheim, ob sie die Freundin von einem der beiden ist, oder wer in der Gruppe heimlich wen anschmachtet.

»Wir müssen hier links«, sagt Oskar und zeigt auf eine Abzweigung, die zum Wanderparkplatz führt.

»Wo wohnst du eigentlich?«, will Marcella wissen.

Ich zögere. Kann und will ich diesen drei halbstarken Hobby-Detektiven vertrauen? Vorerst beschließe ich, mich noch zurückzuhalten. Man muss ja nicht gleich alles von sich preisgeben.

»Im Hotel«, lüge ich.

»Sollen wir dich mitnehmen? Mein Vater holt mich ab.« Warum bestehen sie darauf, sich an einem so abgelegenen Ort zu treffen, wenn sie sich dann von Papi abholen lassen und mich sogar mitnehmen würden? Ich werde nicht schlau aus der Jugend.

»Danke, Marcella, aber ich gehe noch ein bisschen mit Malou.«

Wie zur Bestätigung bellt Malou, was einen Vogel aus der nächsten Tanne aufschreckt.

»Wann kann ich die Aufnahme abholen? Gleich nach dem Vortrag?«, frage ich in die Runde.

»Der Vortrag ist morgen Abend, Freitag. Treffen wir uns am Samstag?« Marcellas Vorschlag stößt auf Zustimmung, die ihre Kumpels mit einem Nicken und einem Schulterzucken ausdrücken.

»Vormittag«, fordere ich. Ich bin mir schon nicht sicher, ob ich überhaupt bis Samstag warten kann.

»Ich hab am Wochenende sturmfrei. Gib mir dein Handy, ich speichere dir meine Nummer und meine Adresse ein.«

Gehorsam entsperre ich mein Handy, erstelle einen neuen Kontakt und reiche es Marcella. Ihre Finger fliegen über die Tastatur und sie gibt es mir keine Minute später wieder zurück.

»Okay. Um zehn bei mir.«

»Bis dann«, sage ich und, vor allem an Oskar gerichtet, »Danke«.

Dann verabschiedet sich Marcella mit einem letzten Kraulen von Malou, und die drei Jugendlichen lassen mich allein auf dem Weg zurück.

Ich bleibe stehen und sehe ihnen nach, bis sie um die nächste Kurve verschwunden sind. Augenblicklich kommt mir die Temperatur fünf Grad kälter vor, und die unsichtbaren Augen scheinen wieder hinter jedem der Bäume zu lauern. Ich versuche, stark zu sein und den Augen zuzuzwinkern, aber ich kann mich nicht zusammenreißen und fange schließlich an zu rennen.

Kapitel 8

11 Monate zuvor

Ich sitze auf Luis Bett und starre an die Wand. Es ist, als würde seine Präsenz immer noch wie ein Geist im Raum schweben. Mein kleiner Sonnenschein, der hier noch vor wenigen Wochen wie ein wilder Hund rumgerannt ist, mit seinen Bauklötzchen Türme gebaut hat und dem ich jeden Abend vor dem Schlafen genau da, wo ich jetzt sitze, noch eine Geschichte vorgelesen habe – er ist nicht mehr hier, und doch spüre ich ihn. Meine Sonne ist untergegangen, aber der Nachthimmel ist niemals nur schwarz. Luis ist jetzt ein Stern und leuchtet uns den Weg durch die ewige Dunkelheit. Egal wie sehr ich mir einrede, dass er immer bei uns sein wird, egal wie sehr ich ihn hier fühlen kann, ich werde ihn nie wiedersehen. Dieser Gedanke zerreißt mich von innen, lässt mein Herz so laut schreien, dass sich die Haare an meinen Armen aufstellen.

Freunde und Familienmitglieder haben uns angeboten zu helfen, wenn wir Luis Zimmer ausräumen. Tag für Tag sitze ich jetzt hier und warte darauf, dass ich bereit dazu bin. Tag für Tag trifft mich die Erkenntnis, dass ich niemals bereit dazu sein werde. Und doch bringe ich es noch nicht übers Herz, die Hilfe anzunehmen und die Sache anzugehen. Es sind doch erst zwei Monate ohne ihn vergangen. Wie könnte ich einfach sein Zimmer leerräumen, seine Spielsachen verschenken, seine Kleidung zum Roten Kreuz bringen? Er ist doch mein kleiner Engel, es sind seine Sachen, seine ganz allein, die er benutzen und anziehen darf und nur er. Kein anderes Kind soll mit seinen Bauklötzen spielen, niemand baut die Türme so wie mein Luis. Kein anderes Kind soll seinen Lieblingspulli tragen, der mit dem Bärchen drauf, das eine Fliege trägt. Dazu passt nur Luis strahlendes Gesicht, kein anderes. Es wäre nicht richtig. Es würde ihn verletzen, zu sehen wie seine Mutter so kurz nachdem er gegangen ist sein Zimmer abreißt und alles weggibt. Als würde das alles nicht wehtun, als hätte man einen Teil von mir einfach abgerissen, kräftig nachgetreten und eine Lkw-Ladung voll Salz darauf gestreut. Als wäre es mir egal, dass er nicht mehr hier ist, als würde alles eben weitergehen, ob er nun dabei ist oder nicht.

Aber genau das ist es ja, was am meisten wehtut. Dass alles weitergeht, als wäre nichts geschehen. Als hätte irgendein verblödeter Idiot auf der Landstraße nicht auf sein Handy geschaut und hätte dabei nicht das Leben meines Sohnes gestohlen, ohne sich selbst auch nur ein Haar zu krümmen. Jeden Morgen fahre ich Lina zur Schule, die ständig das Essen verweigert und über Bauschmerzen klagt. Jeden zweiten Morgen nehme ich sie wieder mit nach Hause, weil sie weint oder sich weigert auszusteigen. Dienstags fahre ich sie am Nachmittag zu einer Therapeutin, die ihr bei der Aufarbeitung dieser Tragödie helfen soll. Dabei weiß ich, dass ihr diese Therapeutin nichts bringt, denn was meine Tochter braucht sind ihre Eltern, wenn sie schon ihren Bruder nicht mehr haben kann.

Sie braucht ihre Mutter, die sie in den Arm nimmt, die ihr vorsingt und vorliest, die sie liebt und festhält, bis alles wieder gut ist. Aber ihre Mutter ist zu sehr mit ihrer eigenen Trauer beschäftigt, um sich so sorgfältig um sie kümmern zu können, wie es ihr zusteht.

Sie braucht ihren Vater, der mit ihr spielt, ihr bei den Hausaufgaben hilft, heimlich mit ihr Süßigkeiten isst und ihr sagt, wie schön und wertvoll sie ist. Aber der Kopf ihres Vaters steckt bis zur Nase in so großen Schuldgefühlen und unüberwindbarem Selbstmitleid, dass er bald darin untergeht. Er sieht nur noch den Berg an Sorgen, der ihn zu begraben droht, nicht mehr seine Frau und nicht mehr sein kleines Mädchen.

Eine Welle der Verzweiflung überrollt mich, drückt mich unter Wasser, schleudert mich herum, während sie über mir bricht und spült mich hinaus in die Weite des Ozeans meiner Tränen. Ich drücke Bobo, Luis' geliebten Plüschelefanten, so fest an mich, dass er meine Körpertemperatur annimmt, und lege mich auf das kleine Kinderbett, die Knie an die Brust gezogen. Dann weine ich, schluchze, bis mein Zwerchfell sticht und meine Stimme nur noch brüchig hervorkommt. Als ich nach einer Ewigkeit wieder aufschaue, steht Tom im Türrahmen und schaut mich einfach nur an, wie ich da liege auf seinem Bett und es mit meinen Tränen nass mache. Unsere Blicke treffen sich. Ein Teil von mir wünscht sich, dass er herkommt und mich in den Arm nimmt, mich festhält bis alles wieder gut ist, auch wenn ich weiß, dass es das nie mehr wird. Ein anderer Teil von mir möchte, dass er weggeht und nie wiederkommt. Manchmal kann ich ihn nicht einmal mehr anschauen, obwohl ich ihn liebe und brauche.

»Was machen wir nur mit seinen Sachen?«, bricht Tom letztendlich das Schweigen. Er sagt es so gequält, als würde man ihm gerade mit einem Lastwagen über die Beine fahren. Meine Stimme versiegt endgültig. Ich will darüber nicht mit ihm reden, nicht jetzt, nicht morgen, nicht irgendwann.

»Einen Teil möchte vielleicht Lina behalten? Die Kleidung … vielleicht zur Caritas? Und die ganzen Möbel …«

Tom plappert einfach weiter, wie ein beständig plätschernder Wasserfall. Man merkt wie schwer es ihm fällt, wie sehr er gegen die Tränen ankämpft. Und doch kann er es nicht lassen.

»Kann man bei der Caritas auch Spielsachen abgeben? Und Bücher? Er hat doch …«

Seine Stimme wird eine Oktave höher und kratzt wie ein altes Tonbandgerät. Ich weiß, was das bedeutet, denn so fängt es bei mir auch immer an, wenn ich den Kampf gegen die Tränen verliere. Wie erwartet bricht Toms Trauer im nächsten Augenblick aus ihm heraus.

»Er hat doch so viele Bücher«, bringt er unter einem ersten tiefen Schluchzer noch hervor, dann lehnt er sich am Türrahmen an und lässt den Kopf in seine Hände fallen.

Immer wenn Tom weint, erlangt in mir der Teil, der ihn nicht mehr sehen will, die Überhand. Ich kann nicht erklären warum. Es steht ihm zu, zu weinen, schließlich hat er genauso seinen Sohn verloren. Er war auch noch dabei, hat ihn aus dem Autowrack gezerrt, versucht ihm zu helfen, hat sein zertrümmertes kleines Gesicht noch ein letztes Mal geküsst, bevor die Sanitäter es in ihre Obhut genommen und gegen die Verletzungen verloren haben. Aber ich kann nicht sehen, wie er leidet.

»Luis Zimmer bleibt, wie es ist«, sage ich trocken. Meine Tränen sind versiegt, Wut macht sich in mir breit, Wut, die ich nicht erklären kann.

»Wir können nicht alles behalten, Ella.«

Seine Hände lassen seinen Kopf wieder los und geben ein rotes Paar Augen frei, die mich anstarren.

»Ich werde das hier nicht alles einreißen, was willst du überhaupt daraus machen?«

»Keine Ahnung, vielleicht … ein Spielzimmer für Lina?«

Er streicht sich die Wangen mit den Ärmeln trocken und läuft auf mich zu, will sich offenbar neben mich setzen.

»Wie bitte?«, fahre ich ihn an und springe auf, als er sich gerade auf die Matratze sinken lässt.

»Du glaubst ja wohl nicht, dass Lina in diesem Zimmer jemals wieder Freude haben kann! Das wäre die reinste Folter, ihr hier ein Zimmer einzurichten, in dem sie dann was genau tut? Mit Freundinnen gemütlich ihren Barbies Zöpfe flechten und Kinderlieder singen?«

Jetzt stelle ich mich in den Türrahmen und verschränke die Arme. Mein Blick geht stur geradeaus, doch als ich dort auf dem Holz gegenüber von mir die Bleistiftstriche sehe, mit denen wir Luis' Wachstum gekennzeichnet haben, schaue ich lieber auf den Boden.

»Ja, ist ja gut, das war ein dummer Vorschlag!«, verteidigt sich Tom. »Vielleicht könnten wir es auch als Gästezimmer nutzen?«

Ich atme tief ein und stoße die Luft wie ein schnaubender Bulle in einem Stierkampf aus meiner Nase aus. »Man könnte fast meinen, du wolltest ihn loswerden.«

Meine Stimme ist so leise, dass die Bedrohlichkeit nicht nur in meinen Worten schlummert, sondern auch in der Art, wie ich diese äußere. Tom starrt mich an wie der Bulle aus dem imaginären Stierkampf, dessen Atmung ich gerade imitiert habe.

»Sag es doch einfach! Sag es mir endlich, ich weiß doch sowieso, dass du es denkst!«

Er spricht mit erhobenem Ton, schreit aber noch nicht. Erst als ich nicht antworte, sondern weiterhin den Boden vor meinen Füßen fixiere, artet sein Ton in Gebrüll aus.

»Du gibst mir die Schuld, *ich* bin schuld, *ich* habe unseren Sohn umgebracht!«

Salzige Flüssigkeit bahnt sich nun wieder ihren Weg meine Wangen hinunter, rinnt wie ein reißender Fluss an meinen Lippen vorbei, stürzt wie ein Wasserfall ab und zerplatzt auf dem Boden, von dem ich meinen Blick wende, um Tom direkt in die Augen zu schauen.

»Du bist der Einzige, der dir die Schuld gibt! Nicht dass du hinterm Steuer warst macht mich so wütend, sondern dein ewiges scheiß Selbstmitleid!«

Die Worte sprudeln einfach so aus mir heraus, als hätte ich längst gewusst, was mich tatsächlich bedrückt. Ich habe Tom nie für den Unfall verantwortlich gemacht. Es regt mich nur so unglaublich auf, wie er damit umgeht. Wie er sich selbst bemitleidet, tagein tagaus und nicht mal mehr richtig mit uns spricht. Uns nicht mal mehr wirklich wahrnimmt.

Er sitzt nur da und glotzt mich an, der Mund steht ihm offen. Ich kann mich nicht erinnern, ihn jemals so angeschrien zu haben. Als ich weiterrede, nimmt meine Stimme wieder sanftere Tonlagen an. »Ich kann das alles hier nicht länger allein stemmen. Hör gefälligst auf, dich zu bedauern, und sei endlich auch für uns da. Wir brauchen dich, deine Tochter braucht ihren Vater.« Ich schlucke und stiere Löcher in seine Augäpfel. »Ich brauche meinen Mann.«

Mein Versuch, Toms Blick zu deuten, misslingt mir. Es liegt mehr als nur Wut darin, mehr als Verzweiflung und Trauer, mehr als Selbsthass und Ausweglosigkeit. Es gibt kein Wort dafür.

»Der kann ich im Moment nicht sein«, sagt er nur, drängt sich an mir vorbei und verlässt das Zimmer.

Ein neuer Heulanfall schüttelt mich und lässt mich am Türrahmen hinuntergleiten, bis ich auf dem Boden sitze, Bobo den Elefanten noch immer fest umklammert. Plötzlich zupft jemand an meinem Cardigan. Ich schaue auf und sehe Lina hinter mir stehen, die Augen verquollen vom Weinen.

»Mama«, sagt sie mit rauer Stimme, und ihr Blick tut tausendmal mehr weh als der von Tom.

»Komm her«, flüstere ich, ziehe sie zu mir auf den Schoß und wiege sie in einer sanften Umarmung. »Alles wird gut«, sage ich mehr zu mir als zu ihr, obwohl ich nicht weiß, wie das funktionieren soll. Zusammen weinen wir noch eine ganze Weile, bis unsere Körper all das Salz aus sich herausgeschwemmt haben, das sie produzieren können.

Ich werde sie verlieren, schießt mir ein Gedanke durch den Kopf, *ich werde sie alle verlieren, wenn das so weitergeht. Sie alle und mich selbst dazu.*

Lina ist vom vielen Weinen eingeschlafen. Vorsichtig trage ich sie in ihr Bett, decke sie zu und lege Bobo zum Kuscheln neben sie.

»Egal was kommt, ich muss meine Familie retten.«

Mit diesem Gedanken verlasse ich Linas Zimmer, lehne die Tür an und begebe mich auf die Suche nach meinem Ehemann. Ob er es zurzeit sein kann oder nicht, wenn wir in dieser Phase unseres Lebens nicht zusammenhalten, sind wir alle verloren.

Kapitel 9

Noch bevor der Kellner meine Bestellung aufnehmen kann, habe ich eine Wanderkarte auf dem leeren Cafétisch aufgeschlagen und Wanderweg vier, von dem aus man laut Marcella am schnellsten zur Kommune findet, ausfindig gemacht. Als mir bewusst wird, dass auf diesem Wanderweg der Schal meiner Tochter gefunden wurde, vergeht mir der Appetit, und ich bestelle nur einen Tee.

Was ist das für eine Kommune, und was für ein Spiel treiben die? Und vor allem, was hat Johann Schlosser damit zu tun? Die Gedanken fahren Karussell in meinem Kopf, eine nie endende Fahrt auf hübsch angemalten Pferdchen, die eigentlich verkleidete Biester sind. Ich krame mein Handy aus meiner Handtasche und wähle die Nummer meiner besten Freundin, die ich bisher mit mickrigen Textnachrichten abgefertigt habe.

»Ella, endlich! Geht's dir gut?«, meldet sie sich sofort und keucht ins Telefon als wäre sie gesprintet, um direkt abheben zu können.

Ich entschuldige mich dafür, mich nicht früher telefonisch gemeldet zu haben, und gebe ihr eine kurze Zusammenfassung meiner bisherigen Zeit in Eschheim, die sie hauptsächlich mit erschrockenen Lauten, Seufzern und »Mhms« und »Ahas« kommentiert.

»Und du glaubst jetzt, dass diese Kommune irgendwas

mit Toms und Linas Verschwinden zu tun hat? Was sind das denn für Leute?«, fragt sie schließlich.

Ich wünschte, ich hätte Antworten auf ihre Fragen. »Ich weiß es nicht, aber es ist der einzige Hinweis, den ich habe.«

»Den du von drei Jugendlichen hast«, fügt sie hinzu, und ich komme mir augenblicklich blöd vor. Diese Tatsache hatte ich in meinem Wahn, einen Verantwortlichen zu finden, völlig ausgeblendet.

»Ja, es ist nicht viel. Eigentlich ist es gar nichts«, gestehe ich mehr mir selbst ein als ihr.

»Ich sitze hier gerade am Laptop, und Google spuckt mir so gar nichts über diese Kommune aus. Die haben nicht mal eine Webseite oder so was.«

»Haben Kommunen das normalerweise? Ich meine, keine Ahnung, was die normalerweise im Internet über sich preisgeben … Aber es ist doch komisch, dass man nichts über sie findet, oder?« Ich nippe an meinem Tee, verbrenne mir die Zunge und fluche leise in mich hinein.

»Hm, normalerweise wollen solche Kommunen ja eher in Ruhe gelassen werden. Dass die da das Netz meiden, ist ja eigentlich nur logisch. Hast du den Kommissar schon mal dazu gefragt?«

Es reicht, darauf mit einem Seufzer zu antworten, denn sie kennt meine Meinung zu den Fähigkeiten des Kommissars zu gut. Wir hatten schon genug Diskussionen darüber, wie er seinen Job macht, wobei sie jedes Mal erfolglos versucht hat, mich dazu zu bringen, dem Kerl zu vertrauen. Tief in mir weiß ich, dass ich ihn nur so sehr verabscheue, weil ich jemanden brauche, auf den ich all die Schuld werfen kann, all den Frust, all die Verzweiflung. Zum Glück lenkt Malou mich mit einem Bellen ab, und ich wechsle das Thema und erzähle meiner Freundin von meinem spontanen Hundekauf, den ich vorher noch nicht erwähnt hatte, da mir alles andere wichtiger vorkam. Ich verspreche ihr, ihr ein Foto von meinem neuen Vierbeiner zu schicken, und wir verabschieden uns, wobei ich ihr hoch und heilig versprechen muss, vorsichtig zu sein und keine unüberlegten Dinge zu tun.

Gerade als ich mich auf den Rückweg zu meinem Auto mache, läuft mir ausgerechnet Johann Schlosser höchstpersönlich über den Weg. Im Bruchteil einer Sekunde beschließe ich, mein Versprechen direkt zu brechen und jegliche Vorsicht über den Haufen zu werfen. Was soll ich hier schon groß erreichen, wenn ich darauf warte, die Antworten auf dem Silbertablett präsentiert zu kriegen? Also gehe ich mit einem Lächeln, das man mir aufs Gesicht gezimmert haben könnte, auf meinen Vermieter zu und begrüße ihn mit einem einfachen »Hallo, Herr Schlosser.«

Sein Lächeln sieht nicht weniger gezimmert aus, aber er gibt sich sichtlich Mühe, mir dieselbe Freundlichkeit entgegenzubringen und erwidert meinen Gruß.

»Hatten Sie den beim Einchecken schon?«, fragt er dann und zeigt auf Malou.

Ich beschließe, dass ihn die ganze Hundegeschichte nichts angeht, also lüge ich. »Ja, war im Auto.«

Mein Gegenüber nickt und dehnt seine Mundwinkel noch ein bisschen weiter. »Und, wie gefällt es Ihnen hier? Erholen Sie sich gut?«

Wie immer, wenn mir etwas auf der Seele brennt, falle ich mit der Tür ins Haus, ohne nachzudenken. »Mein Mann war auf einem Ihrer Vorträge vor ein paar Wochen. Tom Höffner. Erinnern Sie sich? Hat er mit Ihnen geredet?«

Natürlich würde er mir nie die Wahrheit sagen, wenn er etwas zu verbergen hätte. Gerade deshalb stelle ich die Frage, um herauszufinden, wie er reagiert.

»Tut mir leid, aber ich kann mich nicht erinnern. Warten Sie mal, Tom Höffner, ist das nicht …?« Er bricht den Satz ab und tut so, als würde er nachdenken. Seine Hand wandert wie einstudiert an seine Stirn und reibt sich die Denkfalten, seine Augen werden zu Schlitzen, er presst die Lippen aufeinander, aber alles dient dem Schein. So, wie er es macht, wirkt es wie eine überzogene Übung eines Schauspielschülers.

»Ja, genau der ist es. Also, hat er mit Ihnen gesprochen?«

Auch das Kopfschütteln meines Gesprächspartners gleicht einer Aufwärmübung vor der Bühnenprobe, keiner Szene, die das echte Leben schreibt. »Nein, nicht dass ich wüsste. Tut mir wirklich leid, dass ich Ihnen nicht weiterhelfen kann. Ich hoffe, man findet Ihre Familie bald. Das alles … Das ist einfach schrecklich.«

Ich nicke, obwohl ich ihm am liebsten eine reinhauen würde. Selbst wenn er nichts mit dem Verschwinden von Tom und Lina zu tun hat, irgendetwas weiß er, verheimlicht es aber.

»Ich muss jetzt weiter. Passen Sie bitte auf sich auf. Bleiben Sie auf den Wanderwegen, es gibt hier so viele abzweigende Pfade, man verirrt sich sehr leicht. Nicht dass Sie auch noch verloren gehen.«

Dieses Gespräch wird ja immer interessanter. »Ich komme zurecht, danke.«

Er verabschiedet sich und eilt schneller davon, als er müsste. Oder bilde ich mir das ein? Als er sich noch einmal umschaut und anschließend sein Handy ans Ohr drückt, bin ich mir sicher, dass ich mir seine Hektik nicht einbilde. Johann Schlosser weiß mehr, als er zugibt und rät mir, mich nicht auf die abzweigenden Pfade zu begeben. Denn wie ich weiß, sind es gerade diese Pfade, die zur Kommune führen.

Auf einmal selbst in Eile, zücke auch ich mein Handy.

Das Freizeichen ertönt öfter als gewohnt, was mich vor Ungeduld mit den Knien wackeln lässt. Schließlich meldet sich der Kommissar mit einem gebrummten »Ja«, das nicht gerade davon zeugt, dass er gern mit mir spricht. Diese Abneigung beruht definitiv auf Gegenseitigkeit.

»Wissen Sie von der Kommune im Wald?«

Wie er es von mir kennt, rede ich nicht um den heißen Brei herum. Wie ich es von ihm kenne, besteht seine erste Antwort aus einem tiefen Seufzer.

»Ich habe davon gehört, ja.«

»Sie haben davon gehört«, stelle ich mit einer Trockenheit, die der Sahara Konkurrenz macht, fest.

»Ich habe davon gehört«, wiederholt er zähneknirschend.

»Dann wissen Sie also auch, dass Linas Schal auf dem Wanderweg, der zu dieser Kommune führt, gefunden wurde?«

»Nein. Wovon sprechen Sie?«

Nicht einmal jetzt, da ich etwas weiß, was er offensichtlich nicht wusste, klingt er auch nur annähernd interessiert.

»Wanderweg vier, wenn man von ihm aus in einen der Pfade abbiegt, gelangt man zur Kommune. Auf diesem Weg wurde doch der Schal gefunden!«

Etwas im Hintergrund raschelt, als würde Kommissar Schönling Akten durchsuchen.

»Sagen Sie mir jetzt *bitte*, dass Sie *nicht* allein bei dieser Kommune waren.« Er spricht langsamer als meine Uroma damals nach ihrem Schlaganfall.

»Noch nicht. Wollen Sie mitkommen?«

»Frau Höffner«, seine Stimme kommt gedämpft durch den Hörer, als hätte er sein Telefon zwischen Ohr und Schulter geklemmt, um nebenbei in seinen Akten wühlen zu können, »wenn Sie auch nur in die *Nähe* …«

»Ich bin nicht blöd, okay?«, unterbreche ich ihn mit erhobener Stimme. »Ich renne nicht einfach in die Kommune und mache Theater. Ich verlange doch nur von Ihnen, mir simple Fragen zu beantworten, ist das wirklich so schwer?«

Seine Lieblingsbeschäftigung knackt durch die Leitung – ein Seufzer. »Wir waren bei der Kommune und haben mit zwei der Mitglieder gesprochen. Übrigens haben die sich freiwillig mit uns unterhalten. Glauben Sie mir, die hatten rein gar nichts Spannendes zu berichten. Alles, was die den ganzen Tag tun, ist beten und Gemüsebeete pflegen und vielleicht um ihre Kräuterbüsche tanzen oder den Regen besingen.«

»Sind Sie Atheist oder einfach nur ignorant?«

»Beides«, nuschelt er in den Hörer, der immer noch zwischen seinen Körperteilen eingeklemmt zu sein scheint.

»Hatten Sie einen Durchsuchungsbefehl?«

Das Rascheln hört auf, und er scheint den Hörer, dem kurzen Poltern nach zu urteilen, wieder in die Hand zu nehmen. »Nein.«

Ich warte auf seine Erklärung, aber es kommt keine. »Wie nein?«

»Nein, wir hatten keinen Durchsuchungsbefehl, weil absolut nichts dafür sprach, dass die Kommune irgendetwas mit dem Verschwinden Ihrer Familie zu tun hat.«

Er spricht wie ein Lehrer, der seinem Schüler zum hundertsten Mal etwas erklärt.

»Und der Schal?«

»Der Schal lag auf einem der tausend Wanderwege, der Ihrer Aussage zufolge wohl zufällig auch irgendwie zur Kommune führt. Ob Sie's glauben oder nicht, es führen noch andere Wege zur Kommune. Genauso führt Wanderweg vier ins Dorf, am Nordhang vorbei, an einer weiteren kleineren Waldsiedlung vorbei und sogar zur Bundesstraße.«

Jetzt weiß ich, wo das Rascheln herkam, er muss seine eigenen Wanderkarten herausgekramt haben.

»Frau Höffner, kommen Sie nach Hause. Hören Sie auf, sich krampfhaft irgendwelche Hinweise einzubilden. Bitte.«

Beinahe könnte man meinen, er würde mich anflehen. Ich ignoriere seine Bitte und gehe zum nächsten Punkt über. »Ich habe gerade Johann Schlosser getroffen, und er hat sich komisch verhalten. Er hat mich gewarnt, nicht zu tief in den Wald zu gehen.«

»Das sollten Sie auch nicht.«

Erneut ignoriere ich ihn. Er bringt mich um den Verstand. »Dann ist er ziemlich überstürzt aufgebrochen und hat direkt jemanden angerufen.«

»Er ist der Bürgermeister, er hat viel zu tun. Frau Höffner, selbst wenn ich Ihnen zustimmen würde, dass Herr Schlosser komisch reagiert hat, was sollte ich Ihrer Meinung nach tun?«

Bin ich ausgebildet in diesem Polizeizeug oder er? Woher soll ich das wissen? »Ihn verhören oder so was, keine Ahnung, das ist doch Ihr Job!«

»Ich kann ihn aber nicht verhören, nur weil Sie es komisch finden, dass er Sie davor gewarnt hat, zu tief in den Wald zu gehen. Ich weiß, dass Sie das nicht hören wollen, aber so ist es nun mal. Ich brauche schon handfestere Beweise, um den Bürgermeister verhören zu können.«

Tränen rinnen mir die Wangen hinunter, aus Wut, aus Enttäuschung, aus Frust und aus Verzweiflung und was man noch alles fühlen kann als Frau, die alles verloren hat und rein gar nichts dagegen tun kann. Er hat recht, ich weiß es und will es so sehr nicht wissen, dass ich ihn stattdessen verfluche.

»Frau Höffner, sind Sie noch dran?«

»Ich melde mich wieder«, bringe ich noch zustande, dann lege ich auf und entlasse den Schluchzer, der sich schon seit dem Beginn unseres Gesprächs als Kloß in meinem Hals aufgestaut hat, in die Herbstluft.

Kapitel 10

Nach meiner Begegnung mit Johann Schlosser gestern sind mir inzwischen zwei Dinge klar: Ich muss es noch ein wenig länger in der Hütte aushalten, damit er nicht merkt, dass ich ihm auf den Fersen bin. Und ich muss so tief es geht in den Wald, so nah wie möglich an die Kommune herankommen. Eine schlaflose Nacht später stehe ich also vor meinem Toyota und knipse noch schnell Malou, die brav *Sitz!* macht, damit ich meiner Freundin das versprochene Foto schicken kann, sobald ich Netz habe.

Die Sonne steht schon wieder am Himmel und lächelt mir wie fast jeden Tag seit ich hier bin hämisch ins Gesicht. Wieso regnet es eigentlich in Hollywoodfilmen immer, wenn etwas Schlimmes passiert? Es ist viel hässlicher, bei schönem Wetter zu leiden. Die Schatten des Kummers sind länger bei Sonnenlicht. Eben jene Schatten ziehen sich auch über die Forststraße, hier und da von Sonnenstrahlen durchzogen, was eine Art Zebramuster entstehen lässt. Mein Sehsinn konzentriert sich auf dieses Muster. Er weiß es mittlerweile besser, als seine Aufmerksamkeit dem Wald zu schenken, der nur so wimmelt von optischen Täuschungen. Mein Tacho zeigt ein Tempo, das nicht ganz mit dem Limit auf den Schildern übereinstimmt, aber hier ist sowieso nichts los.

Malou springt mir fröhlich um die Beine, als ich sie am Wanderparkplatz aus ihrer Box lasse und ihr die Leine anlege.

In der Hocke kraule ich ihren Kopf, was mich augenblicklich ein wenig beruhigt.

»Na komm«, treibe ich meine fellige Freundin an und ignoriere die Enge in meiner Brust beim Betreten von Wanderweg vier. Im Wald sollte es eigentlich kühler sein als im Dorf, aber wie gewohnt fühlt es sich hier drin fünf Grad wärmer an, und die Luft steht.

Wie gestern muss ich über eine halbe Stunde laufen, um mein Ziel zu erreichen. Der Weg zieht sich wie der grässliche Glibberschleim, den Lina ständig in der Hand knetet. Bei jedem Knacken der Äste und Rascheln der Büsche zucke ich unwillkürlich zusammen, obwohl der Wald auch an diesem Tag seine friedlichste Miene aufgesetzt hat. Ich weiß, dass mehr hinter dieser Fassade steckt, ich muss nur noch herausfinden was. Wenn ich hinaufsehe in die Baumkronen, strahlen mir freundliche Gesichter entgegen. Doch sobald ich meinen Blick senke und den Körper des Waldes betrachte, scheinen alle Äste wie Arme nach mir zu greifen.

Irgendwann zeichnen sich in der Ferne die Umrisse eines Hochsitzes ab. Ich kenne ihn von den Fotos mit dem Schal darauf, der am Fuße des Holzgestells liegt, in einer Pfütze aus Matsch. Meine Beine fallen in eine Art Trab, den mein Unterbewusstsein ihnen befohlen haben muss. Als ich an der Stelle auf dem Foto ankomme, lasse ich mich auf den Boden fallen und berühre die Erde, auf der das Kleidungsstück lag. Ich kann nicht erklären warum, aber an diesem Ort fühle ich mich meiner Tochter so nahe wie schon lange nicht mehr. Der Staudamm in meinen Augen ist bereits beim Herlaufen gebrochen, und ich habe das Gefühl, als könnte ich diese Matschpfütze mit meinen Tränen wieder erzeugen, wenn ich lange hier sitzen bleibe. In Filmen kommen mir Gesten wie diese – sich weinend in den Dreck fallen lassen und die Erde streicheln – jedes Mal schrecklich überdramatisiert vor. Als hätte jemand im Gehirn des Regisseurs Kaffee verschüttet und seinen Sinn für Realismus verbrüht. Jetzt sitze ich selbst hier und weiß nicht, ob ich die ganze Zeit falsch lag und man das tatsächlich so macht, oder ob man sich gerade deswegen so benimmt, weil es Sandra Bullock in Blockbuster XY so vorgemacht hat.

Eine Weile lasse ich die Tränen fließen, lasse Malou tröstend mein Gesicht ablecken. Dann zwinge ich mich, mich zusammenzureißen, stehe auf und folge dem schmalen Pfad, der am Hochsitz vorbeiführt. Die Seite, auf die der Hochsitz ausgerichtet ist, erweist sich als eine kleine Lichtung. Mein Weg schlängelt sich allerdings direkt wieder in den Wald. Hier stehen die Bäume so dicht, dass mich die Äste, die vorher schon wie Arme gewirkt haben, nun tatsächlich berühren, was mir eine Gänsehaut über den Rücken jagt. Malou muss vor mir hergehen, weil wir nicht nebeneinander auf den Pfad passen, schert aber immer wieder nach links und rechts aus und beschnüffelt Bäume oder Sträucher. Ein paar Mal verheddere ich mich mit der Leine und maule das arme Tier an. Sie kann schließlich nichts dafür, dass wir hier durchmüssen. Bestimmt würde Malou selbst lieber auf einem weiten Feld herumtollen.

Schweiß lässt mein Shirt an meinem Körper festkleben, als wir endlich auf die nächste Lichtung stoßen. Meine Hoffnung, diese Lichtung wäre das Grundstück, auf dem die Kommune gebaut ist, verpufft. Hier ist weit und breit nichts außer Gras. Schon die ganze Zeit im Wald haben meine Ohren ein Geräusch ausmachen aber nicht näher definieren können, da es noch zu weit weg war. Jetzt auf der Wiese angekommen höre ich es deutlich. Jemand summt ein Lied, so düster wie die schwarzen Tasten am Klavier. Ich drehe mich in alle Richtungen, kann aber niemanden erkennen. Malou scheint es auch zu hören, das Geräusch kommt näher. Das Ohr, das sie sonst vors Gesicht hängen lässt, hat sie jetzt voller Neugier aufgestellt.

Schritt für Schritt kämpfen wir uns durch das hohe Gras, folgen dem Summen, bis wir wieder am Waldrand angekommen sind. Ich stolpere vor Schreck zurück und fange mich gerade noch ab, als mich plötzlich zwei Augen anstarren. Gleichzeitig hört das Summen auf. Zuerst meine ich, mir nur wieder Gespenster einzubilden, dann tritt die Gestalt aus dem Dickicht. Statt einem Geist steht ein Mädchen im jüngeren Grundschulalter vor mir. Die zerzausten Haare reichen ihr bis knapp über die Schultern und tragen die Farbe der Nacht, in der ihre Augen strahlen wie die eines Luchses. Sie starrt mich an, verzieht keine Miene und summt weiter ihr Potpourri aus Moll-Akkorden.

»Hast du dich verlaufen?«, frage ich das Mädchen und muss meine Stimme anheben, um ihr Lied zu übertönen. Nirgendwo in der Umgebung kann ich einen Erwachsenen erkennen. Sie schüttelt den Kopf. Erst jetzt fällt mir auf, dass neben ihr ein Korb steht, der voller schwarzer Beeren ist. Hat sie Brombeeren gepflückt? Wachsen hier irgendwo welche? Was macht sie hier ganz allein?

»Ich bin Ella. Und du?«, probiere ich es weiter.

»Ich darf nicht mit Fremden reden.«

Ihre Stimme klingt, als kenne sie nur ein Tongeschlecht, nämlich das in dem sie summt. Sie wirkt nicht unglücklich oder verloren. Im Gegenteil, trotz ihrer düsteren Ausstrahlung wirkt sie seltsam zufrieden.

»Das ist richtig so, normalerweise solltest du das auch nicht. Aber was machst du denn hier ganz allein? Soll ich dich zurück nach Hause bringen?«

»Ich darf nicht mit Fremden mitgehen.«

Kein Lächeln kommt ihr über die Lippen. Mich beschleicht das Gefühl, dass das nicht daran liegt, dass sie mit einer Fremden redet, vor der sie sich fürchtet. Sie wirkt nicht wie der ängstliche Typ.

»Willst du sie mal streicheln?«

Ich zeige auf Malou, die bereits an der Leine zerrt, um das Mädchen begrüßen zu dürfen. Im selben Moment fällt mir auf, dass ich jetzt wohl endgültig wie eine Psychopathin erscheine. Diese Serienkiller locken die Kinder im Fernsehen jedenfalls immer mit Hunden an. Ich weiß nicht, wer sich das mit den Süßigkeiten ausgedacht hat, aber ich bilde mir ein, dass diese Technik längst out ist. Da sich das Mädchen nicht rührt und an Malou keinerlei Interesse zeigt, versuche ich weiter, sie zum Reden zu bringen.

»Pflückst du Beeren?«

Sie nickt. »Die sind für den Übergang.«

Ist sie etwa eine aus der Kommune? Kann es sein, dass ich gar nicht mehr weit entfernt bin?

»Den Übergang? Was meinst du damit?«

»Na für den Übergang eben. Von meiner Mama.«

Als wäre ich schwer von Begriff zuckt sie dabei mit den Schultern und verdreht die Augen.

»Wo geht deine Mama denn hin?«

Was zum Teufel ist für dieses Kind ein Übergang? Fliegt ihre Mutter in den Urlaub? Wohl kaum, selbst ein Kleinkind kennt das Wort »Urlaub« und würde genau das dazu sagen.

»Auf die andere Seite, ist doch klar.«

Es scheint als hätte sie langsam keine Geduld mehr, mir diese Dinge zu erklären, denn sie wendet sich von mir ab, bückt sich und pflückt weiter ihre Beeren.

»Wo ist die andere Seite?«

»Mama hat recht, ihr da draußen versteht echt gar nichts.«

Ihr altkluger Seufzer erinnert mich an Kommissar Schönling. »Gehen bei euch viele Leute auf diese … andere Seite?«

»Meine Mama geht in zwei Wochen. Und danach weiß ich noch nicht wer. Vielleicht Sabine, die ist schon so alt.«

Ich überlege, ob ich mich zu ihr herunterbeugen soll, entscheide mich aber dagegen. Wenn ich will, dass sie mir vertraut, darf ich ihr nicht zu nahe kommen. »Und wo ist jetzt diese andere Seite?«

»Darf ich nicht sagen.«

Der Blick, den sie mir zuwirft, würde Wölfe verjagen. Gerade will ich mir eine neue Strategie einfallen lassen, da höre ich eine Frau rufen. »Aila!«

Schneller als ich mich umschauen kann, kommt die Frau vor mir aus dem Gebüsch gerumpelt. Ihr Blick könnte keine Wölfe verjagen, sondern würde sie alle anlocken. Sie sieht aus wie das Alphatier, das das Rudel anführt, vor dem man Respekt haben sollte.

»Lassen Sie meine Tochter in Ruhe!«, brüllt sie mich an und stellt sich schützend vor das Mädchen, das in aller Seelenruhe weiter Beeren in ihren Korb schaufelt.

»Vielleicht sollten Sie sie nicht im Wald allein lassen, schon mal daran gedacht? Ich dachte, sie hätte sich verlaufen. Ich wollte nur helfen.«

Die Augen der Frau sind eingefallen und von tiefen Schatten umrundet. Ihre Haare scheinen auszufallen und kleben ihr nur noch an vereinzelten Stellen in Büscheln auf dem Kopf. Sie trägt weite Leinenklamotten, aber man kann erkennen, dass sie darunter völlig abgemagert ist. Ihre Arme sind dünner als mancher Ast.

Die Frau funkelt mich böse an, sagt aber nichts mehr. Stattdessen packt sie das Mädchen, das offenbar Aila heißt, am Arm und zerrt es hoch. »Wir haben genug, komm jetzt.«

Aila gehorcht und greift nach ihrem Körbchen.

»Halten Sie sich von hier fern, das ist Privatgrund!«, faucht mich das Alphaweibchen noch an, dann dreht sie sich um und schleift Aila über die Lichtung davon, zurück auf den Pfad, hinein ins nächste Waldstück.

Meine Füße kribbeln, so gern würden sie ihnen hinterhersprinten. Mittlerweile zweifle ich nicht mehr daran, dass diese seltsamen Gestalten zur Kommune gehören. Sie würden mich direkt vor die Haustür führen, aber mit Malou könnte ich ihnen nicht unbemerkt folgen.

Bevor ich kehrt mache und zurück zum Pfad laufe, bücke ich mich zu den Beeren hinunter, die am Wegesrand wachsen. Vorher war ich der festen Überzeugung, dass es sich um Brombeeren oder etwas dergleichen handeln muss. Als ich mir die Beeren genauer anschaue, stelle ich fest, dass es keine Brombeeren sind. Vielmehr sieht es aus, als wären es …

»Das kann nicht sein«, murmle ich zu mir selbst. Malou will an den schwarzen Früchten schnüffeln, aber ich ziehe sie weg. Wenn meine Vermutung stimmt, darf sie auf keinen Fall daran lecken oder sie gar essen. Mit meinem Handy mache ich ein Foto von den Beeren, dann haste ich davon, zurück auf den Pfad, in die Richtung des Hochsitzes.

Am Auto angekommen zücke ich das Smartphone wieder und bete, dass es hier Empfang hat. Zwei mickrige Balken und E-Netz. Das muss genügen.

Ich öffne meine Google-Chrome-App und tippe »Belladonna« in das Suchfeld der Bildersuche ein. Mein Knie wippt auf und ab, meine Finger trommeln auf das Lenkrad, während die Seite lädt und lädt. Gefühlt Stunden später ploppen die Bilder endlich nach und nach auf dem Bildschirm auf.

Es gibt keinen Zweifel mehr, das Mädchen hat definitiv nichts Essbares gepflückt. Bei den Beeren, die Aila in ihren Korb gelegt hat, handelt es sich um die hochgiftige Tollkirsche, die bei Verzehr tödlich sein kann.

Galle kriecht mir die Kehle hoch. Wie ein Knüppel trifft mich die Erkenntnis, dass mein Mann und meine Tochter in den Fängen einer Kommune sein könnten, die ihre Mitglieder zu einem »Übergang« zwingt. Und ich bin mir auf einmal sicher, dass Aila damit den Übergang ins Totenreich gemeint hat.

Kapitel 11

Eigentlich widerstrebt es mir, die Nummer des Kommissars schon wieder zu wählen. Mit ihm zu sprechen raubt mir den letzten Nerv. Dennoch könnte es diesmal wirklich wichtig sein. Wenn sich diese Frau in zwei Wochen umbringen will, oder umgebracht werden soll, dann ist das ja wohl mehr als ein Grund, noch einmal diese Kommune aufzusuchen. Und diesmal mit einem ordentlichen Durchsuchungsbefehl. Die Schnellwahl verbindet mich also noch auf dem Wanderparkplatz mit Kommissar Schönling, der sich nicht einmal mehr die Mühe macht, mich freundlich zu begrüßen.

»Was haben Sie jetzt wieder rausgefunden?«

»Ich war im Wald, am Hochsitz.«

»Frau Höffner, ich hatte Ihnen doch klipp und klar gesagt …«

»Ich war am *Hochsitz*, nicht bei der Kommune!«

Stille am anderen Ende der Leitung. Ein Knacken, dann weicht Luft aus dem Mund des Kommissars wie aus einem Ventil. »Und?«

»Am Waldrand war ein Kind und eine Frau, das Kind hat irgendwas von einem Übergang geredet und Beeren gesammelt, ich dachte erst … na ja, ich dachte, es sammelt Brombeeren oder irgendwas, aber als sie weg waren, habe ich gesehen, dass sie Belladonna gesammelt haben!« Bevor er antworten kann, füge ich »Tollkirsche, sehr giftig« hinzu, damit er direkt versteht worauf ich hinauswill und nicht zuerst sein botanisches Wissen rauskramen muss.

»Kommt da noch mehr?«

Wie zum Teufel kann ein Mensch nur so schwer von Begriff sein? »Muss da noch mehr kommen? Die gehören ganz sicher zur Kommune, sie sind auch in die Richtung gelaufen, und die Frau hat mich angemotzt, ich solle mich von hier fernhalten, das wäre Privatgrund.«

»Da gebe ich ihr recht. Halten Sie sich fern von der Kommune.«

Ich donnere meinen Frust mit der Hand auf mein Lenkrad und erschrecke mich zu Tode, als ich dabei versehentlich auf die Hupe komme.

»Fahren Sie gerade Auto?« Seine Stimme klingt streng, als wäre er mein Lehrer.

»Nein, ich bin nur an der Straße. Lenken Sie nicht ab. Das stinkt doch alles zum Himmel! Ein Kind im Grundschulalter sammelt mit seiner Mutter tödlich giftige Beeren und spricht davon, dass seine Mutter an irgendeinem Übergang teilnimmt. Die will sich umbringen! Oder man wird sie umbringen!«

Endlich seufzt er in diesem Gespräch. Es wirkt schon fast befremdlich, wenn er es lange nicht tut. »Schön, ich sehe ein, dass das seltsam ist. Aber meinen Sie wirklich, diese Frau würde ihre eigene Mordwaffe bereitwillig selbst pflücken?«

»Was weiß denn ich, das ist eine Sekte! Da ist doch alles denkbar.«

Eine Pause entsteht, bei der er hoffentlich ernsthaft darüber nachdenkt. Ich stelle mir vor, wie er sich dabei über seine Bartstoppeln streichelt.

»Dass es eine Sekte ist, haben jetzt aber Sie behauptet. Wir bevorzugen das Wort *Kommune.*«

»Äpfel, Birnen, meine Güte, ist das jetzt so wichtig?« Ist das wirklich alles, worüber er in der Minute Stille nachgedacht hat? »Also, was ist jetzt mit dem Durchsuchungsbefehl?«

»Mit dem … Frau Höffner, ich gebe zu, dass das, was Sie erlebt haben, ein besorgniserregendes Ereignis war.«

Ein besorgniserregendes Ereignis, äffe ich ihn in Gedanken nach und ziehe dabei eine Grimasse.

»Aber wir wissen nicht einmal sicher, ob das Leute aus der Kommune sind, wir wissen überhaupt gar nichts. Das ist noch lange kein Grund für einen Durchsuchungsbefehl.«

»Schön, dann können Sie ja der Eschheimer Polizei in zwei Wochen mitteilen, woran die Frauenleiche, die sie gefunden haben, gestorben ist. Vergiftung. Gern geschehen.«

Das Ventil am anderen Ende der Leitung stößt wieder Luft aus. »Ich war noch nicht fertig. Es ist kein Grund für einen Durchsuchungsbefehl, aber es ist Grund genug, der Kommune noch einmal einen Besuch abzustatten.«

Hat er das gerade wirklich gesagt? Die unsichtbare Kraft der Überraschung zieht mein Kinn nach unten und lässt meinen Mund offenstehen. »Echt jetzt?«, entfährt es mir, und ich hätte beinahe noch ein »Alter« hinzugefügt, wie meine jugendlichen drei Fragezeichen.

»Echt jetzt«, wiederholt er mit lächelnder Stimme. »Ich schaue heute noch vorbei. Ich nehme an, Sie sind in der Nähe?«

»Wie kommen Sie darauf?«, scherze ich.

Er lacht. Ein ungewohnter Laut von ihm. »Gut. Ich rufe Sie an, sobald ich dort war. Wir können uns danach treffen. Bitte unternehmen Sie bis dahin nichts mehr im Alleingang.« Jetzt klingt seine Stimme wieder gewohnt förmlich und mahnend. So gefällt er mir fast besser.

»Versprochen.«

Aber nur bis dahin, füge ich in Gedanken hinzu.

Keine halbe Stunde später habe ich es mir in einem Café im Zentrum von Eschheim, in der Fußgängerzone beim Springbrunnen, gemütlich gemacht und mir einen Salat bestellt. Malou hat einen Napf mit Wasser bekommen und wuselt ständig zwischen meinen Beinen herum. Sie scheint meine Nervosität zu spüren.

Meine Handflächen schwitzen, als mein Salat serviert wird und ich das Besteck greife, um mir das frische Grün in den Mund zu schaufeln. Ständig schweifen meine Gedanken nur um die Kommune und darum, was der Kommissar wohl herausfinden wird. Ich bete, dass er Verdacht schöpft und dann doch noch diesen Durchsuchungsbefehl bekommt. Irgendetwas in mir weiß, dass Tom und Lina dort sind, und wenn das stimmt, sind sie womöglich auch Teil dieses Übergangs in zwei Wochen. Oder sie waren es schon, aber den Gedanken wische ich vom imaginären Whiteboard in meinem Gehirn.

Bis die Salatschüssel leer ist vergeht eine Stunde. Immer wieder verliere ich mich in meinen Überlegungen und drifte so weit ab, dass mir einmal sogar die Gabel entgleitet und mich das Klirren wieder in die Realität zurückholt. Um die Zeit hinauszuzögern bis der Kommissar anruft, telefoniere ich mit Annette, um ihr alles zu berichten, was sich seit unserem letzten Telefonat ereignet hat. Sie teilt meine Aufregung, und ich verspreche ihr, mich wieder zu melden, sobald es etwas Neues gibt. Danach beantworte ich nur noch Nachrichten, um die Leitung frei zu halten.

Als mein Klingelton letztendlich ertönt, rumple ich vor Schreck gegen meine leere Kaffeetasse und kann sie gerade noch auffangen.

»Ja?« Mein Atem geht flach, plötzlich hämmert mein Herz wie wild gegen meinen Brustkorb.

»Wo stecken Sie? Ich komme da hin.«

Anhand seiner Stimmlage suche ich nach ersten Hinweisen, aber ich kann keine ausmachen. »Ich sitze in einem Café in der Fußgängerzone, Café …« Ich drehe mich um, damit ich den Namen des Cafés lesen kann, der mir bisher egal war. »… Café am Brunnen.« Wow, ernsthaft? Kreativität und Cafébesitzer stehen in diesem Dorf wohl so weit voneinander entfernt wie die Pferde auf der Weide.

»Okay, bleiben Sie sitzen, ich bin gleich da.«

Ich will schon auflegen, da räuspert er sich und fügt noch hinzu: »Und bestellen Sie mir doch schon mal einen doppelten Espresso.«

Jetzt lege ich auf. Den blöden Espresso kann er sich gleich selbst bestellen.

Tatsächlich sitzt er mir schon fünf Minuten später gegenüber. Der Herbstwind bläst mir sein beißendes Aftershave in die Nasenlöcher, seine schwarzen Haare beinhalten wie immer so viel Gel, dass er aussieht wie ein Playmobilmännchen. Mit einem Finger schiebt er sich seine Hipster-Brille auf dem Nasenrücken so weit nach oben, dass seine Wimpern an den Gläsern kleben.

»Die Bedienung war noch nicht da«, begrüße ich ihn, was ihm ein Schmunzeln entlockt. Er winkt der jungen Frau, die rüberkommt, um seine Bestellung anzunehmen.

»Also?«

»Ich habe mit der Frau gesprochen, die Sie im Wald beobachtet haben. Und mit ihrer Tochter. Aila?«

Ich nicke. »Und?«

»Sie haben mich hereingebeten und mir ihren Vorrat an Belladonna und sämtlichen anderen Beeren und Kräutern und Pilzen und weiß Gott was gezeigt. Sie machen damit Medizin. Wenn man es so nennen kann.«

»Atheist und Ignorant, ja?«

Er nickt. »Ja, ja, genau.«

»Haben Sie Tom und Lina gesehen?«

Warum ich diese maximal dämliche Frage stelle, entzieht sich meinem Verständnis. Es rutscht einfach so heraus.

»Klar, sie saßen bei Kaffee und Kuchen und Tollkirschenshakes. Haben uns nett unterhalten, hab Ihnen Grüße ausgerichtet.«

Ich senke den Kopf, ob aus Scham, Trauer oder Wut weiß ich nicht. Wahrscheinlich eine Mischung aus allem und irgendwie noch viel mehr.

»Entschuldigung, das war geschmacklos.«

»Ja.«

Sein Espresso wird serviert, und wir schweigen einen Moment. Er schüttet sich zwei Päckchen Stevia in die Tasse und rührt um. Währenddessen wundere ich mich, dass dieses Café im Nirgendwo dieses neumodische Zeug überhaupt kennt.

»Haben Sie sie auch nach dem Übergang gefragt?«, bohre ich weiter, als er den ersten Schluck seines Gebräus geschlürft hat.

»Ja, habe ich. Die Frau hat mir erklärt, dass bei ihnen in der Kommune die Mütter zu einem gewissen Zeitpunkt ins Nebengebäude ziehen, und die Kinder dann im Hauptgebäude mit den älteren Kindern zusammenleben. So sollen sie irgendwie selbstständiger werden und sowieso erziehen nicht die Eltern allein ihre Kinder, sondern die Kommune zusammen, fragen Sie mich nicht genauer. Irgendwie so was.«

»Aha, und das haben Sie ihr geglaubt?«

Er schaut mich an, als wäre meine Frage komplett abwegig. »Sie war freundlich, sie hat mich sofort hereingebeten, innen war alles zwar ein bisschen unordentlich aber nicht annähernd verdächtig. Ich habe keine Hinweise darauf gesehen, dass Ihr Mann oder Ihre Tochter sich im Gebäude aufhalten könnten. Dass man aus Tollkirsche auch Arznei herstellt, muss ich Ihnen vermutlich nicht erklären, so wie ich Ihr Google-Verhalten einschätze. Und dass Kinder unabhängig von ihren Eltern in der Kommune aufgezogen werden, das hört man auch ab und an von solchen Gruppierungen. Es tut mir ja leid, dass ich Ihnen nicht endlich den großen Skandal auf dem Silbertablett präsentieren kann, auf den Sie hoffen. Aber es war schlicht und ergreifend nichts Verdächtiges zu beobachten.« Ich will zu einem »Aber« ansetzen, doch er hebt die Hand und beendet seinen Monolog. »Und selbst wenn ich ihr *nicht* glauben würde, hätte ich vor der Justiz einfach nichts gegen diese Kommune in der Hand.«

»Scheiße.«

Eigentlich wollte ich lautlos fluchen, aber ich bin so frustriert, dass ich keine Kontrolle mehr über den Teil meines Gehirns habe, der für »stille Flüche« zuständig ist.

»Auch wenn Sie mir das nie glauben, ich tue wirklich, was ich kann. Wir verfolgen jede Spur, stellen das Leben Ihres Mannes vor seinem Verschwinden komplett auf den Kopf, aber bisher deutet einfach nichts darauf hin, dass er nicht freiwillig gegangen ist.«

Er nimmt einen großen Schluck Espresso und verzieht das Gesicht. So bitter kann er bei all dem Stevia doch gar nicht mehr sein.

»Glauben Sie das echt? Seien Sie ehrlich. Glauben Sie, unabhängig von den Fakten, die Sie kennen, dass mein Mann nach diesem scheiß Jahr ohne Luis einfach von heute auf morgen meine Tochter einpacken und mich verlassen würde? Und sich nie wieder melden? Bei keinem, nicht einmal seinen Eltern?«

Eine unangenehme Stille entsteht, bei der der Kommissar den Kaffeesatz in seiner Tasse mustert, um mir nicht in die Augen sehen zu müssen. Dann wird seine Stimme ganz kleinlaut.

»Nein.«

Kapitel 12

Sonnenstrahlen brechen an der Wasseroberfläche, was ein Bild von tausend tanzenden Kristallen auf der Lahn ergibt. Nach dem Treffen mit dem Kommissar bin ich nach Lahnstatt gefahren, um mit Malou einen ausgiebigen Spaziergang zu machen. In den Wald gehe ich nur wenn ich muss, zur Entspannung komme ich lieber hierher an das Ufer des rauschenden Flusses, an dem ich mich unter all den flanierenden Familien und Pärchen seltsam normal fühle.

Der Nachmittag neigt sich bereits dem Ende zu, als ich mit Malou ein italienisches Restaurant betrete und einen Tisch in einer ruhigen Ecke zugewiesen bekomme. Noch ist hier wenig los, es ist noch nicht einmal halb sieben, aber ich habe Hunger und muss irgendwie die Zeit totschlagen. Der Gedanke daran, dass Oskar sich demnächst auf den Weg in denselben Ort macht, um Johanns Vortrag zu lauschen, raubt mir den Appetit. Andererseits fühlt es sich gut an, normale Dinge zu tun, auch wenn es komisch ist so allein.

Malou bekommt ihren Napf mit Wasser, ich lasse mir ein alkoholfreies Bier vom Kellner vor die Nase stellen, obwohl ich am liebsten eine Flasche Rotwein leeren würde. Aber das Auto fährt sich nicht von allein. Ich bestelle mir Spaghetti Frutti di Mare und einen kleinen gemischten Salat und erinnere mich daran, dass ich meiner Freundin noch das Foto von Malou schicken wollte. Schnell sende ich ihr den

Schnappschuss, ohne ihn überhaupt anzuschauen. Den Rest der Nachrichten, die schon wieder von diversen Bekannten eingetrudelt sind, die sich erst seitdem wir vom Unglück verfolgt werden wieder für mich und meine Familie interessieren, ignoriere ich.

Es ist schön zu sehen, wie viele Leute sich um mich sorgen, wie viele nach Tom und Lina fragen. Gleichzeitig zerreißt es mich innerlich. Ich kann nicht damit umgehen, ständig allen meine Misere zu erklären. Am liebsten würde ich mir die Ohren zuhalten und mein Handy anschreien »hört gefälligst auf zu fragen, es bringt mir nichts, ihr macht mich nur verrückt«, aber das würde ja auch keinem helfen.

Die Kontrolle über meine Knie scheine ich mit dem Hinsetzen verloren zu haben, sie zappeln wie die Äste einer Zitterpappel unter der Tischdecke herum. Es scheint mir unmöglich, bis morgen auf Oskars Bericht zu warten. Mit schwitzigen Fingern tippe ich Marcella eine Nachricht in unseren spärlichen Chatverlauf: »Ist Oskar unterwegs?«

Zum ersten Mal in meinem Spießerdasein verfluche ich die Teenager unserer Zeit nicht dafür, ständig am Handy zu hängen, als Marcella wie heute Morgen prompt antwortet.

»Er fährt gleich los. Alles bereit.« Abgerundet wird die Nachricht von einem digitalen Daumen nach oben.

Malou winselt, und ich kraule ihr den Kopf, um sie zu beruhigen, während meine andere Hand sich schwertut mit fünf Fingern weniger an Unterstützung ganz auf sich allein gestellt eine Antwort zu tippen. »Habe Neuigkeiten. Hast du schon sturmfrei?«

Das Mädchen tippt und tippt und ich frage mich, ob nachher doch nur eine Silbe bei mir ankommt, oder ob sie tatsächlich einen halben Roman in ihre Tasten haut.

»Noch nicht, erst in zwei Stunden. Was für Neuigkeiten?

Finn sagt, wenn du Chips und Bier bringst, kannst du nachher auch kommen.«

Chips und *Bier*? Haben die noch alle Pommes in ihrer Junior-Tüte?

»Wann?«, ist alles, was ich zurückschreibe, und wir einigen uns auf halb zehn.

Als meine Spaghetti serviert werden, wird mir klar, dass ich seit Tagen kein richtiges Hauptgericht mehr zu mir genommen habe, und ich stürze mich wie ein Geier auf das duftende Mahl. Zur Verdauung schütte ich mir danach noch einen Espresso hinunter und bleibe so lange auf meinem Platz sitzen, um Zeit totzuschlagen, bis ich mir blöd vorkomme und schließlich nach der Rechnung verlange.

Um neun stehe ich wieder vor meinem Auto, das bezahlte Parkticket, das preislich ungefähr auf einem Level mit meinem Gebrauchtwagen ist, in der Hand. Bis Eschheim brauche ich zwanzig Minuten, perfektes Timing also. Unterwegs halte ich an einer Tankstelle an und kaufe zwei Tüten Chips und zwei Literflaschen Cola, um meine Teenie-Detektive bei Laune zu halten.

Fünf Minuten vor halb zehn stehen Malou und ich vor Marcellas Tür, deren Eltern sich ein schniekes Anwesen leisten können. Der Garten ist perfekt gepflegt, die Terrasse mit Möbeln ausgestattet, die ich immer in den Prospekten bewundere und dann doch zu geizig dafür bin. Die Fassade glänzt im Mondlicht, und das Haus ist größer als das gesamte Doppelhaus, von dem wir nur eine Hälfte bewohnen.

Ich drücke den Klingelknopf und schiele durch die Milchglasfenster neben der Haustür. Das Licht im Flur geht an, und hinter der getönten Glasscheibe erkenne ich einen Schatten auf mich zulaufen. Kurz darauf öffnet sich mit einem »Klick« das Schloss, und Marcellas Gesicht erscheint hinter der Tür, die sie mit ihrer Hand aufzieht.

»Du bist ja pünktlich«, begrüßt sie mich und lässt mich eintreten.

»Hier«, ich strecke ihr die Einkaufstüte mit meinen geforderten Gastgeschenken hin.

Marcella bückt sich, um Malou ausgiebig zu kraulen. »Meine Mutter bringt mich um, wenn es hier morgen Abend, wenn sie zurückkommt, nach Hund riecht und überall Hundehaare sind.«

Dass mein tierisches Anhängsel für mich als Besucher ein Problem darstellen könnte, hatte ich vorher gar nicht bedacht. »Ich kann sie nicht im Auto lassen. Vielleicht im Garten?«

Als Marcella mir einen skeptischen Blick zuwirft, setze ich nach: »Falls sie groß muss, mache ich das später natürlich weg, bevor ich gehe. Und wenn sie irgendwie rumbuddelt oder so ... Na ja, das könnte theoretisch auch ein Fuchs gewesen sein, oder?«

Das Mädchen lacht und führt mich mit Malou durch das Wohnzimmer, in dem mich Finn mit einem knappen »Hi«, einer undefinierbaren Handgeste und einem Schulterzucken begrüßt. Marcella öffnet uns die Terrassentür, und wir binden Malou an einem penibel zurechtgestutzten Strauch im Garten an.

»Hast du noch zwei Schüsseln für mich, eine mit Wasser? Ich habe Futter dabei, sie hat noch nicht gegessen.«

Marcella nickt, verschwindet kurz in der Küche und kommt kurz darauf mit einer Schüssel voll Wasser und einer leeren Schüssel zurück. Die Leere befülle ich mit dem stinkenden Hundefraß aus der Dose, die ich mir in weiser Voraussicht eingesteckt habe. Nachdem Malou versorgt ist, gehen wir zurück ins Wohnzimmer und setzen uns auf eine gigantische weiße Ledercouch. Meine Gastgeberin holt mir ein Glas und packt meine Einkäufe aus. Den Inhalt verteilt sie auf dem gläsernen Couchtisch und schenkt jedem von uns das Glas mit Cola voll, ohne sich zu beschweren.

»Danke«, sagt sie, als sie auch schon die erste Chipstüte aufreißt. Sie verschwindet noch einmal in der Küche, während Finn die Tüte direkt an sich nimmt und anfängt, sich die knusprigen Kartoffelscheiben in den Mund zu schaufeln.

»Das is aber kein Bier«, nuschelt er mit vollem Mund.

»Kann man aber auch trinken.«

Wieder zuckt er nur die Schultern und nimmt direkt einen Schluck aus seinem Glas mit »kein Bier« drin. Es scheint auch so zu schmecken. Marcella kommt mit einer Schüssel für die Chips aus der Küche zurück, nimmt Finn mit einem »Hey!« die Tüte aus der Hand und schüttet deren Inhalt in das Gefäß. Unter den Geräuschen, die dabei entstehen, befragt sie mich zu meinen Neuigkeiten.

»Also, was hast du rausgefunden?«

So kurz, aber informativ wie möglich schildere ich den beiden meine Begegnung mit Johann Schlosser, aber vor allem meine Begegnung im Wald und mein Gespräch mit dem Kommissar.

»Krass«, ist alles, was Finn als Antwort zustande bringt. Marcellas Reaktion stellt mich eher zufrieden.

»Das ist doch völliger Bullshit mit den Arzneien. Kann schon sein, dass die auch Medizin aus sämtlichen Pflanzen herstellen, aber das Kind hat doch explizit gesagt, dass es die Beeren für den Übergang seiner Mutter pflückt, oder?«

Daran hatte ich gar nicht mehr gedacht. Natürlich, das hat es. Marcella hat recht. So macht es wirklich noch viel weniger Sinn mit der Medizin.

»Bullshit bestimmt. Aber woher wollt ihr wissen, dass

die sich direkt umbringen deswegen? Die Alte könnte auch echt nur ins andere Gebäude umziehen und sich ne Ration Beeren mitnehmen, falls sie, keine Ahnung, ne Blasenentzündung oder so was kriegt.«

Marcellas und mein Kopf drehen sich synchron zu Finn um.

»Verteidigst du die jetzt, oder was?«, will Marcella wissen. Zum ersten Mal fällt mir auf, dass sie eine feste Zahnspange trägt, was sie kein bisschen weniger schön macht. Nur irgendwie jünger.

Finn streckt abwehrend die Hände vor der Brust aus. »Nee Mann. Aber wir müssen auch … wie sagst du immer? Irgendwas mit Sache.«

»Sachlich bleiben«, stellt Marcella augenrollend klar.

»Genau! Wenn die sich da oben reihenweise abmurksen würden, das würde man doch mitkriegen? Ich mein, so viele Leichen und so.«

Die Spaghetti rumoren in meinem Magen, als wären die Frutti di Mare noch lebendig und würden durch die Gegend schwimmen. *So viele Leichen und so,* hallt es durch meinen Kopf.

Marcella wirft ihrem Kumpel einen warnenden Blick zu, als hätten sie sich vorher abgesprochen, wie sie mit mir als Opfer, das seine Familie verloren hat, umgehen müssen. Wahrscheinlich hat er gerade Regel Nummer eins gebrochen: Impliziere niemals, dass ihre Familie bereits tot sein könnte. Sprich generell nicht über Leichen.

»So, wie ich das bisher verstanden habe, kriegt ihr hier im Dorf doch sowieso fast nichts über die Kommune mit. Wieso sollten sie es da nicht schaffen ein paar …«, das Wort will mir nur schwer über die Lippen, »*Leichen* unbemerkt zu verscharren?«

»Ich glaube auch nicht, dass das für die ein Problem wäre. Aber ich frage mich noch etwas ganz anderes: Wenn die Mutter tatsächlich getötet werden soll, oder sich umbringen will … Wieso zur Hölle sollte das Kind da mitmachen?«, sagt Marcella.

Die Frage habe ich mir auch schon gestellt, bin aber auf keinen grünen Zweig gekommen.

»Es is ne Sekte, die opfern sich doch ständig, oder? Für Gott oder wen auch immer.«

Ich nehme einen Schluck von meiner Cola und muss ein Aufstoßen unterdrücken, als ich Finn antworte. »Erstens das, und zweitens war das Kind höchstens neun oder zehn. Vielleicht versteht Aila das noch gar nicht richtig. Oder vielleicht ist es wirklich irgendwie … *normal* bei denen, und die Kinder wachsen schon damit auf.«

Finns Mund ist dauerhaft vollgestopft mit Chips. Sein Schoß ist schon voller Krümel, und um seine Lippen zieht sich ein fettiger, vom Paprikagewürz des Snacks rot gefärbter, Film.

»Ich weiß nicht, Mann. Irgendwie ist das alles viel zu abgefahren. Hier in Eschheim, so ne Art Totenkult? Vielleicht spukt's ja echt in dem Wald.«

»Quatsch«, sagt Marcella und verschränkt die Arme vor der Brust. Sie hat sich noch kein einziges Mal an der Schüssel Chips bedient. Überhaupt scheint nur Finn davon zu essen. Vielleicht achtet sie auf ihre Figur, obwohl sie gertenschlank ist. Die Pubertät ist gnadenlos.

Bevor wir uns weiter den Kopf über die Frau im Wald zerbrechen können, schreckt uns ein Klingeln auf, und Marcella lässt Oskar herein. Seine Dreadlocks hat er sich heute zu einem Zopf zurückgebunden, was mir fast noch besser gefällt, als wenn er sie offen trägt.

»Wollten wir uns nicht morgen treffen?«, fragt er, als er mich sieht und mir im Stehen zuwinkt, als wäre ich auf der anderen Seite eines Flusses, nicht direkt vor ihm.

»Planänderung«, sage ich und gebe mir Mühe beim Schulterzucken so lässig auszusehen wie Finn. Irgendwie habe ich das Gefühl, dass mir das nicht gelingt.

»Und, wie war's?«

Marcella drückt auch ihm ein Glas in die Hand und setzt sich mit dem Neuankömmling zu uns auf die Couch.

»Der Vortrag war stinklangweilig. Gelaber halt über Trauer und Tod und so, voll depri.«

»Und?«, bohre ich weiter. Er *muss* einfach etwas herausgefunden haben.

»*Und* ich habe ein Date ausgemacht.« Er lächelt süffisant in die Runde und nippt von seiner Cola. Ist der Kerl noch ganz bei Trost? Mal abgesehen davon, dass man bei Trauervorträgen wirklich nicht an Dating denken sollte, war das ungefähr der letzte Job, den er bei dieser Mission hatte.

»Du hast bitte *was*?«, empört sich auch Marcella.

»Jetzt bleiben alle erst mal cool.« Oskar hebt beschwichtigend die Hände und macht damit eine Geste, als würde er eine unsichtbare Kraft nach unten drücken.

»Kein gewöhnliches Date, Mann. Ich wurde zu einem Infogespräch eingeladen.«

Er macht eine kurze Pause, um die Dramatik zu erhöhen. »Von Johann Schlosser höchstpersönlich.«

Kapitel 13

9 Monate zuvor

Eigentlich dachte ich, Linas Trauer hätte sich gebessert, wenn man das überhaupt so ausdrücken kann. Trauer wird ja nicht »besser«, oder »weniger«, man lernt nur, besser damit umzugehen. Jetzt bin ich unterwegs zur Schule, von der aus mich Linas Lehrerin nur eine Stunde nach Unterrichtsbeginn angerufen hat, dass sich meine Tochter übergeben musste. Beim Gedanken daran, dass sich Lina einfach nicht erholt, dass sich keiner von uns jemals von unserem Verlust zu erholen scheint, würde ich mich am liebsten auch übergeben.

Ich lenke meinen Toyota in die Einfahrt des Schulparkplatzes, manövriere ihn in eine Parklücke und stelle den Motor aus. Bevor ich aussteige, bleibe ich noch einen Moment sitzen, stütze meinen Kopf auf dem Lenkrad ab und atme ein paar Mal tief ein und aus. Dann zwinge ich mich hinaus in die Novemberluft und laufe zum Eingang.

Innen erwartet mich der übliche Mief, der über dem dunkelgrünen Linoleumboden lungert, sich die bemalten Wände entlang hinaufschlängelt, bis er an der Decke umdreht und weiterwandert. Die Treppen, die den Farbton »Staub mit Dreck und drunter irgendwas Braunes« tragen, nehme ich zwei auf einmal, da sie so flach sind, dass ich sonst tippeln müsste wie ein Fußballspieler. Oben biege ich rechts ab und klopfe an Linas Klassenzimmertür, auf der das Bild des Regenbogenfisches prangt, auf dessen Bauch jemand in krakeliger Schrift »Klasse 2b« gepinselt hat.

Frau Keller, Linas Klassenlehrerin, die ganz ihrem Namen nach zum Lachen in den Keller geht, öffnet mir und tritt zu mir heraus, anstatt mich eintreten zu lassen.

»Guten Tag, Frau Höffner«, sagt sie mit gespitzten Lippen und schüttelt mir die Hand. Eine graue Haarsträhne fällt ihr ins Gesicht, die sie schnell wieder hinter dem Ohr versteckt.

»Guten Morgen«, nuschle ich, »Wo ist Lina?«

»Im Krankenzimmer mit Naomi, ich bringe Sie hin.«

Sie deutet den Gang entlang und reiht sich neben mir ein, als ich vorangehe.

»Frau Höffner, Ihre Tochter leidet wirklich sehr. Sie wird die Klasse nicht schaffen, wenn es so weitergeht.«

»Wir leiden alle sehr. Jeder gibt sein Bestes.«

Dieser kinderlose Miesepeter hat doch keine Ahnung, was wir gerade durchmachen. Sie kann sich ihr Urteil sonst wohin stecken.

»Das verstehe ich, aber Sie müssen Lina wirklich mehr fördern, wenn Sie wollen, dass sie versetzt wird. Und das mit den Bauchschmerzen … Waren Sie schon beim Arzt? Es gibt ja durchaus Medikamente …«

Ich bleibe mitten im Gang stehen und drehe mich Frau Keller zu, um ihr direkt in die Augen sehen zu können. Sie weicht meinem Blick aus, bleibt aber auch stehen.

»Können Sie sich eigentlich vorstellen, wie egal es mir ist, ob meine Tochter versetzt wird oder nicht? Jemand, der in so jungen Jahren seinen Bruder verliert, sollte nicht auch noch den Druck haben, schulische Leistungen zu bringen. Ich bin schon froh, wenn sie überhaupt in die Schule geht, ob sie dort jeden Test besteht oder keinen, spielt weder für mich noch für meinen Mann gerade eine Rolle. Wenn Lina mehr Zeit braucht, bekommt sie die. Und ich wäre Ihnen sehr verbunden, wenn Sie meine Tochter unterstützen würden und sie liebevoll behandeln in dieser schweren Zeit. Egal ob sie die Matheaufgaben nun lösen kann oder nicht.«

Die graue Strähne rutscht wieder vom Ohr ins Gesicht, aber Frau Keller ist zu schockiert von meiner Ansprache, um sich darum zu kümmern. Stattdessen gibt sie mir ihren Kellerblick und mustert mich in meinen dreckigen Turnschuhen und meinem Poloshirt mit dem Tomatensoßenfleck. Vor jedem anderen Menschen hätte ich mich gerade geschämt für meinen Aufzug. Nicht vor ihr. Wer nicht versteht, dass das Leben nach einer Tragödie wie wir sie durchmachen müssen erst mal ein paar Monate den Bach runtergeht und man sich nicht um Kleidung schert, gerade in Situationen wie dieser, der ist mir egal.

»Kommen Sie«, sagt sie nur und bedeutet mir, ihr zu folgen. Ich habe den Verdacht, dass sie diesmal nur vorausgeht, damit sie mich nicht mehr ansehen muss.

Lina liegt auf einer Liege, weißer als die Wand neben ihr, selbst wenn sie sauber wäre. Sofort sehe ich, dass sie geweint hat und möchte Frau Keller am liebsten eine Ohrfeige verpassen, weil ich mir denken kann, dass sie sie mal wieder geschimpft hat, anstatt Verständnis zu zeigen.

»Danke, Naomi«, sage ich zu Linas bester Freundin, die am Rand der Liege sitzt und jetzt da ich hier bin, von ihrer Lehrerin zurück ins Klassenzimmer gebracht wird. Ich schließe Lina in die Arme und küsse sie auf die Stirn.

»Geht's dir besser, Schatz?«

Sie nickt, aber ich weiß, dass es nicht stimmt. Vielleicht ist ihr nicht mehr übel, aber der Grund für ihre Übelkeit wird so schnell nicht besser.

»Sollen wir gehen?«

Wieder nickt sie. »Tut mir leid, Mama.«

Ich kann sie kaum verstehen, aber als ich es tue, droht mein Herz, in sich zusammenzufallen.

»Das ist doch nicht deine Schuld, Mäuschen.«

Beinahe fange ich selbst an zu weinen. Wenn sich einer entschuldigen sollte, dann ich oder ihr Vater. Wir sind immer noch viel zu sehr mit uns selbst beschäftigt, um uns so intensiv um sie zu kümmern, wie sie es verdient hätte.

Als wir losfahren und uns von der Schule entfernen, sehe ich im Rückspiegel, dass Lina schon wieder etwas Farbe im Gesicht bekommt und sich ihre Miene aufhellt. Vielleicht ist Luis nicht für all ihren Schmerz verantwortlich. Vielleicht fürchtet sie sich zusätzlich vor Frau Keller und hat deswegen noch mehr Angst, in die Schule zu gehen. Im Geist mache ich ein Memo an mich selbst, mit Tom darüber zu sprechen, Lina eine Klasse wiederholen zu lassen. Es ist wirklich vollkommen egal, ob sie noch eine Ehrenrunde dreht. Dann wäre sie wenigstens Frau Keller los, auch wenn sie sich erst an die neuen Kinder gewöhnen müsste.

Zu Hause mache ich Lina ein Lager aus Kissen und Decken auf der Couch, schalte ihr auf eigenen Wunsch »Pocahontas« ein und bringe ihr eine Tasse Kamillentee mit Zwieback. Obwohl Arbeit und Haushalt auf mich warten, setze ich mich neben meine Tochter und lege den Arm um sie, während sie mit Mäusebissen an einem Zwieback knabbert.

»Mama, wo ist Luis hingegangen?«, fragt sie plötzlich, Pocahontas ignorierend. Sie kennt den Film immerhin in- und auswendig.

»Zu den Engeln, Schatz, das weißt du doch.«

Meine Antwort scheint sie nicht zufriedenzustellen, wie jedes Mal, wenn wir darüber sprechen.

»Aber warum? Und warum kommt er nicht wieder?«

Ich streichle ihren Kopf und versuche, mir die richtigen Worte zurechtzulegen, scheitere aber wie gewohnt kläglich. Es gibt für diese Situation keine richtigen Worte.

»Er ist immer hier bei uns. Eigentlich ist er gar nicht weg.«

Lina schüttelt den Kopf und legt ihren Zwieback auf den Tisch neben den Tee, den sie noch nicht angerührt hat. »Ich kann ihn aber nicht mehr sehen, natürlich ist er weg! Wir wollten doch noch Papperlapapp spielen! Und du hast gesagt, dass wir in den nächsten Sommerferien nach Disneyland fahren!«

Zwei Tränen bahnen sich den Weg über ihre Wangen und tropfen ganz leise auf die Decke. Mein Versuch, meine eigenen Tränen hinunterzuschlucken, scheitert. In meinem Rachen findet ein Boxkampf statt, meine Gefühle siegen und schlagen die Verdrängung k. o. Ja, wir wollten ins Disneyland nach Paris, wollten so viele Runden unseres Lieblingsspiels spielen, bis wir es hassen, wollten Luis' Lieblings-CD anhören, bis wir sie gegen die Wand donnern, weil wir die Lieder darauf nicht mehr hören können. Ich wollte meinen Sohn an seinem ersten Schultag begleiten, wollte mich über sein pubertierendes Gezeter aufregen, für ihn und seine erste Freundin Abendessen kochen; wollte ihn zu seinem Abschlussball begleiten und mit ihm ein WG-Zimmer aussuchen, wenn er auszieht, um zu studieren oder eine Ausbildung zu machen oder was auch immer er gewollt hätte. Wollte bei seiner Hochzeit heulen und tanzen bis in die Nacht, meinen Enkel oder meine Enkelin bestaunen und mit Geschenken überhäufen. Ich wollte so vieles, wir wollen immer alle so viel, und am Ende bekommen wir es nicht, und es reißt mir das Herz in Stücke, denn eine Mutter hat verdammt noch mal ein Recht darauf, ihr Kind aufwachsen zu sehen. Genauso wie eine Schwester ein Recht darauf hat, mit ihrem Bruder groß zu werden.

»Luis ist jetzt anders bei uns, Schätzchen. Es tut mir leid, aber …«

Ich drehe den Kopf zur Decke, um die Tränen aufzustauen, was nichts bringt. Alles Wegblinzeln dieser Welt hilft nicht über die nüchternen Fakten hinweg.

»Aber wir müssen das jetzt alle akzeptieren.«

Bevor Lina mich weiter ausfragen kann, unterbricht uns die Hausklingel. Im Aufstehen streiche ich mir die Tränen aus dem Gesicht und öffne mit Tomatensoßenfleck und wahrscheinlich komplett verschmierter Wimperntusche einem jungen Postboten die Tür.

»Paket für Höffner«, murmelt er und drückt mir einen schweren Amazon-Karton in den Arm.

Ohne zu wissen wofür, unterschreibe ich auf seinem Display und verabschiede mich.

Das Paket ist an Tom adressiert. Ich reiße es auf, und mir fallen fünf Bücher entgegen, die allesamt Titel über Schamanismus, Trauerbewältigung, Esoterik und Religion tragen.

Stirnrunzelnd trage ich die Bestellung, die mir, wie so vieles zurzeit, verheimlicht wurde, in unser Arbeitszimmer und lege sie auf Toms Schreibtisch. Im Hinausgehen sehe ich im Augenwinkel noch mehr Bücher, die mir fremd vorkommen, drehe mich noch einmal um und bemerke, dass Toms halber Schreibtisch voll mit neuen Büchern zu denselben Themen ist.

Aber wir müssen das jetzt alle akzeptieren, hallt mir meine eigene Stimme durch den Kopf. Gleichzeitig wird mir klar, dass Tom Luis' Tod niemals akzeptieren wird. Er wird einfach nicht damit fertig, dass wir unseren Sohn verloren haben, und wer könnte es ihm verübeln? Dennoch müssen wir einen Weg finden, weiterzumachen. Er flüchtet sich ins Internet, in Bücher, in Dokumentationen, spricht kaum mehr mit uns. Dabei sind *wir* noch am Leben. *Wir* sind noch hier und wollen das Beste aus der Situation machen, so bescheuert das auch klingen mag.

Die Erkenntnis, dass ich Tom als Nächsten verlieren werde, trifft mich wie ein Blitz. Und ich weiß, dass ich recht habe. Mein Mann braucht Hilfe, aber ich weiß einfach nicht, wie ich sie ihm geben kann. An diesem Punkt kann ich nur hoffen, dass er sie doch irgendwo in den Tiefen seiner Buch- oder Internetseiten auftreibt. Ansonsten bin ich machtlos.

Kapitel 14

Es dauert ein halbes Jahrhundert, bis Oskar auf seinem Aufnahmegerät, das er heimlich in seiner Tasche hatte, den Vortrag vorgespult und die Stelle gefunden hat, an der er sich mit Johann unterhält. Finn hat in der Zwischenzeit die Schüssel mit den Chips geleert und das zweite Glas Cola hinuntergestürzt.

»Bereit?«, fragt Oskar, und alle nicken. Er drückt auf Play, und Johanns Stimme schallt mir entgegen, was meine Eingeweide unangenehm zusammenzieht.

»... freut mich, dass dir der Vortrag gefallen hat. Darf ich fragen, wen du verloren hast?«

»Meinen Opa«, höre ich Oskar antworten, »er war eigentlich wie ein Vater für mich, wissen Sie. Mein Vater motzt immer nur, mein Opa war halt ... cool. Hat sich für mich interessiert und so.«

Im Bruchteil der Sekunde, der verstreicht, bis Johann wieder spricht, wundere ich mich, ob Oskar lügt, oder ob er wirklich kein gutes Verhältnis zu seinem Vater hat.

»Das tut mir leid. Meinst du, der Vortrag konnte dir helfen?«

»Weiß nicht, kann schon sein. Is halt eine Sache das so zu hören. Aber es dann umsetzen ist schwer, glaub ich. Geben Sie auch Seminare oder so? Meine Mum meint, bevor ich mich jeden Abend in den Schlaf heule, soll ich zu nem Therapeuten, aber darauf hab ich echt keinen Bock. Psycho-Gelaber ey, nee.«

Marcella klopft Oskar auf die Schulter, und ihre Augen werfen ihm ein stilles »Gut gemacht« zu. Er hat es tatsächlich gut gemacht, denn somit hat er Johanns Aufmerksamkeit. Er fragt nach Hilfe, nach »Seminaren«, und Johann beißt prompt an.

»Was würdest du davon halten, wenn wir uns morgen zum Mittagessen verabreden? Ich kenne da jemanden, der dir vielleicht helfen kann.«

»Klingt cool, wie könnte der mir denn helfen? Also ich mein … ich hab nicht so viel Kohle und so …«

Ich kann es natürlich nicht sehen, aber ich bin mir sicher, dass Johann in diesem Moment schmunzeln musste. »Das lass mal meine Sorge sein. Hör dir morgen erst mal an, was er zu sagen hat. Halb eins im Café am Brunnen. Ich freu mich.«

Oskar drückt auf »Stopp«. Finn versucht einen Rülpser zu unterdrücken, scheitert und fängt sich einen angewiderten Blick von Marcella ein. Mir wird schlagartig bewusst, in was für einer bizarren Situation ich mich befinde – ich bezahle drei Teenager mit Chips und Cola dafür, dass sie für mich einen potenziellen Serienmörder ausspionieren – und ich würde am liebsten aus dem Haus rennen. Das Traurigste an meiner Situation ist aber, dass ich diese Kinder brauche. Gerade jetzt, wo Oskar einer wirklich heißen Spur nachgeht.

»Sorry«, höre ich Finn murmeln und reiße mich zusammen.

»Klingt ja ganz danach, als würde nicht Johann selbst morgen dieses Gespräch führen, oder? Hat er denn sonst gar nichts gesagt?«, erkundige ich mich, denn Johanns mysteriöser »er« beunruhigt mich.

Oskar schüttelt den Kopf. »Nope. Aber wir werden's ja morgen rausfinden. Ich nehme natürlich wieder alles auf. Treffen wir uns danach?«

»Meine Eltern kommen erst so gegen fünf wieder, also komm einfach zu mir, wenn du fertig bist, und ich schreibe dann Finn und Ella.«

»Gut. Ich mach mich dann mal auf den Heimweg. Danke, dass ich kommen durfte und danke noch mal, dass du beim Vortrag warst, Oskar.«

Ich erhebe mich von dem noblen Sitzmöbel und lasse mir von Marcella die Terrassentür aufmachen, um Malou aus dem Garten zu holen. Sie hat sich nicht gerade Mühe gegeben, sauber zu bleiben, daher trage ich meine fellige Freundin durch das Wohnzimmer, damit sie nichts dreckig macht, verabschiede mich von meinen drei Fragezeichen und verstaue den Hund im Auto. Als ich den Motor starte, denke ich an das Gespräch, das Oskar morgen führen wird, und ein Kribbeln durchfährt meinen Bauch und zieht sich durch den ganzen Körper. Wer wird der Fremde sein, der mit Oskar spricht, und was wird er ihm anbieten? Die Mitgliedschaft in der Kommune? Wieder einmal muss ich mich in Geduld üben, aber diesmal wenigstens nicht lange.

Als ich auf die Forststraße abbiege, scheint mir eine schwarze Wand entgegenzukommen. Die Nacht herrscht über den Eschheimer Wald, majestätisch wie eh und je. Nur der Teil, den meine Scheinwerfer anleuchten, ist für mich auszumachen. Ansonsten könnte alles um mich herum in der Dunkelheit geschehen, ohne dass ich etwas davon mitbekommen würde.

Plötzlich knallt etwas gegen meine Windschutzscheibe und hinterlässt eine blutige Spur auf dem Glas. Ich schreie auf und mache eine Vollbremsung. Malou kläfft aufgeregt in ihrer Box, aber ich ignoriere sie. Mein Puls schlägt Purzelbäume. Zitternd liegt meine linke Hand auf dem Lenkrad, während die Rechte auf dem Schaltknüppel vibriert. Ich blinzle ein paar Mal gegen die Dunkelheit an, die sich mit dem grellen Scheinwerferlicht vermischt, dann erkenne ich die Umrisse eines riesigen Vogels am untersten Ende der Windschutzscheibe.

»Verfluchter Mist!«

Ich donnere meine linke Hand auf das Lenkrad. Das hat mir gerade noch gefehlt. Meine Knie geben nach, als ich aussteige, aber ich halte mich aufrecht und laufe auf das Tier zu, das nicht mehr in dieser Welt verweilt. Die Flügel des Raben sind in Positionen von ihm abgespreizt, die die Cola in meinem Magen brodeln lassen. Blut klebt an der Scheibe und läuft wie Sirup in Richtung Motorhaube. Der Kopf des Tieres ist verdreht und hängt schlaff nach unten. Wie kann das so schnell passiert sein? Der Rabe kam wie aus dem Nichts, vor allem kam er nicht frontal gegen die Scheibe, sonst hätte ich ihn vorher gesehen. Ich bin höchstens 50 km/h gefahren. Noch einmal rufe ich mir die Situation ins Gedächtnis und stelle fest, dass der Vogel wie ein Hagelkorn vom Himmel gefallen kam. Mit wackeligen Beinen hole ich mein Handy vom Beifahrersitz und stelle die integrierte Taschenlampe an. Zuerst leuchte ich damit einmal den Waldrand auf und ab, immer in Alarmbereitschaft. Es knackt hinter mir, und ich schleudere fast mein Handy davon, reiße meinen Körper herum und leuchte in die Richtung, in der es geknackt hat, aber der Lichtkegel reicht nicht annähernd weit genug. Alles, was er tut, ist, sich der schwarzen Wand der Nacht gegenüberzustellen, wie ein Gegner in einem Boxring.

Ich fürchte mich in diesem Wald, so sehr, wie ich mich selten vor etwas gefürchtet habe. Mit jedem Pulsschlag fühlt es sich so an, als würde mein Herz ein Stück weiter meinen Hals hinaufhüpfen. Ich kann es quasi schon auf meiner Zunge schmecken. Entschlossen hier wegzukommen, packe ich vom Waldrand einen dicken Ast, wende die Augen ab, während ich damit den Kadaver von meinem Auto auf den Straßenrand schubse, schleudere den Ast daneben, sprinte zurück auf meinen Sitz und knalle die Autotür zu. Erst als ich die Zentralverriegelung getätigt habe, komme ich zur Ruhe und nehme tiefe Atemzüge, so lange, bis ich wieder einigermaßen normal Luft holen kann. Dann starte ich den Motor und schalte die Scheibenwischer an. Übelkeit steigt in mir auf, als ich zusehe, wie sich das Scheibenwasser mit dem Blut vermischt und von rechts nach links geschubst wird, bis die Scheibe zum Großteil vom Rot des Todes befreit ist.

Schneller als ich sollte, befördere ich meinen Wagen zur Hütte, zerre die winselnde Malou aus dem Kofferraum, verriegle die Tür meiner Behausung und werfe mir gleich zwei Schlaftabletten ein.

Als ich am nächsten Morgen komplett angezogen auf meiner Bettdecke aufwache, weiß ich, dass sie gewirkt haben.

Beim Frühstück überlege ich, wie ich mir die Zeit vertreiben könnte, bis ich zu Marcella fahre und tippe lustlos auf meinem Handy herum, das mir ohne Netz so nutzlos ist. In Gedanken öffne ich das Foto, das ich gestern von Malou geknipst habe, und mir bleibt mein Bissen Brot im Hals stecken. Am Waldrand, weit hinter dem Punkt, an dem mein Hund sitzt, leuchtet etwas Nebelartiges, eine Art heller Schein in Form einer menschlichen Silhouette. Ich kneife die Augen zusammen, zwinge mich, durchzuatmen und öffne sie wieder, in der Hoffnung, ich hätte mir alles nur eingebildet, aber das Foto sieht genauso aus wie vorher. Meine Augen können mir einen Streich spielen, aber meiner Handykamera, die diese Erscheinung eindeutig eingefangen hat? Hier oben gibt es nicht einmal eine Straßenlaterne, die irgendein Licht irgendwohin reflektieren könnte oder so was. Aber was …

Ich kann nicht länger darüber nachdenken, ich muss hier raus, raus aus diesem Wald, ein für alle Mal weg aus dieser Hütte. Mit rasendem Puls packe ich meine Tasche und stürme mit Malou zum Auto, die Augen bewusst nicht auf den Wald gerichtet, sondern stur auf den Boden, den Hund, den Autoschlüssel … Bis ich im Dorf angekommen bin, mit dem einzigen Ziel irgendeine andere Unterkunft zu finden, starre ich stur geradeaus auf die Straße und atme gefühlt kein einziges Mal. Auf dem Weg durchs Dorf baue ich fast einen Auffahrunfall, weil mein Handy klingelt. Ich fahre in den nächstbesten Parkplatz vor einem Friseursalon mit Bildern von Dauerwellenmodels im Schaufenster und greife nach dem Gerät, das mittlerweile wieder Ruhe gibt. Auf dem Display wird mir ein verpasster Anruf von Marcella angezeigt und ich drücke die Rückruf-Taste.

»Wir machen einen Ausflug«, begrüßt sie mich. »Holst du mich ab?«

»Dir auch einen guten Morgen.«

»Wie schnell kannst du hier sein?«

Diese Kinder machen mich noch wahnsinnig. Was will sie denn jetzt? Sollen wir uns zusammen die Nägel lackieren lassen auf meine Rechnung? Ich habe gerade wirklich andere Probleme.

»Wo willst du denn hin?«

»Hol mich einfach ab, ich erklär's dir im Auto.«

Sie legt auf, für sie scheint alles geklärt. Seufzend lege ich den Rückwärtsgang ein und mache mich auf den Weg zu Marcellas Haus.

Das Mädchen wartet bereits vor der Tür, einen Rucksack auf den Schultern, die Kupfermähne zu einem Pferdeschwanz gebunden, der seiner wortwörtlichen Bedeutung bei der Länge ihrer Haare sehr nahe kommt.

»Das ging schnell«, sagt sie, als sie sich auf den Beifahrersitz fallen lässt.

»Wohin?«, frage ich nur. Es ist alles, was mich interessiert. Wenn sie mir nicht jetzt und hier ihr Ziel nennt und ich nicht jetzt und hier entscheiden kann, ob es mir das wert ist, kann sie jetzt und hier direkt wieder aussteigen.

»Ich habe nachgedacht.«

»Aha.«

»Wo könnten wir Informationen über diese Kommune herkriegen, wenn das Internet uns schon nicht weiterhilft?«

Ich warte darauf, dass sie sich selbst die Antwort auf ihre rhetorische Frage gibt, aber sie starrt mich nur an. »Ich dachte, *du* hast nachgedacht.«

Sie täuscht einen genervten Seufzer vor. Sie sollte sich überlegen, in die Theater-AG einzutreten. »Vielleicht wärst du ja auch draufgekommen. Na ja, jedenfalls, in Eschheim gab es bis vor einem Jahr ein Archiv. Mit alten Zeitungsartikeln und so, Ortsgeschichte, blabla das alles.«

»Wie hätte ich darauf kommen sollen, wenn ich vorher noch nie hier war?«

Man sieht ihr an, wie sie sich innerlich das Gleiche fragt, den Gedanken aber beiseiteschiebt und voller Euphorie weitererzählt. »Das Archiv war Teil einer Bibliothek, aber das ging dann irgendwie alles pleite und musste schließen oder so.«

Ich bin mir sicher, dass »pleitegehen« in diesem Fall die falsche Wortwahl ist, aber Teenager sind allergisch auf Korrekturen. »Und?«, frage ich also nur, anstatt sie darauf hinzuweisen.

»Und?«, äfft sie mich nach. Vielleicht ist sie sogar schon in der Theater-AG. »Na, wir fahren da jetzt hin und durchsuchen das Zeug!«

Wie gern ich manchmal wieder sechzehn wäre und meine Brille in Sehstärke naiv eingestellt hätte. »Wie stellst du dir das denn vor? Steht das Ding überhaupt noch?«

»Also, ich bin halb so alt wie du, okay. Aber deshalb nicht halb so dumm.«

Auch an dieser Stelle verkneife ich mir einen Kommentar. Dumm ist sie bestimmt nicht, dennoch fürchte ich, mein Wissenshorizont ist etwas weiter.

»Das Ding steht noch und hat immer noch keinen neuen Käufer oder Mieter oder was weiß ich gefunden. Manche aus unserer Schule schleichen da nachts rein und bemalen die Wände und so.«

»Es ist aber heller Tag. Jemand wird uns sehen und dann?«

»Niemand wird uns sehen. Das Archiv liegt nicht direkt im Ort. Da ist weit und breit nichts drum herum.«

Ich ziehe eine Augenbraue nach oben. »Kein Wunder, dass keiner eine Bibliothek mitten in der Pampa besuchen wollte.«

Ein Lachen stiehlt sich auf Marcellas Gesicht. »Witzig, genau das hat meine Mutter auch gesagt.«

»Ja, witzig«, murmle ich und starte den Motor. »Du bist mein Navi.«

Fünfzehn Minuten später stehen wir vor einem Betonklotz, der nur durch die Graffitis an seinen Wänden Farbe abbekommt. Um uns herum ist tatsächlich gähnende Leere. Die Bibliothek ist umgeben von Wiesen, auf denen Kühe grasen, in der Ferne ein Hügel, hinter dem ich das nächste Dorf vermute. Die Landstraße schlängelt sich am Gebäude vorbei, aber wir parken hinter dem grässlichen Bau, sodass man meinen Toyota von der Straße aus nicht sehen kann.

»Was machen wir mit Malou?«, frage ich.

Marcella zuckt die Schultern. »Mitnehmen.«

Bevor ich nachhaken kann, ob das eine gute Idee ist, ist sie schon zur Tür herausgesprungen und hat sie hinter sich zugeknallt.

Die Eingangstür zur Bibliothek ist natürlich verriegelt. Ich hatte nichts anderes erwartet, daher kann ich mir meine einsetzende Enttäuschung kaum erklären. Marcella fängt neben mir an zu kichern und hält sich die Hand vor den Mund.

»Was?«

»Hast du echt gedacht, wir gehen zur Tür rein?«

Langsam nervt sie mich. »Sehr witzig, Sherlock, warum gehst du nicht einfach vor?«

Immer noch kichernd leitet sie mir den Weg rechts an der Tür vorbei, bis wir vor einem kaputten Fenster zum Stehen kommen. Jemand muss die Scheibe eingeschmissen haben, wie Stalaktiten stehen einzelne Splitter gefährlich ab.

»Vergiss es«, sage ich beim Gedanken daran, durch dieses Todesloch zu klettern. Was bringt es mir, wenn ich mir hier den Bauch aufreiße, bevor ich überhaupt einen Blick in diese blöde Bibliothek werfen kann?

»Man merkt, dass du noch nicht lange im Geschäft bist.«

Was soll das denn jetzt schon wieder heißen? Marcella steckt vorsichtig einen Arm durch das Loch und werkelt herum. Bis ich kapiert habe, was sie tut, hat sie den Henkel von innen aufbekommen und stößt das Fenster mit einem Ruck auf.

»Nach Ihnen, Sherlock.« Ich deute ihr mit der Handfläche den Vortritt, und sie schwingt sich ins Innere der Bibliothek und nimmt mir mit aller Kraft, die sie aufbringen kann, die nicht ganz so leichte Malou ab, die ich ihr nachreiche.

Unsanft lande ich im Raum, der ungefähr so abgestanden riecht, wie er aussieht.

»Tadaaa«, ruft Marcella und breitet die Arme aus. »Willkommen in der Bibliothek von Eschheim!«

An den Wänden zieht sich Schimmel hinauf wie wilder Efeu, der Boden ist feucht und von Schmutz bedeckt. Auf den Büchern, die sich hier auch nach der Schließung noch in den Regalen tummeln, zwar wild durcheinander und bei Weitem nicht vollständig, steht der Staub so hoch, dass sie wie große Spezialausgaben wirken.

»Wo ist das Archiv?«

Wenn wir hier etwas finden, dann dort.

»Das ist fast komplett leer«, enttäuscht mich Marcella. »Aber wir können uns mal umschauen, ich war selbst erst einmal kurz drin.«

»Manche aus unserer Schule«, imitiere ich sie, »schon klar.«

Das Mädchen dreht sich zu mir um und legt den Finger auf die Lippen. »Schhh.«

Auf den Treppen, die ins Archiv hinunterführen, liegen Glasscherben, vermutlich von Bierflaschen. Aus Angst sie könne auf eine davon treten, nehme ich Malou auf den Arm. Dieser Hund ist wirklich verdammt schwer.

Unten erwarten uns jede Menge Regale und darin jede Menge Nichts. Nur im hintersten Teil hatte wohl jemand keinen Elan mehr, auch die restlichen Bücher und Akten zu verstauen und hat sie einfach hiergelassen. Wir verteilen uns auf die zwei gefüllten Regalreihen und sehen die dort schlummernden Schätze durch. Hätte ich gewusst, wo wir hinfahren, hätte ich mir noch Handschuhe gekauft. Angewidert verziehe ich das Gesicht bei jedem von Staub umhüllten Buch, das ich anfasse und bekomme immer wieder einen Hustenanfall, wenn ich die weiße Schicht von den Einbänden puste.

Meine Suche bleibt ergebnislos, bis mein Blick auf ein Exemplar fällt, das ganz allein auf dem untersten Regalbrett liegt. Ich entstaube es mit trockener Kehle und stocke, als sich mir der Titel enthüllt: »Die Pforte des Waldes«, steht in goldenen Lettern auf dem Cover, das von Baumreihen geziert wird, in der einer besonders hervorsticht. Darunter in kleinerer Schrift: »Ein Übergang nach Askanien«

»Wie habt ihr gesagt, nennt sich die Kommune?«, frage ich Marcella krächzend.

»Askanien«, dringt ihre Stimme zu mir zurück, »warum?«

Kapitel 15

»Okay, geht los«, schmatzt Oskar zwischen zwei Bissen Pizza, die ich für uns bestellt habe. Er hat zwar bei seinem Treffen mit Johann und dem Fremden schon gegessen, aber er ist in der Pubertät, und sein Magen verhält sich wie die Stretchhosen aus meinen Schwangerschaften.

Marcella und ich haben beschlossen, erst nach Oskars Bericht auch über unseren Ausflug und das Buch zu erzählen. Finn ist seit fünfzehn Minuten hier und hat bereits die Hälfte seiner Pizza Salami verdrückt, die vor zehn Minuten geliefert wurde. Marcella isst ihre Pizza Vegetale mit Messer und Gabel und kaut in Schildkrötengeschwindigkeit. Am liebsten würde ich ihr auf den Rücken klopfen, um den Vorgang zu beschleunigen. Sie muss so erzogen worden sein, wie ihr Zuhause vermuten lässt. Ich selbst bin viel zu aufgeregt, um meine Pizza Funghi anzurühren, und warte, bis Oskar endlich den Play-Knopf auf seinem Aufnahmegerät drückt.

»Darf ich vorstellen?«, hört man die Stimme von Johann Schlosser, »Oskar, das ist Herr Unger, er arbeitet in einer besonderen Einrichtung, die in Trauerfällen wirklich top ist. Er wird es dir selbst in Ruhe erklären. Ich muss dann auch weiter.«

»Sie bleiben gar nicht?«, höre ich nun Oskars Stimme. Die Aufnahme ist erstaunlich gut, es knackt und rauscht kein bisschen, obwohl das Gerät in seiner Tasche lag.

»Als Bürgermeister hat man leider auch am Samstag Termine. Viel Spaß euch, und lasst es euch schmecken.«

Ich kann mir genau vorstellen, wie dieser Schleimbolzen von Bürgermeister die Achseln zuckt und sich bei der Verkündung, man hätte in seinem Beruf auch am Wochenende Pflichten zu erledigen, wichtiger vorkommt als Donald Trump auf Twitter.

»Freut mich, dich kennenzulernen, Oskar. Johann hat mir schon erzählt, dass du deinen Opa verloren hast. Das tut mir sehr leid.«

Bevor Oskar darauf etwas erwidern kann, wird er von der Kellnerin unterbrochen, und wir hören dabei zu, wie er eine Fanta und Toast Hawaii bestellt. Der mysteriöse Herr Unger entscheidet sich für Grüntee und einen Salat mit Hirtenkäse.

»Also, was ist das für ne Einrichtung, für die Sie da arbeiten?«

Oskar redet nicht lange um den heißen Brei herum. Herr Unger räuspert sich, was so ungefiltert durch die Aufnahme zu uns dringt, dass ich mich fühle, als wäre ich live dabei.

»Nun, was würdest du sagen, wenn ich einen Weg wüsste, wie du mit deinem Opa kommunizieren kannst?«

»Sie meinen, Sie können mit Toten reden? Ey, ich würde echt die Finger lassen von diesen … wie heißen diese Bretter mit den Gläsern?«

Marcella wirft Oskar über den Tisch einen Blick zu, als wäre sie seine Lehrerin und murmelt »Ouija-Bretter«.

»Du meinst Ouija-Bretter«, tönt es um eine Sekunde versetzt aus dem Rekorder. »Davon würde ich auch die Finger lassen. Das ist völliger Humbug.«

»Humbug, Alter, haha, Humbug.« Finn verdient den Titel Fragezeichen am meisten von meinen drei Kandidaten. Ich kann mich nicht daran erinnern, dass er jemals etwas Nützliches beigetragen hat, aber wenigstens hat er Spaß. Zumindest so lange, bis ihm Marcella eine Kopfnuss verpasst.

»Unser Weg der Kommunikation ist sehr schwer zu erklären. Er funktioniert über eine Art …«, Herr Unger legt eine Pause ein, um die Dramatik zu erhöhen, *»Portal.«*

Meine Gedanken rasen zu »Die Pforte des Waldes«, aber ich muss sie noch zurückhalten bis das Gespräch zu Ende ist. Mein Puls beschleunigt sich mittlerweile aus antrainierter Selbstverständlichkeit.

»Also wie … wie eine Tür?«, fragt Oskar. Die Kellnerin scheint den Geräuschen nach zu urteilen gerade die Getränke auf den Tisch zu stellen. Herr Unger murmelt ein leises »Danke«, Oskar ist zu beschäftigt mit seinem Erstaunen.

»In gewisser Weise, ja. Aber nicht im wortwörtlichen Sinn. Man kann nicht körperlich hindurchgehen. Man tut es im Geist.«

»Versteh ich nicht.«

So ganz verstehe ich es auch nicht, selbst nachdem ich das Buch überflogen habe.

»Was hältst du davon, wenn ich dich auf ein Wochenende in unsere Einrichtung einlade?«

Teller klirren, was mich darauf schließen lässt, dass nun auch das Essen serviert wird.

»Ich weiß nicht, wo ist das denn? Ist das eine Klinik oder so was? Ich hab halt nicht so wirklich Geld dafür.«

Man kann diesen Herrn Unger förmlich schmunzeln hören. »Alles, was du brauchst, sind frische Klamotten und Kosmetikartikel. Und selbst die könnten wir bereitstellen. Ich hole dich ab, fahre dich zur … nun ja, Klinik würde ich nicht dazu sagen. Wenn es dir gefällt, kannst du direkt länger bleiben, solange du willst. Wenn nicht, fahre ich dich wieder zurück, und du siehst mich nie wieder. Um das Geld mach dir mal keine Gedanken.

»Psst«, macht Marcella und gestikuliert mit ihrem Finger vor ihrem Mund herum. Finn und ich wenden uns wieder der Aufnahme zu.

»Kann man das googlen?«

Jetzt hört man Herrn Unger nicht mehr nur schmunzeln, sondern herzhaft lachen. »Wenn man unsere Einrichtung auf Google finden würde, wären wir wahrscheinlich schon Millionäre, und Uri Geller oder weiß der Geier wer würde sich an unserem Portal zu schaffen machen. Fernsehshows würden dort gedreht werden, Touristen in Strömen kommen. Nein, Junge, das kann man nicht googlen.«

Das Bild, das zur Aufnahme in meinem Kopf mitläuft, zeigt mir, wie Oskar die Stirn runzelt.

»Was wäre daran so schlimm?«

Herr Unger antwortet nicht direkt, man hört Besteck klappern und ein Schmatzen, das höchstwahrscheinlich von Oskar ausgeht. »In deinem Alter ist das bestimmt nicht leicht zu verstehen. Aber Macht und Reichtum sind nicht alles.«

In seinem Alter hätte mich eine Bevormundung dieser Art auf die Palme gebracht. Oskar bleibt stumm.

»Ich habe das Portal nicht entdeckt, aber ich kenne es wie meine eigenen Kinder und weiß, wie kostbar es ist. Es ist nicht für die Massen gemacht. Die breite Masse würde nicht verstehen, worum es sich handelt. Die meisten würden es verspotten. Das Portal ist zu wertvoll, zu mächtig, um es mit der Öffentlichkeit zu teilen. Herr Schlosser weiß das, und er hilft mir dabei, es zu beschützen. Er würde niemals publik machen, wo es sich befindet. Daher kann ich dir auch jetzt noch nicht verraten, wo es liegt. Du musst es selbst herausfinden.«

Oskar drückt auf »Stopp«.

»Das war alles, was der Kerl dazu gesagt hat. Danach kam nur noch dämlicher Small Talk bis wir gegessen hatten. Aber er hat mich eingeladen.«

Er zwinkert in die Runde und nimmt ein weiteres Stück Pizza. In seinem Magen feiern Hawaii und Italien Vermählung, und ich wundere mich, wann er endlich satt ist. Der Spannung seines Shirts nach zu urteilen, schwängert Italien Hawaii auch unmittelbar.

»Und hast du ihm zugesagt für das Wochenende?«

Mehr interessiert mich gerade nicht, über das Portal wusste ich vorher schon Bescheid.

»Ich hab gesagt, ich denk drüber nach. Er meinte, er ist nächsten Freitag um halb zwei am Café, und wenn ich nicht da bin, dann weiß er, dass ich es mir anders überlegt hab.«

Marcella entlässt einen tiefen Seufzer aus ihrer Kehle. »Er hat dir also nicht mal eine Handynummer gegeben? E-Mail-Adresse? Gar nichts?«

»Nope«, flötet Oskar und reibt sich den Bauch.

»Marcella und ich haben auch etwas herausgefunden.« Ich kann damit nicht länger an mich halten. Finn und Oskar schauen uns erwartungsvoll an, also lege ich direkt los. »Wir waren im alten Archiv und haben das gefunden«, ich ziehe das Buch aus meiner Handtasche und halte es den Jungs unter die Nase. Oskar nimmt es mir aus der Hand und blättert es vor Finns Augen durch. »Es ist ein Manifest, das anonym verfasst wurde.«

»Die Pforte des Waldes«, plappert Finn den Titel nach, den Blick starr auf die vergilbten Seiten gerichtet.

»Meinst du, es ist von Johann?«, will Oskar wissen.

Ich schüttle den Kopf. »Kann es nicht sein. Es ist aus dem Jahr 1949. Da war Johann noch nicht mal geboren.«

»Wir haben es überflogen«, erklärt Marcella weiter, »und es geht um ein Portal im Wald. In einem Baum.«

»In einem Baum? Diese komische Tür ist in nem *Baum*?«

»Eine Esche, ja.« Ich übernehme wieder das Wort. »Genau wie der Weltenbaum, die Weltesche.«

Als ich in fragende Gesichter blicke, fällt mir ein, dass diese Kinder bestimmt noch nie von nordischer Mythologie gehört haben.

»Nicht so wichtig, das ist ... eine alte Legende. Davon ist hier aber nicht die Rede, es hat mich nur daran erinnert. Der Autor dieses Manifests ist der Überzeugung, dass dieser Baum unsere Welt mit einer anderen Dimension verbindet. In der die Toten weiterleben.«

»Humbug«, sagt Finn, ohne dabei zu lachen. Sein Zahnarzt wäre stolz auf ihn, so weit wie er gerade seinen Mund aufreißt.

»Es ist alles hier drin erklärt. Wie man mit den Toten kommuniziert über den Baum, dass man dafür geschult werden muss, um den Geist mit der anderen Dimension zu verbinden. Genau verstehe ich das alles nicht, aber es hört sich wirklich wie verdammter Humbug an.«

Marcella nimmt den Jungs das Buch aus der Hand, schlägt eine bestimmte Seite auf und gibt es ihnen zurück. »Hier ist auch die Rede vom Übergang. Wenn ein Mitglied sterben möchte, entweder weil es nicht mehr leben will oder weil es schwer krank ist und den Prozess beschleunigen möchte, dann kann es sich für den nächsten Übergang anmelden. Man kann dann dabei sein, wie die Seele den Körper verlässt und durch den Baum ... scheiße ist das alles bescheuert.«

»Das kannst du laut sagen«, pflichtet Oskar ihr bei.

»Egal wie verrückt das alles klingt, ich glaube, die Kommune im Wald lebt bei diesem vermeintlichen Baum und denkt, dass sie mit den Toten sprechen kann. Dieses Manifest ist der Beweis, den ich ewig gesucht habe. Ich werde ihn zum Kommissar bringen, gleich morgen. Dann kann er sich endlich diese Spinner vornehmen.«

»Aber glaubt ihr … die Leute, die da verschwunden sind … na ja, wurden die zum Übergang gezwungen?«

Oskars Frage brennt sich durch meine Haut bis in meine Organe und droht, mich innerlich zu verätzen. Ich muss sofort an den nächsten Übergang denken, den das Mädchen angekündigt hat, in knappen zwei Wochen. Wenn Tom und Lina noch am Leben sind – und ich kann nicht anders als fest daran zu glauben – stehen sie vielleicht schon auf der Liste. Auf der Liste der unfreiwilligen Freiwilligen, die sich als Testkaninchen für diese makabre Geistershow zur Verfügung stellen.

Kapitel 16

Auf der Autobahn trete ich das Gaspedal durch, was meiner Klapperkiste alles abverlangt. Mein Tempo reicht noch lange nicht für die linke Spur, aber ich halte mich wacker auf der Mittleren. Gerade nach dem, was mit Luis passiert ist, kann ich Raser und unverantwortliche Fahrer nicht ausstehen. Aber heute bin ich auf einer Mission. Eigentlich wollte ich erst morgen zu Kommissar Schönling aufbrechen, aber als mich Oskar an den Übergang erinnert hat, wusste ich, dass ich noch heute mit Mister Superermittler reden muss. Immerhin geht es um meine Familie, und selbst wenn der Übergang erst in zwei Wochen stattfindet, wer weiß, was diese Spinner bis dahin mit ihnen vorhaben. Hier hat keiner Zeit zu verlieren.

Die Straßenschilder fliegen an mir vorbei, einzelne Sträucher am Straßenrand verbinden sich zu einer konstanten grünen Linie, und aus dem Radio malträtiert irgendein modernes Hip-Hop-Geplänkel mein Trommelfell.

Einerseits fühlt es sich gut an, endlich wieder den Weg in die Heimat anzutreten. Dort fühle ich mich sicher, nicht beobachtet, dort habe ich alles, was ich brauche. Und doch gar nichts mehr davon. Das ist die andere Seite, die Blei auf meine Brust legt. Alles in mir sträubt sich gegen Eschheim und diesen verfluchten Wald. Aber für meine Familie würde ich für immer dableiben.

Ich fahre direkt zur Polizeiwache, in dem der Witz von einer Soko ermittelt, aber der Polizist am Empfang sagt mir, dass der Kommissar nicht im Haus ist. Aufgebracht stapfe ich zurück zu meinem Auto, knalle die Tür hinter mir zu und wähle seine Nummer.

»Ich dachte schon, Sie rufen gar nicht mehr an«, meldet er sich erheitert.

Er kann sich seine gute Laune in die Gelfrisur schmieren.

»Wo stecken Sie, haben Sie keine Ermittlung am Laufen?«

Er lacht in den Hörer. Er *lacht*, ist das zu fassen?

»Doch, aber es ist Samstag. Da keine aktuellen Hinweise vorliegen, die Dringlichkeit erfordern, erlaube ich mir, den Samstag mit meiner Frau und meinen Kindern zu verbringen.«

»Mein Mann und meine Tochter werden seit Wochen vermisst. Und das hat für Sie *keine* Dringlichkeit?«

Der altbekannte Seufzer dringt durch die Leitung. »Sie wissen genau, wie ich das meine, Frau Höffner. Natürlich hat es Dringlichkeit. Es gibt nur nichts, was ich an diesem Samstag tun kann und ehrlich gesagt, brauche auch ich meine verdiente Pau...«

Indem er mitten im Wort abbricht, erspart er sich von mir einen Tobsuchtsanfall. Verdiente Pause wollte er sagen, dass ich nicht lache. Wenn hier jemand eine Pause verdient hätte, dann ja wohl ich.

»Moment mal, woher wissen Sie, dass ich nicht ... Frau Höffner, sind Sie etwa zurück?«

»Ich muss Ihnen etwas zeigen. Es ist dringend.« Das letzte Wort würze ich mit einer Portion Häme, da er vorher mit seiner Dringlichkeit ins Fettnäpfchen gehüpft ist wie Pommes frites.

»Um was geht's denn?«

»Es hat einen Grund, dass ich von *zeigen* und nicht *sagen* spreche. Also, kommen Sie?«

In der Pause, die entsteht, kratzt er sich vermutlich am Kopf, versucht sich den Widerwillen abzuschütteln und wirft wahrscheinlich seiner Frau einen entschuldigenden Blick zu. Sein Job erfordert es sicher oft, Frau und Kinder hinten anzustellen, was mir fast ein bisschen leidtut.

»Ich bin in zehn Minuten am Revier.«

Die zehn Minuten, die er braucht, nutze ich, um mit Malou ein paar Schritte zu gehen, damit sie sich die Beine vertreten und ihre Blase erleichtern kann.

Als der Kommissar aus seinem Wagen steigt, erkenne ich ihn kaum wieder. Er trägt ein Shirt mit einem Muster, das Kubisten stolz machen würde, und eine Stoffhose, in der er aussieht wie ein Tommy-Hilfiger-Model. Seine Frisur offenbart mir, warum er sonst so viel Gel in den Haaren hat.

»Haben Sie in Eschheim das Bernsteinzimmer entdeckt, oder was? Es muss wirklich dringend sein, wenn Sie dafür sogar hierher zurückfahren und mich am Samstagabend aus dem Haus scheuchen.«

»Ich würde vieles geben, um nur das blöde Bernsteinzimmer suchen zu können statt meiner Familie, also sparen Sie sich Ihre Witze.« Zu meinem Erstaunen sage ich es nicht wütend, sondern eher kumpelhaft. Ist es schon so weit gekommen? Bin ich schon so verzweifelt?

Er nickt eine Entschuldigung und hält mir und Malou die Tür auf ins Revier. »Ist der neu?«, fragt er und deutet auf Malou, als wäre mein Hund ein Pullover, den ich im Sommerschlussverkauf erstanden habe.

»War im Angebot«, sage ich und belasse es bei diesem Scherz, da ich ihm die ganze Geschichte nicht erklären will.

Das Schild auf seiner Bürotür erinnert mich an seinen richtigen Namen, den ich vor lauter »Schönling« schon fast vergessen hatte: »Kommissar Mertens« prangt in Druckbuchstaben darauf.

Er sitzt noch nicht, da sprudeln die Worte schon aus mir heraus.

»Ich war im alten Archiv Eschheims und habe das hier«, ich zücke das Manifest aus meiner Tasche und reiche es ihm über den Schreibtisch, »gefunden. Es ist ein Manifest, anonym verfasst im Jahr 1949. Und es geht um die Kommune. Also, es wird nicht explizit davon gesprochen, aber ich bin mir sicher, dass es um diese verdammte Kommune geht.« Ich muss eine Sekunde Pause einlegen, um Luft zu holen. »Jedenfalls, es gibt einen Baum, der eine Pforte, eine Art Portal, zu einer anderen Dimension ist. Zu der Dimension, in der die Toten weiterleben. Und – schauen Sie mich nicht so an, *ich* habe mir diesen Schwachsinn nicht ausgedacht!«

Seine Augenbraue zuckt, er unterbricht mich aber nicht. Er hat sein Gesicht so sehr in Falten gelegt, dass man ihn mit einer Origami-Figur verwechseln könnte.

»Das wichtigste Indiz«, ich komme mir vor wie seine nicht vorhandene Ermittler-Kollegin, »ist der Übergang.« Ich nehme ihm das Buch aus der Hand, schlage die entsprechende Seite auf und gebe es ihm zurück. »Man kann, wenn man nicht mehr leben möchte, oder schwer krank ist und nicht mehr leiden will, über den Baum in die andere Dimension reisen. So nennt es der Autor jedenfalls. Ich nenne es, sich vor einem Baum vergiften.«

Kommissar Mertens studiert das Buch nachdenklich, überfliegt einige Seiten, vor allem die mit dem Übergang, und schenkt mir einen Blick, der mir zum allerersten Mal kommuniziert, wie ernst er mich nimmt. »Es widerstrebt mir, Sie in Ihren heimlichen Eigenermittlungen zu bestärken, aber … das ist ein eindeutiger Hinweis, dem man auf jeden Fall nachgehen muss. Auch wenn wir damit immer noch keine Verbindung zu Ihrer Familie haben. Aber die Brücke werden wir schon noch irgendwie geschlagen kriegen.«

Ein Steinschlag bröckelt von meinem Herz. Ich kann nicht fassen, dass er mir endlich glaubt.

Bevor ich allerdings irgendetwas erwidern kann, schaut er mich streng an. »Frau Höffner, ich werde mich um einen Durchsuchungsbefehl kümmern, aber nur unter einer Bedingung.«

»Die wäre?«

»Sie fahren jetzt nach Hause, ich meine Ihr *richtiges* Zuhause, *hier*! Und überlassen jegliche Ermittlungsarbeit ab jetzt mir und der Soko. Wenn es etwas Neues gibt, informiere ich Sie umgehend. Ansonsten erwarte ich, dass Sie sich ausruhen so gut es geht und diese Stadt nicht verlassen. Ist das klar?«

»Man könnte glatt meinen, *ich* wäre hier die Verdächtige.«

Sein Blick verschärft sich, und ich hebe beschwichtigend die Hände. »Schon gut, ja, ist klar.«

Die Gesichtszüge meines Gegenübers entspannen sich. »Gut. Ach ja, das hier behalte ich als Beweisstück.« Er wedelt mit dem Buch vor meiner Nase herum.

Natürlich muss er es behalten, er braucht ja etwas, um den Staatsanwalt davon zu überzeugen, den Durchsuchungsbeschluss auszustellen. Dennoch durchfährt mich kurz Enttäuschung. Unter »ausruhen, so gut es geht« hatte ich nämlich verstanden, mich mit dem Manifest auf meinem Sofa zu verkriechen und es von vorn bis hinten zu lesen. Buchstaben für Buchstaben hätte ich umgedreht, um zwischen den Zeilen den entscheidenden Hinweis zu entdecken. So muss ich mich wohl darauf verlassen, dass er das für mich genauso gründlich übernehmen wird. Dass ich keinesfalls beabsichtige, meine Hütte aufzugeben und permanent hierher zurückzukehren, verschweige ich dem Kommissar. Der Schlüssel zu meinem Domizil im Wald drückt in meiner Jeanstasche, als würde er mir prophezeien, wie bald ich ihn wieder in seinem zugehörigen Schlüsselloch umdrehen werde.

Kapitel 17

Die Leere in diesem Haus erdrückt mich nicht weniger als der Eschheimer Wald. Natürlich fühle ich mich hier in meinen gewohnten vier Wänden wohler. Gleichzeitig wird mir zu Hause viel schmerzlicher bewusst, was ich alles verloren habe. In der Hütte war ich schon immer allein, alles war schon immer fremd und ungewohnt und ungemütlich. All diese Zustände sind dort Normalität. Aber dieses Haus habe ich zusammen mit Tom gekauft, einen Kredit aufgenommen, es eingerichtet, Möbel gekauft, Dekoartikel liebevoll drapiert. Hier habe ich zwei Kinder großgezogen, und hier weine ich regelmäßig um eines davon. In diesem Heim liegt die Realität auf mir wie eine Gewitterwolke. Manchmal regnet es nur leicht, manchmal beläuft sich der Schmerz auf ein Grummeln. Und manchmal, wie jetzt, fegt ein Sturm aus der Wolke, der mir dicke Hagelkörner ins Gesicht jagt, und ich warte darauf, bis mich auch der erste Blitz durchbohrt.

In Eschheim bin ich eine Löwin, die nur ans Kämpfen denkt, eine Füchsin, die sich von Hinweis zu Hinweis angelt und nicht ruht, ehe sie eine Lösung gefunden hat. Zuhause bin ich ein Maulwurf, der versucht, die höchsten Hügel zu buddeln und sich letztendlich doch unter die Erde verkriecht. Den Abend verbringe ich vor dem Fernseher und lenke mich damit ab, gängige TV-Formate als grenzdebil und die

Gesellschaft als verblödet zu beschimpfen. Für Nachrichten habe ich schon fast keine Nerven mehr übrig, und nachdem ich mir den allerletzten davon von den ersten zehn Minuten einer Polit-Talkshow rauben lasse, lege ich mich ins Bett. Damit Toms Seite nicht so leer ist, schalte ich mein Spießer-Gehirn auf Pause und erlaube Malou, sich dort breit zu machen. Mit einer Hand in ihrem Fell falle ich nach wenigen Minuten in tiefen Schlaf, der mich völlig ohne Schatten, seltsame Fußspuren, Äste-Knacken und imaginären Händen auf meiner Schulter umhüllt wie ein Seidentuch und mich bis in den späten Vormittag nicht mehr hergibt.

Um nicht völlig untätig zu sein, bis ich von Kommissar Mertens höre, beschließe ich, zu Annette zu fahren. Seit ihr Mann gestorben ist, lebt sie in einer kleineren Wohnung am Stadtrand, vor der ich um die Mittagszeit meinen Toyota parke. Malou habe ich im Haus gelassen, in der Hoffnung, dass sie mir nicht alles zerlegt, während ich weg bin. Annette ist wunderbar, aber der größte Hypochonder, den ich kenne und allergisch auf so ziemlich alles, was ihr in den Sinn kommt. Wenn sie einen Hund sieht, dann mit Sicherheit auch auf den.

»Ella, was für eine Überraschung!«, kreischt sie, als sie mich vor der Tür stehen sieht und fällt mir um den Hals. Irgendwo in mir meldet sich mein schlechtes Gewissen darüber, sie hier so völlig allein gelassen zu haben. Immerhin hat sie Tom, Lina und Luis genauso verloren wie ich.

»Ich habe gerade Kartoffelsalat gemacht und wollte mir dazu ein paar Würstchen heiß machen, du kommst genau rechtzeitig, na komm schon rein.« Sie schiebt mich mit ihrem knochigen Arm in den Eingangsbereich und nimmt mir meine Jacke ab. »Hast du was Neues rausgefunden?

»Ja, ich komme gerade vom Kommissar.«

Annette führt mich in die Küche, in der bereits ein Paar Wiener Würstchen neben einem Topf mit Wasser bereitliegt, und holt aus dem Kühlschrank noch ein weiteres Paar für mich. Sie schaltet den Herd an, probiert von ihrem Kartoffelsalat, würzt ihn mit etwas Salz, Pfeffer und Essig nach und stellt sich vor mir auf, die Hände in die Hüften gestemmt.

»Na sag schon!«

Sie wirkt immer so forsch und energisch, dabei kann ich die Erschöpfung und Trauer, die hinter ihren glasigen Augen lauern, genau sehen.

»Im Wald von Eschheim gibt es eine Kommune. Ich habe in einem Archiv ein Manifest gefunden, das 1949 anonym verfasst wurde. Und ich bin mir ganz sicher, dass es von der Kommune erzählt und woran sie glauben.«

Sie stellt Teller für uns auf den Esstisch, legt jeweils Messer und Gabel daneben und holt Gläser aus dem Schrank. Ihre Pupillen scheinen sich mit jedem meiner Worte zu weiten.

»Der Erzählung nach soll es dort einen ganz besonderen Baum geben, eine riesige, uralte Esche, die eine Art Portal darstellt in eine andere Dimension.«

»Wie der Weltenbaum?«

Im Gegensatz zu meinen drei Fragezeichen, kann ich mich auf ihre Kenntnis der nordischen Mythologie verlassen.

»So in etwa, nur dass der noch ein bisschen anders funktioniert.«

»War aber auch eine Esche«, stellt sie klar und hebt den Zeigefinger. »Und was hat das mit meinem Sohn und meiner Enkelin zu tun? Denkst du, sie sind dort?«

»Linas Schal wurde doch gefunden, erinnerst du dich?«

Sie nickt und gießt uns Wasser in die Gläser.

»Ausgerechnet in der Nähe dieser Kommune.«

Ihr Blick verrät mir ihre Skepsis, daher lege ich direkt nach.

»Der Bürgermeister von Eschheim, Johann Schlosser, er ist irgendwie Teil dieser Kommune, zumindest organisiert er Treffen für Interessierte. Er hält auch Vorträge über Trauerbewältigung und spricht dort mit verzweifelten Menschen, die jemanden verloren haben und lockt sie zur Kommune.«

Unsere Fleischbeilage zum Kartoffelsalat ist fertig, und Annette befüllt unsere Teller mit den dampfenden Würstchen. »Ich verstehe immer noch nicht …«, setzt sie an, aber ich unterbreche sie.

»Tom war doch auf einem seiner Vorträge, bevor er verschwunden ist, erinnerst du dich? Wir hatten am Telefon darüber geredet. Hat er dir wirklich nicht davon erzählt? Dass er da war? Oder dass er hingehen wollte?« Ich probiere den ersten Bissen Kartoffelsalat und schließe beinahe die Augen, so sehr genieße ich nach der seltsamen Ernährung der letzten Tage diese selbst gemachte Großmutter-Köstlichkeit.

»Wann war das denn?«, fragt Annette und legt die Stirn in Falten.

»Ungefähr zwei Monate vor seinem Verschwinden, warum?«

Nachdenklich nimmt Annette einen Schluck Wasser aus ihrem Glas und legt zum Überlegen kurz ihre Gabel am Tellerrand ab. »Er war so anders, nachdem Luis … Du weißt ja, wie er geworden ist.« Der Schmerz beim Gedanken daran sticht in meinen Augen. »Aber irgendwann, da kam er hier vorbei, noch spätabends und war plötzlich so … hm … Ich weiß nicht, wie ich es beschreiben soll. Er hat nur kurz Linas

Jäckchen geholt, das sie bei mir vergessen hatte, und ich habe mich schon gewundert, was er so spät noch getrieben hat.«

Auch ich lege meine Gabel ab und starre sie nieder. »*Wie* war er plötzlich, Annette?«

»Voller Hoffnung.«

Kapitel 18

7 Monate zuvor

»Viel Spaß, Schatz. Ich hol dich nach dem Abendessen ab.«

Ich küsse Lina auf die Wange, drücke ihr ihre Tasche in die Hand und lasse sie zu den anderen Kindern laufen zum Spielen. Sie steht zögerlich neben der Gruppe, die zur laut aufgedrehten Musik des Küchenradios um den Esstisch herumhüpft, auf dem die Geburtstagsgeschenke für Naomi bereitstehen. Lina legt ihrs dazu und wackelt auch ein bisschen mit den Beinen, nicht weil es ihr Spaß macht, sondern weil sie versucht, sich zum Spaß haben zu zwingen. Es geht ihr langsam besser, und sie lacht sogar oft wieder. Aber der Kummer dringt ihr noch immer aus allen Poren. Insgeheim glaube ich, dass sie ihn, wie wir alle, nur mittlerweile einfacher verstecken kann.

»Wenn irgendwas ist …«, ich wende mich an Naomis Mutter.

Sie legt mir eine Hand auf die Schulter und schenkt mir einen Blick, in dem Verständnis und ein Hauch von Mitleid schimmern. »Mach dir keine Sorgen, wir kümmern uns gut um sie. Wenn irgendwas sein sollte, rufe ich dich sofort an.«

Ich nicke. »Bis später. Feiert schön.«

Im Auto wartet Tom hinterm Steuer auf mich. Der Grabstein auf Luis' Grab wurde gestern gesetzt, und wir wollen Linas Abwesenheit nutzen, um ihn erst mal allein auf uns wirken zu lassen. Sie hat genug mit unseren unvorhersehbaren Reaktionen durchgemacht, es reicht, wenn ich morgen mit ihr herkomme.

Tom kaut auf seiner Unterlippe herum und spricht kein Wort mit mir, bis wir am Friedhof angekommen sind. Der Winterwind schneidet in meine Wangen, und ich ziehe mir den Schal über den Mund ins Gesicht. Als wir vor Luis' Grab ankommen, flutet die übliche Beklemmung meinen Körper. Ich fühle mich wie eine leere Hülle. Wenn ich hier stehe, bin ich in einer anderen Welt. In einer Welt voll schwermütiger Realität und doch ganz weit weg davon. Denn in meinem Kopf ist Luis hier präsenter denn je, weil ich es hier nicht verdrängen kann. Hier springt er vor meinem geistigen Auge herum wie vor dem Unfall, als Herumspringen und Spielen mit ihm noch Alltag war. Was mir jedes Mal das Herz gefrieren lässt, ist die Tatsache, dass ich ihn nicht spüre. Das was in dem winzigen Sarg einige Meter unter mir verrottet, das ist nicht mein Sohn. Das ist eine genauso leere Hülle, wie ich an diesem Ort.

Die erste Träne schlängelt sich über meine Wange und wärmt sie so lange, bis die Winterluft sie abkühlt und sie eisig auf den Boden tropft. Aber meine Haut wird bereits von der nächsten gewärmt. Ich kann Tom nicht ansehen, kann seinen Schmerz nicht ertragen. Seit Monaten sehen wir nur noch aneinander vorbei. Um uns trotzdem nahe zu sein, nehmen wir uns an der Hand und drücken sie, bis es wehtut. Der Stein ist schöner geworden, als es für Grabsteine erlaubt sein sollte. Der helle Sandstein teilt sich in der Mitte, damit ein rotes Steinherz darin Platz findet. Ein Messingkreuz ist an der linken Seite befestigt, darin ist wiederum ein Foto von Luis an seinem vierten Geburtstag eingefasst. Sein letzter Geburtstag auf dieser Welt.

Luis Höffner
**17.03.2014*
† 06.08.2018
Schau hinauf in die Sterne
und du wirst mich leuchten sehen

Ich zwinge mich, meinen Blick auf der Grabaufschrift zu halten und auf dem Foto, von dem aus mich sein wundervolles Lächeln fixiert und nicht mehr loslässt. Die Kälte des Wintertages kriecht unter meine Jacke und erfüllt meine Glieder, frisst sich durch die Haut, bis sie mein Herz erreicht.

»Vielleicht ist er gar nicht weg«, nuschelt Tom in die Stille. Weißer Atem steigt aus seinem Mund auf und zieht über das Grab wie Nebel.

Mein Kopf dreht sich zu seinem, aber er hält ihn stur geradeaus. »Kann es irgendwo noch realer werden als hier?«

Er ignoriert meine Frage. Meine Hand liegt immer noch in seiner, aber erschlafft. »Wir dürfen nicht nur glauben, was wir sehen. Da draußen ist noch viel mehr.«

Ich muss an die Bücher in seinem Arbeitszimmer denken. Seit Wochen verkriecht er sich darin. »Was ist da draußen noch? Was glaubst du, wo unser Sohn jetzt ist?«

Er dreht sich partout nicht zu mir um. Das hat er sich in den letzten Monaten antrainiert. »Das kann man nicht in Worten erklären. Das lässt sich so einfach nicht fassen.«

»Weil es nicht existiert.«

Jetzt habe ich seine Aufmerksamkeit. Sein Blick trifft auf

meinen, aber ich kann ihn nicht lesen. Enttäuschung, Wut und Traurigkeit mischen sich mit eifernder Aufregung. »Du warst schon immer engstirnig. Und stur.«

Ich lasse seine Hand los und deute damit auf das Grab unseres Sohnes. »Schau dir das an. Da, unter der Erde, in einer Holzkiste, liegt unser Sohn und atmet nicht mehr. Wann kriegst du das endlich mal in deinen Schädel?«

Das Funkeln in seinen Augen ist kälter als die Luft. »Der Körper ist nicht das Essenzielle, Ella. Der Körper ist nur eine Hülle, die Seele …«

»Ich will meinen Sohn zurück!«, schreie ich ihm ins Gesicht. »Es ist mir scheißegal, was es da draußen gibt oder nicht gibt, was ich nicht sehen kann. Ich will meinem Sohn zuschauen können, mit ihm spielen, ihn umarmen. Mit seinem Körper, mit seiner Seele, komplett und real und nicht als irgendein Energiefeld, das deine seltsamen Bücher irgendwo in Timbuktu gespürt haben wollen! Das *bringt* mir nichts, das *reicht* mir nicht!«

Ein Vogelschwarm erhebt sich, aufgeschreckt von meinem Gebrüll, aus einem Baum in der Ecke des Friedhofs. Tom schweigt und wendet sich von mir ab. »Glaubst du, ich will ihn nicht zurück? Du sagst, ich leugne seinen Tod, aber das stimmt nicht. *Du* leugnest ihn. Weil du zu festgefahren bist in deinen Ansichten über die Welt und das Leben und den Tod. Weil du ihn nur mit seinem Körper akzeptieren willst und nicht als das, was er jetzt ist.«

Sein Gebrabbel macht mich wahnsinnig. Ich möchte weinen und toben, stattdessen lache ich ihm ins Gesicht. »Du bist verrückt geworden. Das … das ist Verdrängung, Tom. Du brauchst Hilfe. Wir müssen dir Hilfe suchen.« Ich gehe in die Hocke und reibe mir die Schläfen.

Tom starrt in den Himmel und reibt sich den Bart. »Wir

können nicht rückgängig machen, was passiert ist. Niemand kann das. Was wir tun können, ist, diese höhere Macht, die diesen Plan für uns hatte, zu akzeptieren und zu lernen, mit der Situation zu leben.«

Obwohl der Boden eisig ist, lasse ich mich aus der Hocke auf die Erde plumpsen und vergrabe mein Gesicht in meinen Händen. »Was für eine höhere Macht, Tom? Gott? Es gibt keinen Gott. Ein Gott würde so eine Scheiße niemals zulassen.« Ich schaue nicht auf zu ihm, aber ich weiß, dass mein Mann den Kopf schüttelt.

»Doch, genau das würde er. Er würde uns damit prüfen. Wie stark unser Glauben ist. Aber es muss nicht unbedingt der Gott aus der Bibel sein. Es gibt so viel mehr da draußen …«

»Das hattest du schon erwähnt, ja. Wenn du dir so sicher bist, dass das alles ein genialer Plan einer unbekannten gespenstischen Existenz ist, mit der wir imaginär Händchen halten und ihr danken sollten, dass sie jetzt gut auf unseren Sohn aufpasst, dann entscheide dich wenigstens für eine bestimmte höhere Macht. So klingt das alles noch bescheuerter. Du weißt nur nicht weiter, du kannst der Wahrheit nur nicht ins Gesicht sehen.« Die Kälte durchdringt meine Hose, und ich stehe auf, wische mir die Nässe von den Wangen und stapfe in Richtung Friedhofsausgang.

»Ja, danke für deine Unterstützung. Hau nur ab, lauf davon, kehr dem Ganzen den Rücken. Ich habe mich bemüht, aus meinem Selbstmitleid, das dich so gestört hat, zu entkommen und habe Wege gefunden, den Tod unseres Sohnes zu akzeptieren. Und das ist jetzt auch wieder nicht recht.«

Wenn ich jetzt stehen bleibe und weiter mit ihm diskutiere, kann ich für nichts garantieren. Vielleicht ist unsere Ehe dann endgültig nicht mehr zu retten. Also laufe ich weiter, setze einen Fuß vor den anderen und kann ein lautes Schluchzen nicht unterdrücken, als die Last meines Schicksals mit voller Wucht auf mich herabstürzt.

Kapitel 19

Malou hat drei meiner Schuhe kaputt gekaut und sich gefühlt ihr halbes Fell an der Couch abgestreift, aber wenigstens hat sie nicht ins Haus gemacht. Damit sie das nicht noch nachholt, ziehe ich meine Schuhe gar nicht erst aus, als ich zurückkomme, sondern leine meinen aufgeregt an mir hochspringenden Hund an und zerre ihn nach draußen. Noch bevor die Tür zufällt, habe ich die Nummer von Kommissar Mertens gewählt.

»Es gibt noch nichts Neues«, meldet er sich etwas griesgrämig. Im Hintergrund höre ich Kindergeschrei und sehe ihn förmlich vor mir, wie er im Garten sitzt mit seiner Frau und den Kindern beim Toben zusieht, während er sich gemütlich einen Kaffee gönnt. Wahrscheinlich hat seine Geliebte noch frischen Apfelkuchen dazu gebacken.

»Was, warum nicht? Wie lange dauert das denn?«

»Es ist Sonntag.«

»Und?«

»Und ein Richter bearbeitet sonntags nur dringende Fälle.«

Das Thema hatten wir doch schon. Malou kläfft, als könne sie meine Empörung spüren.

»Und was ist jetzt an meinem Fall schon wieder nicht dringend?«

Er stöhnt so laut auf, dass ich mir einbilde, mein Hörer

würde vibrieren. »Das sind mir jetzt hier zu viele *Unds*. Sie wissen, dass ich Ihren Fall als dringend erachte, aber es geht hier nicht um mich. Um einen Richter sonntags dazu zu bewegen, schnell zu handeln, muss es schon um Leben und Tod gehen.«

»Und das geht es hier nicht?«

»Schon wieder ein *Und*«, stellt er nüchtern fest, wobei die Hälfte seiner Worte in seinem Bart versinkt. Bevor ich mich hineinsteigern kann, lenkt er ein. »Frau Höffner, ich verstehe Ihre Sorge, niemand kann wissen, ob es für Ihren Mann und Ihre Tochter gerade um Leben und Tod geht. Aber Sie müssen auch verstehen, dass es eben allen Fakten nach zu urteilen derzeit nicht danach aussieht. Der Richter wird sich sicher gleich morgen Früh darum kümmern.«

Liebend gern wäre ich dazu in der Lage, Verständnis für die Situation aufzubringen. Aber in meinen Schuhen, der Frau, die ihre komplette Familie innerhalb von 13 Monaten verloren hat, kann ich das nicht. Ich bin froh, dass ich noch aufrecht stehen kann.

»In diesem Manifest steht schwarz auf weiß, dass sich Leute in dieser Kommune umbringen für einen Übergang. Genau davon hat die Frau im Wald gesprochen.«

»Die Frau, von der Sie keine Beweise haben, dass sie tatsächlich zur Kommune gehört. Das Manifest, von dem Sie keine Beweise haben, dass es tatsächlich über die Kommune geschrieben wurde.«

»Es ist verdammt noch mal auch nicht *mein* Job, Beweise zu sammeln, und überhaupt ist *nichts* von dem hier mein Job, den ich trotzdem übernehme, weil Sie …«

»Beruhigen Sie sich!« Seine Stimme wird so laut, dass die Kinder im Hintergrund abrupt aufhören zu sprechen. »Ich habe mittlerweile verstanden, dass Sie denken, ich wäre unfähig. Ich kann nur immer wieder betonen, dass ich alles in meiner Macht Stehende versuche, um Ihren Mann und Ihre Tochter zu finden. Ob Sie mir das glauben oder nicht, ist mir dabei relativ egal. Ob Sie mich als unfähig, als dumm, als faul oder sonst was beschimpfen auch. Aber im Moment kann ich nicht mehr für Sie tun, als Ihnen zu sagen, dass der Richter sich morgen mit dem Durchsuchungsbefehl beschäftigen wird. Wenn es Ihnen also nichts ausmacht, werde ich diesen freien Sonntag nun nutzen, um Energie zu tanken und für morgen fit zu sein, wenn ich zur Kommune fahre und jeden Winkel davon auf den Kopf stelle. Denn das werde ich tun, ob Sie's glauben oder nicht. Ruhen Sie sich aus, und tun Sie *bitte* nichts Unüberlegtes. Tun Sie am besten einfach gar nichts.« Damit legt er auf.

Nach seiner Ansprache fühle ich mich wie ein Schüler, den sein Lehrer vor der Klasse bloßgestellt hat.

»Idiot«, murmle ich wie ein Kleinkind in der Trotzphase, das irgendwoher Schimpfwörter gelernt hat und zerre Malou an der Leine von einem Laternenpfahl weg, von dem sie sich scheinbar nicht lösen kann. Immer noch durch den Wind von der Zurechtweisung des Kommissars, beschließe ich, meine Gassi-Runde in Richtung Friedhof einzuschlagen. Ich war viel zu lange nicht an Luis' Grab, auch wenn ich mit Gräbern an sich noch nie viel anfangen konnte. Manche Leute finden dort Trost, fühlen sich ihren Geliebten dort näher. Ich fühle mich auf dem Friedhof miserabel. Gern hätte ich noch frische Blumen und Kerzen mitgebracht, aber das muss wohl bis morgen warten, wenn die Geschäfte wieder offen haben.

Am Grab angekommen starre ich so vehement auf den Grabstein, dass ich mich nicht wundern würde, wenn ich ihn wortwörtlich niederstarren und er im Boden versinken würde. Luis strahlt mich vom Foto aus an, das Herz daneben hat schon etwas Farbe verloren. Manchmal habe ich panische Angst davor, dass meine Erinnerungen an meinen Sohn irgendwann genauso verblassen werden. Wie jedes Mal, wenn ich hier bin, versuche ich krampfhaft, irgendeine Verbindung zu Luis zu spüren, warte auf Zeichen, an die ich gar nicht glaube. Wie jedes Mal passiert nichts dergleichen. In Situationen wie dieser wünsche ich mir, ich hätte die Einbildungskraft meines Mannes.

Nach all der Zeit, die seit dem Unfall vergangen ist und all den Ereignissen seit dem Verschwinden meiner restlichen Familie, bin ich so abgestumpft, dass ich nicht einmal mehr weinen kann an diesem Ort. Ich starre nur vor mich hin, ärgere mich, dass ich nicht einmal ein Feuerzeug dabeihabe, um die Kerzen wieder anzünden zu können, und freue mich über die Blumen, die Annette gebracht haben muss. Alles, was ich zurzeit fühle, ist Adrenalin, wenn ich einer Spur nachgehe und Müdigkeit. Grenzenlose Müdigkeit. Ich kann mich nicht daran erinnern, jemals so erschöpft gewesen zu sein.

Um die Gedankenhexen in meinem Kopf zu verjagen, die sich schon wieder zu einer Walpurgisnacht versammeln wollen, rufe ich auf dem Heimweg meine beste Freundin Kathi an, die sofort einwilligt, den Abend mit mir zu verbringen und mich abzulenken. Die erste halbe Stunde ihres Besuches lenkt meine neue fellige Freundin eher sie ab, danach bestellen wir Asiatisch und unterhalten uns beim Essen über meine Zeit in Eschheim. Auch die seltsame Silhouette auf dem Foto von Malou kommt zur Sprache, da sie ihr natürlich auch aufgefallen ist. Sie beruhigt mich und meint, dass so was schon mal vorkommen kann, dass meine Handykamera vielleicht einfach irgendwie gesponnen hat, aber wir beide wissen, dass das keine zufriedenstellende Erklärung ist.

Irgendwann steigt mir der Rotwein, den wir trinken, zu Kopf, und ich lege mich ins Bett, während Kathi noch mit Malou rausgeht. Als sie wenig später zurückkommt, mein Hund zu mir aufs Bett hüpft und sie wie eine Mutter das Licht löscht und sich auf den Heimweg macht, schlafe ich bereits tief und fest.

Am nächsten Morgen weckt mich ein Anruf von Kommissar Mertens. Mit Schrecken stelle ich fest, dass ich bis zehn Uhr geschlafen habe.

»Ja?«, nuschle ich in den Hörer.

»Habe ich Sie etwa geweckt?«, sagt der Kommissar mit belustigtem Unterton.

»Natürlich nicht.«

Ich hasse es, wenn er recht hat. Außerdem hat er in meiner Privatsphäre nichts zu suchen. Ich kann schlafen, so lange ich will, *er* hat einen Job zu tun.

Er macht Geräusche, die an ein Grunzen erinnern, dann räuspert er sich und wird wieder ernst. »Ich habe gute Neuigkeiten. Wir haben den Durchsuchungsbefehl. Meine Männer und ich machen uns jetzt auf den Weg und stellen diese Kommune auf den Kopf.«

Sofort bin ich hellwach und richte mich im Bett auf. »Das sind wirklich gute Neuigkeiten! Wann höre ich von Ihnen?«

»Frau Höffner, ich sage das jetzt nur einmal klar und deutlich. Wenn Sie auch nur darüber *nachdenken* uns nach Eschheim zu folgen und uns bei dieser Durchsuchung irgendwie in die Quere kommen, dann werde ich augenblicklich jegliche Ermittlungen einstellen, und Sie können zusehen wo Sie bleiben. Haben Sie mich verstanden?«

Tatsächlich keimt in mir das Bedürfnis auf, bei der

Durchsuchung dabei zu sein. Ich vertraue diesem Kerl nicht, nicht weil ich denke, er könnte mit Absicht irgendetwas nicht aufdecken. Eher stimmt seine Annahme, dass ich ihn für vollkommen unfähig halte. Dennoch wäre ich ihm nicht nach Eschheim gefolgt, weil ich genau weiß, dass er mich niemals in die Nähe der Kommune gelassen hätte.

»Verstanden. Wann höre ich von Ihnen?«

»Wir sind noch nicht mal losgefahren, Frau Höffner. Das wird schon später Nachmittag werden. Ich melde mich, sobald wir zurück sind.«

»Später Nachmittag?« Dieser Tag wird die reinste Hölle für meine Nerven.

»Sollten wir Ihre Familie finden, melde ich mich natürlich umgehend. Ich muss jetzt wirklich los. Bis dann.« Er legt auf, und ich lasse mich zurück in mein Bett fallen.

Mein Herzschlag beschleunigt sich beim Gedanken daran, dass ich heute meine Familie wieder in die Arme schließen könnte, und er beschleunigt sich noch mehr, als mir einfällt, dass sie auch nicht mehr leben könnten. Und der Kommissar sie … Nein, darüber kann ich gerade nicht nachdenken. Ich konzentriere mich auf die positiven Gedanken, verdränge alles andere und mache mir Frühstück, von dem ich keinen Bissen hinunterbekomme.

Um drei Uhr nachmittags stehe ich vor der Polizeiwache. Ich habe es zu Hause nicht mehr ausgehalten, bin ewig spazieren gegangen und schließlich hier gelandet. Vom Kommissar habe ich nichts mehr gehört, was meine Nervosität ins Unermessliche steigert. Andererseits heißt das zwar, dass er Tom und Lina nicht gefunden, aber somit auch nicht tot gefunden hat. *Noch* nicht gefunden, korrigieren sich Optimist und Pessimist gleichzeitig in mir.

Um kurz vor vier bin ich drauf und dran, seine Nummer

zu wählen, stecke mein Handy dann doch wieder in meine Hosentasche und vergewissere mich, dass der Klingelton auf die höchste Lautstärke eingestellt ist. Wenn ich ihn jetzt bei der Arbeit störe, wird er nicht nur unglaublich wütend werden, sondern ich schneide mir damit auch ins eigene Fleisch. Er soll seine Arbeit schließlich gut machen.

Um zwanzig vor fünf laufe ich zum gefühlt fünfhundertsten Mal um das Polizeirevier herum. Malou trottet schon nur noch voller Langeweile und mit schläfrigem Blick hinter mir her. Als eine viertel Stunde später endlich der Wagen von Kommissar Mertens vor der Wache hält, habe ich diese gerade ein weiteres Mal umrundet. Ich stürze mich auf ihn wie auf ein Stück Torte nach einer Diät.

»War ja klar«, murmelt er in seinen Hemdkragen, damit ich es nicht höre, was ich doch tue. In seiner Hand hält er eine weiße Plastiktüte, in der ich Servietten erkenne und etwas, das in Alufolie eingewickelt ist.

»Ernsthaft, Sie haben sich erst mal in Ruhe einen Döner geholt?«, plärre ich ihm ins Gesicht, als ich begreife, was sich in seiner Tüte verbirgt.

»Nach Ihnen.« Er hält mir die Tür zur Wache auf, und ich gehe kopfschüttelnd voraus.

»Wissen Sie, auch ich habe Grundbedürfnisse wie Hunger und Durst.«

»Stellen Sie sich vor, mir fehlt auch ein Grundbedürfnis, nämlich das der Liebe. Was mich zu dem dringenden Bedürfnis bringt, von Ihnen zu erfahren, was Sie gefunden haben.«

Er schließt die Tür zu seinem Büro auf, bietet mir den Stuhl an seinem Schreibtisch an und lässt sich gegenüber in seinen fallen. Dann besitzt er tatsächlich die Dreistigkeit, seinen Döner vor mir auszupacken.

»Also, was haben Sie gefunden?« Schweißperlen fluten meine Handflächen, und ich reibe sie am vergilbten Stoff des Stuhles, um sie zu trocknen.

»Nifts«, bringt er unter Schmatzern hervor. Ein Stück Zwiebel hängt ihm aus dem Mund, und der ganze Raum stinkt jetzt schon nach Knoblauch.

»Wie bitte?« Ich muss mich verhört haben. Man spricht nicht mit vollem Mund, verdammt noch mal, das kommt davon.

»Entschuldigung«, sagt er und legt seinen Döner zurück auf die Alufolie. »Ich sagte, dass wir nichts gefunden haben.« Mit einer Serviette wischt er sich Soße aus den Mundwinkeln.

»Sie meinen, dass Sie Tom und Lina nicht gefunden haben?« Mein Rachen ist so trocken, dass ich die Wörter kaum über die Lippen bringe.

Er schüttelt den Kopf. »Nein, Frau Höffner. Ich meine, wir haben absolut *gar* nichts gefunden.«

Kapitel 20

»Was soll das heißen, *absolut gar nichts?*«

»Genau das. Wortwörtlich.« Der Kommissar macht Anstalten, seinen Döner wieder in den Mund zu nehmen, aber ich werfe ihm einen so eisigen Blick zu, dass er ihn direkt wieder ablegt und sich die Finger am Stoff seines Bürostuhls abwischt.

»Aber das kann nicht sein, das …«

Ich breche den Satz ab, weil ich schlicht nicht weiß, was ich sagen soll. Ich war mir so sicher, dass meine Familie in der Kommune ist. Nein, ich *bin* mir immer noch sicher.

»Wir haben mit den Bewohnern gesprochen, zwei davon sind Heilpraktiker oder Osteodingsbums oder so was und dürfen Medizin aus allem möglichen Zeug herstellen. Das konnten sie uns sogar schriftlich geben.«

Sein Blick ruht so gierig auf seinem Döner, dass ich diesen packe und auf eine Kommode am anderen Ende des Raumes lege, wo er nicht mehr davon abgelenkt werden kann. Schnaubend lasse ich mich wieder auf meinen Stuhl fallen.

»Nur weil sie das beruflich dürfen, heißt das ja nicht, dass sie nicht trotzdem kriminell sein können. Es gibt bestimmt genug Polizisten, die schon Verbrechen begangen haben.«

Seine Augenbraue schießt nach oben. Wahrscheinlich fühlt er sich angesprochen. »Solange ich dafür aber keine

Anzeichen habe und das nicht nachweisen kann, kann ich damit nicht arbeiten.«

»Haben Sie sie denn gar nicht nach dem Übergang gefragt?«

Er lehnt sich in seinem Stuhl so weit zurück, dass er knarzt. »Doch natürlich. Sie wissen nichts davon. Also, sie bleiben dabei, dass es sich dabei um den Übergang der Kinder ins Nachbarhaus handelt. Das Manifest kannten sie übrigens auch nicht.«

»Lügen kann jeder.« Wie ein beleidigtes Kind verschränke ich meine Arme. Am liebsten hätte ich dazu noch die Zunge herausgestreckt. Wie gutgläubig ist dieser Kerl eigentlich?

»Lügen beweisen leider nicht. Aber selbst wenn sie gelogen hätten, wir haben de facto auch einfach nichts Verdächtiges gefunden. Die Zimmer sehen aus wie im Kloster, die Küche beinhaltet nicht mal richtig scharfe Messer, im Keller ist nur eine Kapelle, keine Folterkammer. Außer diesen Beeren gibt es keinerlei verdächtige oder gefährliche Medizin.«

»Der Baum«, fällt mir das wichtigste Indiz plötzlich ein.

»Welcher Baum?«

Malou zerrt an der Leine, weil sie den Döner riecht, und ich habe Mühe, sie zurückzuhalten. Am liebsten würde ich ihr die Knoblauchschleuder einfach geben.

»Na die Esche, die sie anbeten. Das Portal. Wenn ich mich richtig erinnere, wird der Baum im Manifest ›Ask‹ genannt.«

»Bäume gibt es dort viele. Die leben schließlich mitten im Wald.«

»Ask müsste doch herausstechen. Laut Manifest ist das Ding riesig, hat Wurzeln bis nach Jericho und Äste bis zum Mars.«

Eine seiner Augenbrauen huscht wieder nach oben. »Wurzeln bis nach Jericho? Passender Vergleich … Aber ich versichere Ihnen, da war kein besonderer Baum.«

Bevor ich antworten kann, reißt sich Malou los und stürzt sich auf den Döner.

»He, weg da! Hunde sollten wirklich keinen Döner essen, allein die Zwiebeln da drin …«, protestiert der Kommissar und springt vom Stuhl auf, schlägt die Hände über dem Kopf zusammen, reißt Malou den Döner unter der Nase weg und wirft alles in den Mülleimer. Eigentlich würde ich ihn jetzt auslachen, stattdessen kann ich nicht verhindern, dass mir Tränen über die Wangen strömen. Im Hintergrund jault Malou, im Vordergrund starrt mich Kommissar Schönling mit einer Mischung aus Hilflosigkeit und Verwirrung im Blick nieder, während er sich wieder auf seinen Stuhl sinken lässt.

»Tut mir leid. Ich …« Ein Schluchzer lässt mich nicht ausreden.

Der Kommissar verlagert auf dem Stuhl sein Gewicht, die Situation ist ihm sichtlich unangenehm. »Mir tut es auch leid, Frau Höffner, dass ich Ihnen heute keine besseren Nachrichten überbringen konnte. Ich hatte mir selbst mehr erhofft. Aber vielleicht haben wir uns da wirklich in etwas verrannt mit diesem Manifest. Manchmal … na ja, manchmal wollen wir so fest an Dinge glauben, weil es so schön wäre, weil es so leicht wäre … Dann klammern wir uns immer fester daran und werden am Ende enttäuscht.«

Mit einem Taschentuch aus meiner Handtasche wische ich mir das Gesicht ab und schaue zu ihm auf. »Glauben Sie deshalb nicht an Gott?«

Ein Schmunzeln stiehlt sich auf sein Gesicht, lässt seine Mundwinkel kurz nach oben zucken. »Wahrscheinlich, ja.«

Aus dem Augenwinkel sehe ich, wie er aufsteht, mir eine Hand auf die Schulter legen will, sich kurz vorher umentscheidet und mit der Hand eine Geste macht, als würde er eine Fliege verscheuchen. Seine soziale Inkompetenz bringt mich zum Lachen. Unbeholfen lacht er mit, und wir sitzen einfach gegenüber voneinander und lachen eine Weile.

»Ich werde wieder nach Eschheim zurückfahren«, merke ich schließlich an, und mein Lachen verschwindet.

Er nickt, und auch sein Gesicht wird wieder ernst. »Ich weiß.«

»Wie, versuchen Sie etwa gar nicht, mich davon abzuhalten?«

Es sieht aus, als würde er mir zuzwinkern, aber das passt so wenig zu ihm, dass ich es als Muskelzuckung seines Lids abtue. »Wir wissen beide, dass ich das sowieso nicht könnte. Ich werde hier weiterhin mein Bestes geben, auch wenn Sie mir das nicht glauben.«

Ich nehme mir ein zweites Taschentuch, um zu schnäuzen. »Ach, das glaube ich Ihnen sogar. Ich melde mich regelmäßig.«

Er begleitet mich und Malou, die im Vorbeigehen den Mülleimer anknurrt, zur Tür.

»Passen Sie auf sich auf«, sagt er noch, dann verlasse ich das Revier.

Am nächsten Morgen packe ich mir gleich nach dem Frühstück eine neue Reisetasche und mache mich auf den Weg zurück nach Eschheim. Als ich vom Polizeirevier nach Hause gekommen bin, habe ich mir eine neue Unterkunft gebucht, eine Ferienwohnung im Dorf. Ich kann einfach nicht mehr in dieser Hütte bleiben, in diesem Wald tue ich kein Auge mehr zu. Johann Schlosser ist mir zwar immer noch nicht geheuer, aber ich kann nicht leugnen, dass die Polizei nichts Verdächtiges in der Kommune gefunden hat. Außerdem hat der Kommissar leider recht, wenn er sagt, dass wir uns womöglich in etwas verrannt haben, das verlockend einfach gewesen wäre. Da ich ansonsten keinerlei Anhaltspunkte habe, werde ich trotzdem weiter der Kommune und ihren seltsamen Machenschaften nachgehen. Immerhin habe ich ja noch Oskar, der das ganze Wochenende über für mich spionieren kann. Wenn auch das nichts ergibt, kann ich mich ja anderen Dingen hingeben.

Nachdem ich meine restlichen Sachen aus der Hütte im Auto verfrachtet habe, lasse ich den Schlüssel auf dem Tisch liegen und fahre zu meiner neuen Bleibe. Die Vermieterin ist wenig begeistert, als sie sieht, dass ich mit Hund angereist bin. Nach einer viertel Stunde Diskussion nimmt sie mein Angebot, eine höhere Kaution zu zahlen, an, und ich kann mich endlich einrichten. Im Gegensatz zur Hütte ist das hier purer Luxus. Das Schlafzimmer hat zwar die Größe einer Abstellkammer, aber das Bett ist gemütlich und der Einbauschrank nimmt keinen Platz weg. Das Wohnzimmer ist immerhin doppelt so groß, hat ein Sofa, das schon bessere Zeiten gesehen hat, aber mich vollkommen zufriedenstellt, eine mini Küchenzeile und sogar einen Fernseher. Im Bad muss ich mir um warmes Wasser keine Sorgen machen, Strom ist jederzeit vorhanden, und das WLAN bemerke ich erst nach einer halben Stunde, weil ich schon so daran gewöhnt war, für Internet erst einmal in die Stadt fahren zu müssen. Schnell tippe ich Johann Schlosser über das Buchungsportal, auf dem ich seine Hütte damals reserviert habe, eine E-Mail, dass ich ausgecheckt habe, überweise ihm gleich den fälligen Betrag und packe meine Sachen aus.

Dann wähle ich Marcellas Nummer und sitze eine halbe Stunde später mit ihr im Café am Brunnen.

Über zwei Teller Kartoffelsuppe berichte ich ihr alles, was ich am Wochenende erlebt habe und was der Kommissar gefunden beziehungsweise nicht gefunden hat. Sie hört sich alles in Ruhe an, gibt ab und zu einen empörten Kommentar ab und legt hin und wieder ihre Stirn in Falten.

»Und jetzt?«, will sie wissen, als ich fertig erzählt habe und unsere Teller leer sind.

»Jetzt suche ich weiter. Ich kann nicht zu Hause sitzen und Däumchen drehen, während Tom und Lina da draußen sind. Ich kann das einfach nicht, da drehe ich durch. Auch wenn ich kein Detektiv bin oder sonst was, und auch wenn die Chance, dass ich irgendwas bewirken kann gering ist … Ich *muss* etwas tun.«

Marcella nickt verständnisvoll und nimmt einen Schluck von ihrer Fanta. »Aber willst du weiter die Kommune ausspionieren? Ich sag's dir, das wird echt nicht leicht … Und irgendwie glaub ich, das ist saugefährlich. Auch wenn die da nichts gefunden haben. Ich mein, die sind doch nicht blöd. Die verstecken ihr Zeug halt gut.«

Dass diese Kommune *ihr Zeug* so gut verstecken könnte, dass die Polizei es nicht findet, daran habe ich noch gar nicht gedacht. »Kann sein, dass es gefährlich ist, aber ich habe nichts zu verlieren. Zeigst du mir die anderen Wege, die zur Kommune führen?«

Ich lege ihr eine der Wanderkarten, die ich mir vorher am Kiosk gekauft habe, da ich die alten in der Hütte lassen musste, auf den Tisch und breite sie aus.

»Hast du nen Stift?«, fragt sie, und ich ziehe einen Kugelschreiber aus meiner Handtasche.

Zehn Minuten später hat sie mir vier Wege eingezeichnet und den ungefähren Standort der Kommune. So ganz genau kennt den ja niemand. Sie bietet mir an mitzukommen, aber ich möchte sie wirklich nicht noch tiefer in meine Angelegenheiten hineinziehen. Immerhin ist nicht ganz ausgeschlossen, dass mir etwas passiert. Das Mädchen soll sich auf keinen Fall wegen mir in Gefahr begeben.

Gleich nach unserem Treffen mache ich mich auf zum ersten der vier Wege. Obwohl ich gern in der Natur bin, merke ich hier einmal mehr, wie wenig ich diesen verfluchten Wald vermisst habe. Alles in mir schreit danach, ihn direkt wieder zu verlassen, aber ich setze wie ferngesteuert einen Fuß vor den anderen. Sogar Malou wirkt angespannt und läuft nicht so fröhlich wie sonst, bleibt nicht mehr ständig stehen, sondern will offenbar so schnell wie möglich weiter.

Der Weg führt tiefer und tiefer hinein auf einen Trampelpfad durch Gestrüpp. Äste zerkratzen mir das Gesicht, und ein unsichtbares Gewicht drückt auf meine Brust bei der Enge dieses Weges. Irgendwann steigt mir ein Geruch in die Nase, den ich zuerst nicht deuten kann. Je weiter ich in Richtung Kommune vordringe, desto intensiver riecht es, und ich entziffere bald, wonach. Jedes Mal wenn ich einatme, habe ich das Gefühl, in einer Wanne voller fauliger Eier zu baden. Der Schwefelgeruch verätzt meine Schleimhäute, und ich muss mir die Hand vorhalten, um einen Würgereiz zu unterdrücken.

Das Dickicht wird dichter und mit der Hand vor der Nase und Ästen vor den Augen, sehe ich nicht mehr, wo ich hintrete. Malou hat es ebenfalls schwer, neben mir Platz zu finden und nicht mit der Leine hängenzubleiben. Plötzlich stolpere ich über etwas Großes und versuche, mich mit den Händen abzufangen. Sie landen in einer wabbeligen, schleimigen Masse, um die in Scharen die Fliegen kreisen, die mir vorher gar nicht aufgefallen sind. Der Gestank erreicht hier seinen Höhepunkt, denn zusätzlich zu dem Schwefel mischt sich Verwesung darunter. Ich richte mich mit aller Kraft auf, vergewissere mich, dass ich die Leine noch in der Hand halte, und übergebe mich in einem Schwall auf eine Partie Moos und Pilze, als ich sehe, in was ich gefallen bin.

Kapitel 21

Meine Hände, Arme und Teile meines Sweatshirts sind voller Blut und anderen schleimigen Angelegenheiten, von denen ich lieber nicht wissen möchte, worum es sich handelt. Der riesige Hirschkadaver, der bereits eine recht ungesunde Farbe angenommen hat, liegt mit aufgerissenem Bauchraum vor mir. Das Auge des Tieres starrt mich an, als wäre irgendetwas in ihm noch am Leben. Ich wende meinen Blick ab, sammle Speichel in meinem säuerlich schmeckenden Mund und spucke ihn ins Gebüsch.

Malou schnuppert an den Überresten des Hirsches, und ich ziehe sie weg, packe sie, drehe mich mit ihr um, setze sie wieder ab und renne. Äste peitschen mir ins Gesicht, Spinnen und Käfer fallen auf mich und krabbeln an mir herum, Dornensträucher reißen mir die Jeans auf. Der Gestank frisst sich in meine Eingeweide, die Bilder des Hirsches fressen sich in mein Gedächtnis. Mein Mund ist so trocken, dass die Säure, die mir immer noch aus der Galle hochkriecht, ein Feuer an meinen Schleimhäuten entzünden könnte.

Obwohl ich keuche und röchle wie ein Hase, der gejagt wird, renne ich weiter und weiter, ignoriere nach wie vor die Äste und erreiche schließlich wieder den Hauptwanderweg.

Malou schüttelt sich sofort sämtliches Getier und Geäst aus dem Fell. Erst stütze ich meine blutverschmierten Hände auf meiner Hose ab und ringe nach Luft. Dann lasse ich mich vor Erschöpfung auf den Boden sinken und setze mich neben meine fellige Freundin, die mir eine Spinne vom Hosenbein leckt. Der Gestank ist hier nicht mehr auszumachen, aber er brennt mir immer noch in der Nase, und ich frage mich, ob ich ihn jemals wieder loswerde. Über mir flattert ein Schwarm Krähen, und ich muss an den toten Raben im Wald denken, der mir nachts gegen die Windschutzscheibe gekracht ist. Mir scheint, als wäre jegliches Leben innerhalb dieser Wälder verdammt und nur von kurzer Dauer. Der Wanderer aus dem Zeitungsartikel im Internet, die Krähe, der Hirsch, die Frau, die vorhat sich umzubringen … Wer weiß, wie viele Leichen unter dieser Erde schlummern.

Als ich wieder regelmäßiger atmen kann und mich ein wenig beruhigt habe, raffe ich mich auf und laufe in Richtung Parkplatz. Malou wirkt auf dem Wanderweg direkt gelöster und strahlt wieder die Fröhlichkeit und Neugier aus, die ich von ihr gewohnt bin. An einem Bach wasche ich mir das Blut von den Händen, zumindest das Gröbste bekomme ich ab. Hoffentlich sieht mich so niemand, aber die Wege hier sind trotz der angeblich so zahlreichen Touristen recht wenig in Benutzung. Zumindest kann ich die Menschen, die mir bisher begegnet sind, an einer Hand abzählen, aber das liegt vielleicht auch daran, dass dieses Gebiet unglaublich weitläufig ist.

Im Auto werfe ich mir meine Jacke über und ziehe den Reißverschluss bis ganz nach oben, damit niemand das Blut und den Dreck auf meinem Sweatshirt sieht. Als ich mich beim Ausparken im Rückspiegel sehe, stirbt mir vor Schreck der Wagen ab. Mein gesamtes Gesicht ist von Schrammen und Furchen durchzogen, teilweise sogar blutig. Im Moment kann ich nichts dagegen tun, also fahre ich zurück zur Ferienwohnung und schleiche ohne dass mich jemand bemerkt in das Mehrparteienhaus und reiße mir sofort die Kleider vom Leib.

In der Dusche schrubbe ich mich eine halbe Stunde lang mit heißem Wasser und Seife ab, bis ich mich wieder sauber fühle und keine Spur mehr von meiner Begegnung mit dem Hirsch zu sehen ist. Die Schrammen in meinem Gesicht sehen gewaschen auch nicht mehr so schlimm aus wie vorher. Eine größere davon auf meiner Stirn überklebe ich mit einem Pflaster, dann werfe ich mir einen gemütlichen Kuschelpulli und meine Jogginghose über, trinke so viel Wasser bis mir schlecht wird und verkrieche mich auf dem Sofa.

Um mich etwas berieseln zu lassen und meine Gedanken durchzulüften, schalte ich den Fernseher ein und schaue mir eine Folge einer Reality-TV-Show an, bei der Frauen, die sowieso schon jedes Kleidungsstück dieser Welt besitzen, shoppen gehen und danach ihre Outfits vergleichen. Am Ende gewinnt die Jüngste, Michelle, die in der höchsten Frequenz spricht, Modedesign studiert und das Pluspaket an super hippen Anglizismen gepachtet hat.

Da ich keinen Krümel an Lebensmitteln in der Wohnung habe und Malou sowieso noch mal raus muss, ziehe ich mir nach Michelles Triumph eine frische Jeans an und laufe ins Dorf zum Supermarkt. Fürs Abendessen bleibe ich bei Nudelsuppe, da ich meinem aufgewühlten Magen heute nichts Festes mehr zutraue. Ansonsten genieße ich die Möglichkeit, mich in der komfortablen Wohnung, in der es immer Strom und generell eine bessere Küche gibt, ordentlich mit Nahrungsmitteln einzudecken. Obst, Gemüse, Nudeln, Reis und etwas Gewürzkram, Getränke, Teebeutel, Brot, Wurst und Käse, Schokolade … Ich kann gar nicht mehr aufhören, den Einkaufswagen vollzuladen.

Draußen verfluche ich mich dafür, denn der Weg zur Ferienwohnung zieht sich doch länger als ich dachte, und die drei vollen Papiertüten lassen sich vom Gewicht her nicht wirklich mit meiner heutigen Kraft vereinbaren, ganz zu schweigen von meinen Problemen, Malous Leine daneben noch festzuhalten.

Wieder in der Wohnung angekommen verstaue ich meinen Großeinkauf, koche mir eine Nudelsuppe und schlürfe sie an dem kleinen Esstisch am Fenster. Den Luxus des WLAN nutze ich aus und werfe meinen Freund und Helfer Google an.

»Schwefelgeruch Wald« tippe ich ein und klicke auf den Such-Button. Die Ergebnisse sind wenig brauchbar. Alles, was ich finde, ist eine Pflanzenart, die wie ein Phallus aussieht, sogenannte Stinkmorcheln. Scheinbar riechen diese stark nach Aas, sodass Menschen schon die Polizei alarmiert haben, da sie eine Leiche im Wald vermuteten. Letztendlich war es nur diese Pilzart. Aber habe ich Aas gerochen? Ich war mir vorher sicher, dass der Geruch schwefelhaltig war. Riechen Aas und Schwefel ähnlich? Natürlich habe ich mir darüber vorher noch nie Gedanken gemacht, aber ich denke, den Unterschied hätte ich bestimmt gerochen. Andererseits bin ich zurzeit nicht vollständig Herr meiner Sinne.

Die meisten der restlichen Treffer drehen sich um die Kanalisation, Kläranlagen und Abwasserbehandlungsanlagen, die wohl Schwefelwasserstoff beinhalten, der für Menschen äußerst giftig ist, wenn er in Kanalrohre gelangt und austritt. Aber mitten im Wald liegen doch keine Kanalrohre. Außerdem wäre ich wahrscheinlich längst so tot wie der Hirsch, wenn ich das Zeug so lange eingeatmet hätte.

Als ich mich weiter durch die Seiten klicke, erhalte ich auch immer mehr Treffer zum Thema Schwefelgeruch des

Teufels und von Dämonen, Geistern und weiß der Kuckuck was. Bei allem, was ich in diesem Wald schon erlebt habe, würde ich mich nicht wundern, wenn der Teufel höchstpersönlich darin zu Hause wäre. Aber solche Gruselgeschichten können mich nicht beeindrucken.

Zumindest rede ich mir ein, dass sie das nicht können. In der Nacht scheint mein Unterbewusstsein nämlich doch die schlimmsten Ängste zu verarbeiten, die mich im Traum von Dämonen jagen lassen und mir Teufelshörner aufsetzen, die Lina und Tom umringt von Kerzen in ein Pentagramm verfrachten und mir Erscheinungen des Grauens bescheren. Schweißgebadet wache ich am nächsten Morgen auf und springe unter die Dusche, wasche mir die kalte Nässe ab und zwinge mir ein Marmeladenbrot und eine Tasse Kaffee aus der modernen Pad-Maschine, die die Wohnung zu bieten hat, hinunter.

Mein ganzer Körper schüttelt sich beim Gedanken daran, bald schon wieder in den Wald aufzubrechen, aber ich muss weitersuchen. Ansonsten kann ich gleich nach Hause fahren und aufgeben, mich verkriechen und allein alt werden. Mit ehrlicher Entschlossenheit und aufgezwungener Tapferkeit packe ich also wieder einmal meine Sachen, ziehe mir Wald-taugliche Klamotten an und mache mich mit Malou auf den Weg zum nächsten Wanderparkplatz, von dem aus Weg Nummer drei zur Kommune führt. Der Anfang ist wie jeden Tag mit der üblichen Beklemmung, aber ohne weitere Vorfälle, zu meistern. Nach einer Stunde Weg zweigt ein Pfad in Richtung der Kommune ab, und ich muss mich aufs Neue dichter in den Wald begeben, als es mir lieb ist. Malou knurrt, als ich sie auf den Pfad zerre.

»Mir gefällt das genauso wenig, aber wir müssen da jetzt lang. Los, komm schon«, treibe ich sie weiter und singe leise

Lieder vor mich hin, um mich selbst zu beruhigen. Hier hört mich sowieso keiner.

Der Wald besteht hauptsächlich aus den großen, ausgeschilderten Wanderwegen, die breit angelegt sind und über Kies führen, links und rechts davon ragen die Bäume in den Himmel, dicht aneinander, man sieht nur ein Gewirr aus Stämmen, Ästen und Nadeln oder Blättern. Und doch fühlt man sich auf diesen Wegen noch einigermaßen wohl, denn dort, wo man geht ist der Weg frei, und man kann stur geradeaus schauen. Die Pfade, die davon abzweigen und auf den Karten sogar gekennzeichnet sind, führen direkt durch das Gewirr aus Stämmen, jedenfalls dort, wo sie kleinere Lücken bilden. Moos bedeckt den Boden, und der Pfad ist nur dadurch auszumachen, dass er die einzige Lücke zwischen den Bäumen darstellt, die man im jeweiligen Revier eben ausmachen kann. Wenn man vom Hauptweg aus in diese Pfade schaut, wirken sie wie aufrechtstehende Gletscherspalten. Man läuft hinein und wird von ihnen verschluckt.

Nachdem ich die Gletscherspalte des Waldes betreten habe, dauert es nicht lange, da schlägt das Klima von einem Schritt auf den nächsten um, und die Temperatur wechselt in Wintergrade. Vor ein paar Jahren habe ich mich im Dezember einmal versehentlich in Bluse und Stoffhose auf unserem Balkon ausgesperrt und musste eine Stunde warten, bis Tom mit den Kindern vom Einkaufen nach Hause gekommen ist und mich gefunden hat. Genau dieselbe Kälte überfällt meine Glieder mit einem Mal, und ich schlottere, reibe mir die Arme mit den Händen. Auch Malou merkt den Temperaturunterschied, sie fängt wieder an zu winseln, geht aber brav weiter. Mit ihrem Fell hat sie immerhin Glück gehabt.

»So ein Mist«, fluche ich vor mich hin und erwarte beinahe, weißen Dunst aus meinem Mund aufsteigen zu sehen, aber es kommt keiner. Ich beuge mich zur Seite und fasse an den Stamm einer großen Tanne, auf den ein Sonnenstrahl fällt. Der Stamm ist warm, was in mir nur noch mehr Kälte heraufbeschwört. Im Augenwinkel sehe ich jemanden an mir vorbeihuschen, als ich den Kopf wieder gerade nach vorn drehe. Ich fahre herum, aber weit und breit ist niemand auszumachen. Keine Menschenseele, oder besser gesagt, kein menschlicher Körper.

»Scheiß Hokuspokus hier, hör auf, dich verrückt zu machen, du siehst schon Gespenster.«

Trotz der Kälte rinnt mir Schweiß den Nacken hinunter. Bei jedem Schritt, den ich tue, habe ich das Gefühl, als hätte mir mein Widerwille Gewichte auf die Füße gebunden. Bei einem dieser Schritte stoße ich auf etwas und stolpere. Bäuchlings lande ich auf dem Moosboden. Ich richte mich auf und schaue auf den Weg hinter mich, worüber ich gefallen bin, aber da ist nichts. Die Spalte zwischen den Bäumen klafft genauso leer wie eh und je. Moosboden so weit das Auge reicht, nicht einmal ein dünner Ast zieht sich darüber.

»Jetzt stellen dir deine Gespenster schon ein Bein«, witzle ich, aber ich kann mir nichts mehr vormachen. Blanke Angst hat schon längst Besitz von mir ergriffen, hat ihre Hände um meine Kehle gelegt, und jetzt fängt sie an, zuzudrücken. Als ich mich aus der Hocke in den Stand ziehe, meine Klamotten zurechtrücke und mir den Dreck abklopfe, überfällt mich derartiger Schwindel, dass ich mich um meine eigene Achse drehe und schwanke, und als ich mich wieder fangen kann, habe ich jegliche Orientierung verloren.

Plötzlich sieht für mich jeder Winkel des Waldes haargenau gleich aus, ich weiß nicht mehr, aus welcher Richtung ich gekommen bin und in welche Richtung ich unterwegs bin, und ich laufe wahllos in die nächstbeste Abzweigung, aus dem einfachen Grund, dass dieser Weg breiter ist als der letzte, nicht weil ich weiß, wo ich bin. Jede Abzweigung, die kommt, nehme ich nach diesem Prinzip und verirre mich wie in einem Labyrinth. Die Pfade sind in den Karten vermerkt, aber dass sich diese irgendwann verzweigen und man sich für eine Richtung entscheiden muss, darauf wird man beim Kartenlesen nicht vorbereitet. Jede Abzweigung sieht gleich aus, als hätte jemand von oben kleine Linien in den Irrgarten aus Wald geritzt, mal ganz dünne mit einem Skalpell, mal dickere mit einem Taschenmesser.

Nicht nur räumlich, sondern auch zeitlich habe ich die Orientierung verloren, aber irgendwann bin ich mir sicher, dass Stunden verstrichen sein müssen, seitdem ich gestolpert bin. Malou hechelt so erschöpft, dass ich sie trage, und jeder meiner Schritte fühlt sich an, als würde ich über ein Brett mit heißen Nägeln laufen. Meine Wasserflasche habe ich längst leer getrunken, meinen Apfel und mein Käsebrot längst verschlungen, und auch die Vorräte, die ich mir für Malou eingepackt hatte, sind aus. Vor meinem inneren Auge sehe ich mich bereits wie der Hirsch auf dem Boden liegen, neben mir mein armer tierischer Freund.

Dann erkenne ich in einiger Entfernung eine Gestalt. Zuerst packt mich eine Gänsehaut, und die Angst drückt noch einmal kräftig meine Luft ab, aber als ich näherkomme, wird mir klar, dass dies keins meiner Gespenster ist, sondern eine lebendige Person. Genauer gesagt eine alte Frau, ganz allein, mitten im Wald, ohne Karte, Rucksack oder sonstige Utensilien. Ich kann mir nichts anderes denken, als dass sie verwirrt, vielleicht dement sein muss und sich hierher verirrt hat, genau wie ich. Meine letzte Hoffnung stirbt, dass ich hier lebend wieder herauskomme.

»Haben Sie sich verlaufen?«, frage ich die Frau, deren Gesicht von tiefen Falten durchzogen ist, während ihre Haare ihre Naturhaarfarbe, ein helles Braun, weitestgehend behalten haben.

Sie lächelt mich an. »Nein, ich komme jeden Tag her, ich weiß genau, wo ich bin, junge Dame.«

Ich zweifle, ob ich ihr das glauben soll oder ob sie sich einfach für ihre geistige Verwirrung schämt und mich anlügt. »Oh«, sage ich, »na, das ist gut. Ich äh …«

»*Sie* haben sich verlaufen, nicht wahr?« Ihr Lächeln wird breiter, fast ein bisschen triumphierend, weil sie als altes Mütterchen besser zurechtkommt als ich junger Hüpfer.

»Wie spät ist es?«, frage ich sie. Aus irgendeinem Grund interessiert mich das mehr als alles andere.

»Na, wie lange sind Sie denn schon unterwegs? Es ist …«, sie wirft einen Blick auf ihre Armbanduhr, »es ist gleich halb vier.«

»Halb vier?!« Ich bin um halb zwölf am Parkplatz losgelaufen. Wenn ich so lange unterwegs war, muss ich mittlerweile meilenweit von der Kommune entfernt sein.

»Soll ich Sie mitnehmen? Ich parke vorn am Parkplatz, das ist gleich ums Eck. Ich wollte sowieso demnächst wieder nach Hause.«

Scheinbar waren meine Zweifel unbegründet. So würde sie nicht reden, wenn sie selbst verloren wäre. »Ich bin auch mit dem Auto da, aber ich weiß nicht mehr, wo …«

Die Alte legt mir eine Hand auf die Schulter und winkt mit der anderen ab. »Sie sind nicht die Erste, die sich hier verirrt. Die Seelen sind wie Kinder. Spielen einem andauernd Streiche. Kommen Sie, wir werden ja sehen, ob Sie am selben Parkplatz parken. Ansonsten fahre ich Sie eben zu Ihrem.«

»Die Seelen? Streiche?«, ist alles was ich herausbringe. Ihr

Angebot nehme ich natürlich gern an und setze mich neben ihr in Bewegung.

»Du bist vielleicht ein süßes Kerlchen«, macht sie Malou ein Kompliment und streichelt ihr über den Kopf. »Wie heißt er denn?«

Warum gehen eigentlich alle Leute davon aus, dass mein Hund männlich ist? Wenn das die Feministen wüssten, die Demonstrationen vor meinem Haus wären vorprogrammiert. »Er ist eine Sie und heißt Malou.«

Es dauert wirklich keine zehn Minuten, bis wir am Auto der Frau angekommen sind. Mein Auto ist natürlich nicht hier, ich hätte mich auch schwer gewundert, wenn das hier mein Parkplatz gewesen wäre. Dieser trägt die Nummer sechs, während ich auf Nummer 13 geparkt habe. Na wunderbar, wie weit bin ich bitte gelaufen?

»Was meinen Sie mit den Seelen, die einem Streiche spielen?«, frage ich sie direkt, als wir nebeneinander einsteigen und uns anschnallen.

»Na ja, die Toten eben. Deren Seelen, die hier noch unterwegs sind. Kennen Sie etwa nicht die Legende von Eschheim?«

Ich schüttle den Kopf und versuche dabei vergeblich, auch meine Gänsehaut abzuschütteln. »Welche Legende?«

»Früher hat man sich erzählt, dass eine Hexe in diesen Wäldern gelebt hat, hier wurden wohl in der Frühen Neuzeit auch ein paar verbrannt. Jedenfalls hat sie aus den Blättern der Eschen gelesen. Die Zukunft konnte sie darin sehen. Wusste immer genau, wann jemand aus dem Ort stirbt und woran, wusste wer krank wird und wer sich davon wieder erholt. Alles wusste sie, und deshalb hat man sie verfolgt und schließlich verbrannt. Auf dem Scheiterhaufen hat sie noch einen Fluch ausgesprochen und die Seelen aller Bewohner dazu verdammt, auf ewig nach deren Tod in den Wäldern gefangen zu sein und niemals Erlösung finden zu können. Seitdem ist der Wald verflucht, und man trifft auf alle möglichen Geister.«

Mein Mund steht so weit offen, dass ich mich aktiv daran erinnern muss, ihn zu schließen.

»Und so was glauben Sie?«

Die Frau lacht laut auf, was die Falten in ihrem Gesicht tanzen lässt. »Na ja, glauben … Sagen wir so, ich finde es ist eine ganz nette Geschichte.«

»Sie sagten, dass Sie jeden Tag in den Wald gehen, immer an dieselbe Stelle …«

»Ja, dort treffe ich meinen verstorbenen Mann.«

Mein Mund klappt wieder auf. Sind denn in diesem Dorf alle übergeschnappt? Nicht nur die aus der Kommune? »Also glauben Sie doch an die Legende.«

»Die Legende ist mir herzlich egal. Ich weiß nicht, warum dieser Wald so voller Seelen ist, aber man spürt sie in jedem Winkel davon. Irgendetwas hält sie dort. Machen Sie hier Urlaub?«

»Sozusagen.«

Offenbar kennt sie mich nicht aus den Nachrichten, was mich erleichtert. Ich hätte gerade wirklich nicht den Nerv dazu, ihr meine Geschichte zu erzählen. »Dann haben Sie ja wohl bestimmt schon ein paar merkwürdige Dinge im Wald erlebt, oder nicht?«

Meine Hände schließen sich so fest um Malou, die auf meinem Schoß sitzt, dass sie bellt. »Na ja … Ja, schon.«

»Sehen Sie, das sind die Seelen. Ob sie nun von dieser alten Hexe kommen oder nicht, das können Sie sich selbst zusammenreimen, wie Sie wollen. Ich gehe schon so lange in den Wald, und ich schwöre Ihnen, beim Leben meiner Kinder, dieser Wald ist ein einziger Seelenfriedhof.«

Ich sehne mir den Parkplatz herbei, aber wir sind gerade erst an Nummer neun vorbeigefahren. Die Angst um meine Kehle drückt so fest sie kann.

»Wissen Sie …«, ich räuspere mich, »von der Kommune?«

Wieder lacht sie laut über meine dummen Fragen. »Natürlich, jeder hier weiß davon.«

»Und glauben die auch an diese Seelen?«

Sie wirft mir einen Blick zu, so lange, wie sie sich traut, ihn von der Straße zu nehmen. »Die glauben an mehr als nur an ein paar Seelen. Die glauben allerhand.«

Wir lassen Parkplatz Nummer elf zu unserer Linken zurück, und in diesem Moment wünsche ich mir fast, dass wir erst bei Nummer sieben wären. Gerade fängt das Gespräch an, richtig interessant zu werden.

»Was genau?«, dränge ich die Informationen aus meiner Fahrerin heraus.

»Genau weiß ich das auch nicht. Ich weiß nur, dass sie wie die Hexe in der Legende über Bäume irgendwelche Dinge kommunizieren, oder sehen oder weiß der Geier. Ob sie das nun aber wegen dieser Legende tun, das kann ich Ihnen nicht sagen.«

»Hat die Legende etwas mit dem Manifest zu tun?«

Nummer 12 zieht an uns vorbei.

»Welches Manifest?«

Enttäuschung macht sich in mir breit. Hat das Manifest am Ende vielleicht doch nichts mit der Kommune zu tun? Aber was ist mit dem Übergang?

»Ach, nicht so wichtig. So ein Jugendlicher im Dorf hat mal irgendwas davon erzählt.«

Ein weiterer Schwall ihres Lachens dringt zu mir auf den Beifahrersitz. »Na diesen Jugendlichen von heute dürfen Sie gar nichts mehr glauben. Nur Quatsch haben die im

Kopf, besonders hier im Dorf, wo ihnen ständig langweilig ist!«

Wir biegen auf Parkplatz Nummer dreizehn ab und halten neben meinem Auto.

»Vielen Dank, Sie haben mich gerettet«, sage ich zu der Frau und lege meinen Gurt ab.

»Kein Problem, kommen Sie gut nach Hause.«

Ich nicke, setze Malou auf dem Boden ab und steige aus dem Wagen.

Bevor ich die Tür zumache, wendet sich meine Retterin noch ein letztes Mal an mich. »Seien Sie vorsichtig da draußen. Nicht alle Seelen meinen es gut mit uns.«

Als sie um die Ecke gebogen ist, renne ich zu meinem Auto, schmeiße Malou halb in ihre Box, sperre mich im Wagen ein und presche mit quietschenden Reifen davon. Die Hände der Angst um meine Kehle drücken mittlerweile gefährlich fest. Ich weiß nicht, wie lange ich noch Luft bekommen werde.

Kapitel 22

Ich wälze mich die ganze Nacht in meinem Bett hin und her, ohne ein Auge zuzutun. Die Seelen aus dem Wald, an die ich mich immer noch weigere zu glauben, lassen mich nicht los. Alles, was ich in dieser gottverdammten Gegend erlebt habe, kommt dem klassischen Gruselfilm bedenklich nahe. Und doch sind das alles Hirngespinste irgendwelcher Regisseure, die das eben so kennen, weil das irgendjemand mal so im Internet beschrieben hat und weil YouTube voll ist von diversen paranormalen Dokumentationen, die natürlich total realistisch und überhaupt nicht gestellt sind. Auch die Existenz von Photoshop wird grundsätzlich verleugnet, wenn man sich in gewissen Foren herumtreibt, die Geister auf Fotos ausmachen wollen, die der Fotograf beim Auslösen nicht sehen konnte, die dann aber auf dem Bild klar und deutlich drauf sind.

Ich war nie anfällig für Spinnereien wie diese. Noch nicht einmal die Bibel oder sonstige Glaubensrichtungen konnten mich überzeugen. Und jetzt liege ich hier in meinem eigenen Schweiß und fantasiere von Dämonen, die mir im Wald ein Bein stellen, Hirsche zerfetzen und für das Verschwinden meines Mannes und meiner Tochter verantwortlich sind. Ich kann es mir nicht leisten, verrückt zu werden. Wenn ich jetzt den Verstand verliere, ist alles aus. Also zwinge ich mich, jeden Gedanken an übernatürliche Phänomene im

Eschheimer Wald rigoros beiseitezuschieben, was mir eher schlecht als recht gelingt. Irgendwann weine ich mich leise in den Schlaf und wache erst am nächsten Mittag wieder auf. Malou ist schon ganz ungeduldig und bellt mich direkt an, weil sie vermutlich ziemlich dringend ihr Geschäft verrichten muss.

Ich blinzle gegen das Sonnenlicht an, das durch die Rollläden dringt, massiere mir die Schläfen, strecke mich und schäle mich aus dem Bett. An diesem Morgen ist jegliche Motivation, Entschlossenheit und all der Tatendrang der letzten Wochen verflogen. Erschöpfung macht sich breit, und mein Gehirn liegt wie ein Stein in meinem Kopf, drückt auf meine Stirn und verursacht mir Kopfschmerzen. So, wie ich bisher gehandelt habe, komme ich nicht weiter. Zum ersten Mal seit ich wieder hier bin, fällt mir auf, dass ich nicht einmal wüsste, was ich tun soll, wenn ich denn irgendwann bis zur Kommune käme. Wie hatte ich mir das alles gedacht? Im Gebüsch lauern und warten, bis Tom und Lina fröhlich durch den Garten spazieren, nach ihnen rufen und mit ihnen nach Hause fahren?

Nein, so komme ich nicht weiter. Außerdem lähmt mich meine Angst schon beim Gedanken daran, noch einmal in den Wald zu müssen. Ich bezweifle, heute auch nur einen Schritt auf einen dieser Pfade setzen zu können. Vielleicht könnte ich mich nächste Woche wieder dazu überwinden, oder übernächste, wenn ich etwas Abstand zu all den Vorfällen bekommen hätte und mein Gehirn wieder klar denken könnte. Aber im Moment fühle ich mich taub, und die Verwirrung in mir setzt sich gegen rationale Gedanken durch. Es muss einen anderen Weg geben, einen besseren, um die Kommune auszuspionieren. Und den gibt es. Plötzlich keimt wieder Entschlossenheit in mir auf und meine Finger fliegen über mein Handydisplay, als ich Marcella eine SMS schreibe.

Eine Stunde später sitze ich mit meinen drei Fragezeichen in Lahnstatt im Café und bestelle mir einen Cappuccino und das erstbeste Sandwich, das ich auf der Karte finden kann. Neben mir sitzt Marcella, die sich mit einem stillen Wasser begnügt, gegenüber ordert Oskar eine Pizza, und Finn verlangt nach einem Stück Schwarzwälder Kirschtorte.

Während wir auf unser Essen warten, erzähle ich von den Ereignissen im Wald, der Frau, den Seelen und der Legende. Lediglich der Kellner unterbricht mich einmal, als er die Getränke bringt. Ansonsten ist es still am Tisch, nicht einmal ein »Alter, krass« oder vergleichbare Teenager-Ausdrücke werden mir zwischen die Wörter geworfen. Erst als ich fertig bin, meldet sich Marcella zu Wort.

»Du bist nicht die Erste, die über solche Vorfälle im Wald berichtet. Die Gegend ist schon lange im Gespräch, weil es hier spuken soll. Es gibt sogar Pinnwände auf Pinterest über den Eschheimer Gruselwald. Die Legende kennt man hier auch, aber na ja … so richtig dran glauben tut niemand.«

»Ich hab in dem Wald auch schon mal komisches Zeug gesehen«, wirft Finn in die Runde, erntet dafür aber nur schiefe Blicke von seinen Freunden.

»Hört zu, es ist mir egal, was für Geistergeschichten über diesen Wald hier kursieren. Ich glaube nicht an so was. Aber so oder so, ich kann nicht leugnen, dass …« Ich halte kurz inne. Eigentlich will ich mich vor diesen Jugendlichen nicht so emotional entblößen. Momentan sind sie aber die Einzigen, mit denen ich darüber reden kann und will. Wenn ich meine Freundin oder Annette anrufe, machen sie sich nur noch mehr Sorgen, und Kommissar Mertens würde mich nur für verrückt erklären. »Ich habe eine scheiß Angst mittlerweile, ganz ehrlich. Es spielt keine Rolle, was da wirklich vor sich geht. Was ich sicher weiß, ist, dass ich durchdrehe, wenn ich mich noch länger in diesen Wäldern aufhalte.«

Unser Essen wird serviert, und die ersten Bissen über herrscht Schweigen am Tisch. Das Sandwich, das ich bestellt habe, ist mit Schinken, Käse und der üblichen Rohkost belegt, und es gehört sogar ein Schüsselchen Pommes dazu.

»Ich verstehe, dass du Angst hast, aber du kannst doch nicht einfach aufgeben. Wir helfen dir gern, wir können für dich in den Wald gehen.«

Finn schenkt Marcella einen Blick, der nicht gerade vermuten lässt, dass er mit ihrer Aussage einverstanden ist.

»Nein, ihr bleibt weg vom Wald und der Kommune. Ich will euch da nicht mit reinziehen. Versprecht mir, dass ihr wegbleibt!«

Wie aus der Pistole geschossen murmelt Finn »Versprochen« zwischen zwei Gabeln Torte. Oskar zieht direkt nach, nur Marcella zögert einen Moment, bevor auch sie mir ihr Versprechen gibt.

»Wegen morgen …«, sagt Oskar, wobei er den Belag seiner Pizza fixiert. »Sorry, aber ich kann da nicht hingehen, das ist mir einfach zu abgefahren alles.«

»Natürlich, das hätte ich auch nicht von dir verlangt.«

Ich sehe ihn direkt an, aber er schämt sich scheinbar für seinen Rückzieher und schenkt weiterhin nur dem Schinken und den Champignons auf seinem Gericht Beachtung.

»Halb zwei am Café war ausgemacht, richtig?«

Jetzt sieht er doch von seinem Teller auf. »Ich dachte, ich muss nicht hin?«

»Keine Angst, nein. Aber ich werde gehen.«

Marcella hustet über ihrem Schluck Wasser und dreht ihren Kopf zu mir. »Hältst du das für eine gute Idee?«

»Es ist die beste Idee, die ich habe. Okay, es ist die einzige Idee. Aber es gibt keinen besseren und einfacheren Weg, hinter die Kulissen dieser Einrichtung zu schauen. Und wenn sie wirklich so unschuldig sind und ihre Machenschaften nicht nur gut verbergen können, dann habe ich doch nichts zu befürchten. Dann sage ich am Sonntag: *War schön, aber nein danke* – und lasse mich wieder zurück ins Dorf fahren.«

Da keiner etwas dagegen einwenden kann, essen wir in Ruhe auf und unterhalten uns noch ein wenig über alltägliche Dinge. Ich höre mir eine ellenlange, von Schimpfwörtern und Abkürzungen, die höchstwahrscheinlich für weitere Schimpfwörter stehen, durchzogene Diskussion über die Lehrer ihrer Schule an. Zum ersten Mal seit Langem muss ich herzhaft lachen, was eine Welle der Befreiung über mich schwappt. Die Ketten, die sich um meine Brust gelegt hatten, werden durch die heftige Lachbewegung gesprengt, und ich kann durchatmen, hier an meinem Lieblingsort in der Gegend, umringt von jungen, unbeschwerten Leuten, die sich dumme Witze in dümmlicher Sprache erzählen und sich dafür auf die Schulter klopfen. Am Ende übernehme ich die Rechnung und verabschiede mich trotz der aufgekommenen Heiterkeit mit ernsten Worten von Marcella, die ich extra noch einmal beiseite nehme.

»Hör zu, ich rechne zwar fest damit, am Montag wieder zurück zu sein, aber ich kann nichts sicher wissen. Wenn ich mich am Montag also spätestens mittags noch nicht zurückgemeldet habe, rufst du diese Nummer an und erklärst dem Kommissar alles, was ich in den letzten Tagen erlebt habe und was ich vorhatte in der Kommune. Okay?«

Zögerlich nimmt sie mir die Visitenkarte des Kommissars aus der Hand und steckt sie in ihren Geldbeutel. Dann nickt sie, und ich weiß, dass ich mich auf sie verlassen kann.

»Okay. Sag mal, was machst du eigentlich mit Malou?«

Verdammt noch mal, daran hatte ich noch gar nicht gedacht. Ich kann sie wohl schlecht mitnehmen. Aber es ist jetzt schon nachmittags und bis ich sie zurück in die Heimat gebracht hätte, wäre ich erst nachts wieder hier. Außerdem fällt mir sowieso keiner ein, der sie nehmen würde. Marcella sieht mir meine Ratlosigkeit offensichtlich an.

»Meine Eltern hassen Hunde, aber meine Tante züchtet sie sogar. Ich könnte sie fragen, ob sie Malou übers Wochenende aufnimmt.«

»Das wäre super, vielen Dank! Gib mir Bescheid, ja?«

In der Wohnung packe ich mir einen Rucksack mit frischer Kleidung und den wichtigsten Kosmetikartikeln, in der Hoffnung, dass dieser Herr Unger bei meinem Plan mitspielt und mich statt Oskar zur Kommune mitnimmt.

Marcella meldet sich keine Stunde nachdem wir uns verabschiedet haben mit guten Neuigkeiten. Malou kann bei ihrer Tante bleiben. Ich bedanke mich tausendmal und packe alles, was ich noch an Futter dahabe sowie ihr Lieblingsspielzeug in ihr Körbchen, verfrachte alles mitsamt Hund im Auto und fahre zu besagter Tante, die am Ortsrand wohnt, in Richtung der alten Bibliothek. Mein Geld lehnt sie ab, und ich gebe es irgendwann auf und nehme mir stattdessen vor, mich nächste Woche mit einer schönen Flasche Wein oder Pralinen bei ihr zu bedanken. Der Abschied von meinem Haustier fällt mir schwerer, als ich gedacht hätte. Malou winselt, als ich gehe und bellt mir hinterher, als ich das Auto aus der Einfahrt lenke, und ich muss mir ein Tränchen verdrücken. Irgendwie ist sie in der letzten Zeit mein treuester Begleiter geworden und hat mich über viele schwere Tage hinweggetröstet. Sie jetzt hier zu lassen, bei einer Frau, die zwar einen überaus sympathischen Eindruck macht und sich definitiv besser mit Hunden auskennt als ich es tue, die ich aber zum ersten Mal in meinem Leben sehe, verursacht mir ein schlechtes Gewissen.

Zum Abendessen verarbeite ich das frische Gemüse, das ich nach meiner Ankunft hier eingekauft habe, zu einer Gemüsepfanne mit Reis. Auf dem Heimweg von Marcellas Tante habe ich mir eine Flasche Weißwein besorgt, die ich dazu trinke, um meine Nerven zu beruhigen. Schon beim zweiten Glas steigt mir der Wein zu Kopf und ich stelle die Flasche in den Kühlschrank und kippe den Rest aus meinem Glas in das Spülbecken. Ich kann morgen nicht verkatert zu meiner Mission aufbrechen. Im Bett brauche ich eine Schlaftablette, um in einen seichten Schlaf driften zu können.

Als ich am frühen Vormittag aufwache, weiß ich mit einem Mal, dass ich am Montag nicht wieder hier sein werde, und dennoch habe ich, als ich das Haus verlasse und mich zum Treffpunkt begebe, nicht das Gefühl, einen Fehler zu begehen. Was mit mir passiert, ist mir egal. Alles, was ich will, sind Antworten. Und irgendetwas sagt mir, dass ich sie auf diesem Weg bekommen kann.

Kapitel 23

3 Monate zuvor

Tom

Vor mir auf dem Schreibtisch stapeln sich all die Bücher, die ich in den letzten Monaten angehäuft habe, bis es so viele waren, dass ich sie nicht mehr alle vor Ella verstecken konnte. Aber natürlich hat meine neugierige Frau sie sowieso schon längst entdeckt, hat sogar schon einige vom Postboten direkt entgegengenommen. Daran habe ich gar nicht gedacht in meinem Wahn.

Monatelang hat sie mir Selbstmitleid vorgeworfen. In Wirklichkeit war es weniger Mitleid als Hass. Grenzenloser Selbsthass, den ich Tag für Tag gegen mich gerichtet habe. Hätte ich doch nur besser aufgepasst, hätte ich schneller reagiert, hätte ich dies, hätte ich das. Dann wäre unser Sohn jetzt noch am Leben und unsere Familie nicht zerstört. Lina hat sich in den letzten Monaten zwar relativ gut erholt, ist aber nur noch Haut und Knochen, und ihr Lachen ist nicht mehr dasselbe wie vorher. Und Ella …

Ich habe das Gefühl, als könne sie mich nicht mehr ansehen wie früher. Als sähe sie in mir nur noch denjenigen, der ihr Kind umgebracht hat. Sie macht mir keine Vorwürfe, sagt sie immer, und ich glaube ihr das. Unterbewusst machen sie mir alle Vorwürfe, sie verdrängen es nur, schieben es weg, weil sie wissen, weil wir alle wissen, dass ich keine Schuld hatte an diesem gottverdammten Unfall. Dass es nichts gibt, was ich hätte tun können, um Luis das Leben zu retten.

Jeden Tag sagt mir Ella, dass ich mir Hilfe holen soll, dabei tue ich das doch schon längst. Ich suche nach einem Weg, mit dieser Tragödie klarzukommen, was man von ihr nicht behaupten kann. Sie existiert nur noch, hangelt sich von Tag zu Tag, erfüllt ihre Pflichten, pflegt Luis' Grab mit einer Leere in den Augen, die mir das Herz zerreißt. Ella hat nichts, woran sie sich festhalten kann, woran sie glauben kann. Genau nach so etwas suche ich, probiere alles aus, nur bisher hat mir nichts geholfen.

Irgendein Gefühl in mir sträubt sich gegen reale Hilfe, gegen eine Therapie, einen Psychologen, eine Klinik. Ich möchte nicht auf einem Sofa liegen und über meinen Selbsthass reden. Was ich möchte, ist ein Zeichen von meinem Sohn, irgendetwas, um mir zu zeigen, dass nach dem Tod nicht alles vorbei ist. Dass es etwas gibt, das danach kommt, dass die Toten auf uns warten und unsere Seelen irgendwann wieder eins sein werden. Glauben ist alles, was ich möchte. Andererseits war ich schon immer ein recht nüchterner Mensch, der mit Gott und sonstigen Hirngespinsten der Menschheit wenig am Hut hatte. Wie Ella auch. Da waren wir uns immer einig. Es macht mich wahnsinnig, dass sie in dieser Situation kein Bisschen bereit dazu ist, sich wenigstens einmal mit solchen Dingen auseinanderzusetzen. Kann es denn wirklich möglich sein, dass ein Kind diese Welt verlässt, wenn es noch nicht einmal so lange gelebt hat, um eine Schultüte in der Hand zu halten … Kann es wirklich sein, dass diese Seele dann für immer ausgelöscht ist? Puff, als hätte sie nie existiert? Jemand, der achtzig, neunzig Jahre lang ein erfülltes Leben hatte, nun es ist auch traurig, aber diese Seele könnte meinetwegen gehen und für immer ruhen. Aber ein Kind?

Egal, wie lange ich mich in irgendeine Therapie begeben würde, ich weiß einfach, tief in mir, dass mich diese Fragen auf ewig heimsuchen werden. Dass mir kein Psychologe dieser Welt eine Antwort darauf geben könnte. Und genau deswegen versuche ich seit Monaten, selbst eine Lösung zu finden, mit der ich leben kann. Ich habe so viel ausprobiert, habe die Bibel gewälzt, Gottesdienste besucht, habe Bücher über Buddhismus, Hinduismus und all die orientalischen Glaubensrichtungen studiert, Online-Shops um so manchen Schamanismus-Roman erleichtert … Aber meinen Sohn hat mir nichts davon zurückgebracht. Alles, was ich dabei gespürt habe, war reine Einbildung. Er ist und bleibt verschwunden, und er wird nicht zurückkommen. Egal, was ich auch lese, was ich auch tue.

Wahrscheinlich ist Ella wirklich die Klügere von uns beiden, denn sie hat das viel früher erkannt als ich und arbeitet stattdessen an ihrer Trauer, auch wenn ich bezweifle, dass sie dabei einen Plan hat. Eher noch arbeitet sie an Verdrängung, aber in den Lücken dazwischen, in denen sie es nicht verdrängen kann, da trauert sie. Langsam beginne ich zu begreifen, dass ich mir monatelang etwas vorgemacht habe. Dass ich *wirklich* Hilfe brauche, um wieder der Alte zu werden und für meine Familie da sein zu können. Hilfe, die nicht auf Hirngespinsten beruht.

Auf der Suche nach einem geeigneten Therapeuten in der Nähe durchforste ich also das Internet, klicke auf eine Seite nach der anderen und verwerfe jede wieder, weil sich eine Stimme in mir weiterhin dagegen sträubt. Der einzige Eintrag, der tatsächlich mein Interesse weckt, ist ein Vortrag von einem gewissen Johann Schlosser. Er scheint der echte Renner in Sachen Trauerbewältigung zu sein und verspricht hundert Prozent zufriedene Zuhörer, man solle ihn gern nach dem Vortrag ansprechen, er stehe noch den ganzen Abend für persönliche Fragen zur Verfügung.

Eine innere Kraft treibt meinen Finger dazu, auf den Anmelde-Button zu klicken, und ich haue plötzlich voller Entschlossenheit in die Tasten meines Laptops, als ich das Anmeldefeld ausfülle. Vielleicht muss es nicht sofort ein Psychologe sein. Vielleicht reichen auch dieser Vortrag und ein persönlicher Rat von diesem Experten aus, um mich auf den richtigen Weg zu bringen. Für den Fall, dass es ein Reinfall ist, beschließe ich allerdings, Ella zuerst nichts davon zu erzählen. Sie würde es nur wieder als die nächste wirre Idee in meiner Sammlung abstempeln. Nichts Halbes und nichts Ganzes eben, wieder nur ein leeres Versprechen. Für mich ist es aber ein Anfang, und ich habe die Hoffnung, dass ich mich endlich richtig um die Angelegenheit kümmern kann, wenn erst mal ein Anfang gemacht ist. Womöglich gibt es doch eine schönere Lösung für mich als die des Psychologen-Sofas. Sobald ich diese gefunden habe, werde ich Ella einweihen, und wir werden uns endlich wieder annähern können.

Kapitel 24

Ich bin viel zu früh am Treffpunkt und tue so, als würde ich in die Schaufenster schauen, die die Fußgängerzone zu bieten hat, während ich warte, dass ein Mann am Treffpunkt auftaucht und wartet. Oskar hat mir Herrn Unger nicht wirklich beschrieben, daran haben wir gar nicht gedacht, aber hier ist nicht gerade die Hölle los. Ein Mann, der untätig vor dem Café herumsteht, wird mir schon auffallen.

Gerade als ich das letzte Schaufenster aufgrund der spärlichen Auswahl verdächtig lange angestarrt habe, taucht tatsächlich ein Mann vor dem Café auf, schaut auf seine Armbanduhr und bleibt einfach stehen, ohne sich einen Tisch auszusuchen. Ich checke meine eigene Uhr und stelle fest, dass es erst fünf vor halb zwei ist. Wenn ich möchte, dass er mich anstelle von Oskar mitnimmt, muss ich dafür sorgen, ihn erst nach halb anzusprechen, damit er denkt, Oskar hätte sich gegen ihn entschieden. Was ja nicht einmal gelogen ist. Die nächsten zehn Minuten kommen mir vor wie eine halbe Ewigkeit. Schließlich laufe ich von hinten auf Herrn Unger zu, stelle mich neben ihn und schaue ein wenig verloren. Dann wende ich mich ihm zu und lasse die Schauspielerin in mir frei.

»Entschuldigen Sie, können Sie mir vielleicht weiterhelfen? Ich suche die Kommune im Wald, ich habe im Dorf davon gehört, aber keiner kann mir sagen, wo sie genau liegt.«

Ich gebe mein Bestes, eine Miene von unschuldiger Ratlosigkeit auf mein Gesicht zu zaubern, aber wenn er etwas mit der ganzen Sache zu tun hat, hat er mich eh längst erkannt und weiß genau, dass ich lüge. Er lässt sich nichts anmerken, sein Gesicht ist der Inbegriff eines Pokerface, was mich nervöser macht, als mir lieb ist.

»Was führt Sie denn zur Kommune?«, will er wissen, und in diesem Moment bin ich mir mit einem Mal sicher, dass er genau weiß, wer ich bin.

So gelassen, wie es die Schauspielerin in mir zustande bringt, zucke ich die Achseln. »Es hat sich einfach interessant angehört, ich wollte es mir mal ansehen.«

Eine noch schlechtere Erklärung hätte mir wahrlich nicht einfallen können, aber seine Blicke, die immer noch dem perfekten Pokerface entspringen, machen mich verrückt. Oder mache ich mich selbst verrückt, weil ich ihm von Anfang an nicht vertraut habe? Weil sich mein Gehirn bereits Horrorszenarien zurechtgelegt hatte, in denen er die Hauptrolle spielt?

Er schaut noch einmal auf seine Armbanduhr, die mittlerweile viertel vor zwei anzeigt. »Ich kann Sie hinbringen, zufällig arbeite ich dort«, sagt er dann und schiebt seine Mundwinkel nach oben, um ein Lächeln anzutäuschen, was ich direkt imitiere.

Wir wissen beide, dass wir hier Katz und Maus spielen, wir wissen nur noch nicht, wer die Katze und wer die Maus ist. Ich habe eine ungute Vorahnung. Noch könnte ich davonlaufen und verschwinden, aber ich war noch nie entschlossener, etwas zu tun als das. Egal, wohin es mich führen wird.

Ich öffne die Augen und blinzle gegen einen Lichtstrahl an, was mich dazu bringt, sie direkt wieder zu schließen. In meinem Kopf wirbeln Schmerzen und Schwindelgefühle herum wie Wäsche in einer Waschmaschine, und jedes Mal wenn sie gegen die Decke stoßen, fahre ich zusammen und will mir an die Stirn fassen, aber ich kann nicht. Warum kann ich meine Hände nicht bewegen? Sitze ich nicht mehr im Auto? Erst jetzt fällt mir auf, dass ich auf einem hart gepolsterten Untergrund liege. Wie bin ich hierhergekommen? Panik macht sich in mir breit, kriecht unter meiner Haut durch meinen Körper wie ein Parasit. Trotzdem zwinge ich mich, die Augen wieder zu öffnen, um zu sehen, wo ich gelandet bin. Auch meine Füße lassen sich nicht bewegen, und als ich den Kopf hebe und an meine Brust presse, um an mir herabsehen zu können, wird mir klar warum. Ich muss in einem dieser typischen Psychiatrie-Betten liegen, die Fesseln zur Fixierung von Händen und Füßen haben, denn genau diese Fesseln halten meine Gliedmaßen auf die Matratze gedrückt. Der Stoff unter mir fühlt sich an wie Schleifpapier und riecht nach Moder. Entweder er ist so alt wie dieser Ort, oder er wurde ewig nicht gewaschen. Beim Gedanken daran, wie viele Leute vermutlich schon vor mir darauf lagen, muss ich ein Würgen unterdrücken.

Der Raum, in dem ich mich befinde, hat etwa die Größe eines durchschnittlichen Wohnzimmers, ist aber bis auf zwei Gitterbetten komplett leer. Eines davon ist meines, und ich kann nur vermuten, dass es genauso aussieht wie das andere. Der Boden muss einst gefliest gewesen sein, mittlerweile sind die meisten Fliesen zerbrochen, Scherben davon liegen auf dem Boden, darunter kommt der Dreck hervor. Ich sehe einen Käfer über eine ehemals sandfarbene Kachel kriechen. Ich drehe meinen Kopf in die Richtung, aus der der Lichtstrahl kommt und muss meine Augen so weit zukneifen, dass ich nur noch durch einen Schlitz sehe. An der Wand, von der sich die Tapete längst verabschiedet hat und vom Schmutz befleckten Beton freigibt, klafft ein Fenster, nein eher eine Terrassentür. Es ist ein ovaler Bogen, der sich vom Boden bis fast unter die Decke zieht. Drei Viertel der Tür bestehen aus Fensterscheiben, die oben rund zulaufen, wie die Tür. Der untere Teil sieht nach Holz aus, von dem Splitter zu allen Seiten abstehen. Eine der Fensterscheiben hat ein Loch, durch das Zweige in den Raum dringen, an denen sich Dornen mit Blättern abwechseln. Was zur Hölle ist das für ein Ort?

Krampfhaft versuche ich, mich daran zu erinnern, wie ich hier gelandet bin. Wir waren im Auto und sind nicht in den Wald gefahren, sondern auf die Landstraße. Ja, langsam kommt meine Erinnerung zurück. Wenn mir nur nicht so schwindlig wäre … Alles wird ständig durcheinandergewirbelt in meinem Kopf. Ich habe angefangen, Fragen zu stellen, wo wir hinfahren, schließlich was er mit meinem Mann und meiner Tochter gemacht hat. Und dann? Verdammt noch mal, was war dann, was ist dann passiert? Haben wir angehalten? Ja, wir haben angehalten. Aber warum? Danach … Stoff, ja da war Stoff auf meinem Mund. Er muss mich betäubt haben.

»Tom? Lina?«, brülle ich in den Raum, aber meine Stimme ist nicht lauter als ein Krächzen, so trocken ist meine Kehle.

»Hallo? Ist hier jemand?«, versuche ich es weiter. »Tom? Lina? Hilfe!« Aber ich weiß, dass mir hier niemand helfen kann. Trotzdem muss ich etwas versuchen, denn ich fühle mich sonst nutzlos, und meine Stimme ist gerade das einzige, das ich gerade benutzen kann. Aus dem Gang höre ich Schritte, und erst jetzt bemerke ich, dass die Tür zu diesem

Raum offensteht. Sie zu schließen würde ohnehin wenig Sinn ergeben, da das Holz dermaßen zerfressen ist, dass man überall hindurchschauen kann.

Die Schritte kommen näher. Hat mich tatsächlich jemand gehört? Mich beschleicht eine Ahnung, dass derjenige mich wohl eher hier eingesperrt hat, als dass er mich retten möchte. Eine Krankenschwester kommt durch den Türrahmen gelaufen, in der einen Hand hält sie eine Nierenschale, in der sich weiß Gott was verbirgt. In der anderen bringt sie ein Glas Wasser. Ohne ein Wort zu sagen, läuft sie zu meinem Bett und stellt die Nierenschale davor auf dem Boden ab. Ich drehe meinen Kopf zur Seite, um hineinsehen zu können, aber der Winkel, in den ich meinen Kopf in meiner Position drehen kann, reicht dafür nicht aus.

»Wo bin ich?«, frage ich die Frau, deren Kittel typisch nach Krankenhaus aussieht, alles an ihr sieht aus als würde sie in einer regulären Klinik arbeiten. Aber das hier ist zu hundertfünfzig Prozent keine reguläre Klinik. Ich bekomme keine Antwort. Stattdessen hält sie mir das Glas Wasser an die Lippen.

»Trink«, befiehlt sie, und mir wird erst jetzt bewusst, wie durstig ich bin. Vorsichtig nehme ich kleine Schlucke aus dem Glas, bis es fast leer ist. Dann nimmt sie es mir weg.

»Wer sind Sie?«, probiere ich es weiter, aber sie verzieht keine Miene und macht erst recht keine Anstalten, mir zu antworten.

Als sie die Nierenschale vom Boden aufhebt und das Glas an deren Platz stellt, fange ich an zu zittern, was nicht durch den Windhauch ausgelöst wird, der durch das kaputte Fenster hereindringt. Sie holt Desinfektionsmittel, Tupfer und einen Stauschlauch heraus und ich weiß, was jetzt kommt. Was für ein Zeug sie mir nachher durch die Venen jagen wird, will ich dagegen nicht wissen. Ich zapple mit aller Kraft gegen meine Fesseln an, aber ich kann mich kaum bewegen und sie somit nicht daran hindern, mir den Stauschlauch um den Oberarm zu schnüren. Auch das Desinfektionsmittel sprüht sie problemlos auf meine Armbeuge und wischt es mit dem Tupfer ab. Nur weil ich nicht aufhöre mich gegen das Leder zu stemmen und so viel Bewegung in meinen fixierten Körper zu bekommen, wie ich aufbringen kann, wendet sie sich noch einmal an mich.

»Das wird jetzt wehtun, wenn du nicht stillhältst.«

Ich bezweifle zwar, dass es nicht auch so wehtun wird, aber ich sehe ein, dass ich in diesem Spiel machtlos bin und beruhige mich. An diesem Zugang führt kein Weg vorbei, also kann ich ihn auch so schmerzfrei wie möglich über mich ergehen lassen. Normalerweise bin ich die Letzte, die beim Arzt vor Nadeln davonläuft, aber als diese mysteriöse Schwester ihre Punktionsnadel zückt, schießt mir das Blut in den Kopf, als würde es dem Ort des Geschehens entkommen wollen. Um nicht auf meinen Arm schauen zu müssen, mustere ich meinen ungebetenen Gast. Ihre Haare sind zu einem strengen Zopf zusammengebunden, dessen Spitze ihre oberen Halswirbel kitzelt. Farblich kontrastieren sie das Blau in ihren Augen mit einem dunklen Braunton. Kurz zucke ich zusammen, als die Nadel meine Haut durchsticht und sich in meiner Vene einnistet. Die Schwester ist nicht grob, obwohl ich ihre Gefangene zu sein scheine und sie wirkt, als beherrsche sie ihr Handwerk. Bei meinem Hausarzt läuft der Prozess jedenfalls weniger angenehm ab. Nachdem sie den Zugang mit Pflastern befestigt und verschlossen hat, packt sie den Müll in ihre Nierenschale und verlässt wortlos den Raum. Als wüsste ich, dass das noch nicht alles gewesen sein kann, lausche ich, ob sie wiederkommt. Prompt nähern sich wieder Schritte, aber diesmal kommt es mir vor, als wären es mehr als nur ihre.

»Stell sie ruhig, wir wissen noch nicht, was wir mit ihr anstellen. Ich habe keine Lust, dass sie mir das ganze Haus zusammenbrüllt. Davon werden die anderen nervös.«

Die Stimme von Herrn Unger hallt durch den Gang, und ich habe das Gefühl, als würde das Blut in meinen Adern gefrieren. Unwillkürlich recke ich den Kopf nach unten und starre auf die Kanüle, die aus meiner Armbeuge ragt, weil ich erwarte, dass sich Eiskristalle daran hinaufziehen. Kurz darauf tritt die Schwester wieder in den Raum, diesmal mit einer Spritze in der Hand. Schneller als ich reagieren kann, drückt sie sie mir auf die Kanüle und entlässt die darin enthaltene Flüssigkeit in meine Blutbahn. Noch bevor sie das Zimmer wieder verlassen hat, fallen mir die Augen zu.

Kapitel 25

Marcella

An den Gestank hier unten werde ich mich nie gewöhnen. Die einzelnen Tropfen, die von der Decke des ehemaligen Archivs in schnurgeraden Bahnen auf den Asphalt knallen und zerbersten, untermalen die Atmosphäre dieses verlassenen Gebäudes mit der passenden Geräuschkulisse.

Ich fürchte mich nicht, aber allein war ich hier noch nie, und ich kann nicht leugnen, dass »wohlfühlen« das falsche Stichwort für diesen Ort ist. Ich bin in der Hoffnung hergekommen, eine weitere Ausgabe des Manifests zu finden. Es kann ja nicht nur ein einziges Mal gedruckt worden sein. Die Ausgabe, die Ella hier gefunden hat, liegt jetzt bei der Polizei als Beweisstück, aber dieser Kommissar hat bisher scheinbar rein gar nichts herausgefunden, wer sagt, dass er sich überhaupt die Mühe macht, das Manifest ganz durchzulesen? Ich würde das Ding wälzen bis zum Morgengrauen, auch wenn ich am nächsten Tag zur Schule müsste, und ich bin mir sicher, dass ich darin irgendeinen brauchbaren Hinweis finden würde. Natürlich haben Ella und ich so viel gelesen, wie wir in der kurzen Zeit konnten, aber wir haben die Seiten mehr überflogen, als sie genau zu studieren. In einem Buch verbirgt sich immer mehr zwischen den Zeilen als man auf den ersten Blick darin erkennt.

Eine Bewegung direkt neben meinem Fuß entlockt mir einen Schrei, bis ich erkenne, dass sich nur ein kleines Mäuschen hierher verirrt hat. Meine Suche beginnt in dem Regal, in dem Ella ihre Ausgabe gefunden hat. Jedes einzelne Buch befreie ich von der Dreckschicht, die sich seit Ella und ich hier waren schon wieder angesetzt hat. Aber das Manifest gibt es in diesem Regal kein zweites Mal. Auch im nächsten werde ich nicht fündig und nach dem letzten, das hier unten überhaupt noch befüllt ist, sind meine Hände genauso schwarz wie meine Laune. Hier ist nichts.

Frustration macht sich in mir breit und entlässt einen Seufzer, vor dem ich erschrecke, als ihn der Hall zu mir zurückträgt. Weil ich nach der kurzen Zeit noch nicht aufgeben will, laufe ich die Treppe ganz nach oben, wo ich bisher noch nie war. Der obere Bereich im Dachgeschoss war früher nicht für die Öffentlichkeit zugänglich. Oben angekommen verwandelt sich meine Frustration in Staunen. Aktenkästen sind über den gesamten Dachboden verteilt, eines der Fenster unter den Holzgiebeln ist kaputt. Der Wind, der durch das Loch in der Scheibe hereindringt, hat bereits viel Papier aufgewirbelt und auf den Dielen verteilt, die bedenklich nachgeben, wenn ich auf sie trete. Ich taste mich von Diele zu Diele vorwärts in den Raum hinein und stelle fest, dass es sich in den Kästen hauptsächlich um alte Zeitungsartikel handelt. Als ich mit Ella hier war, waren wir nach unserem Fund so aufgeregt, dass wir gar nicht auf die Idee gekommen sind, noch weitere Räume abzusuchen. Jetzt stehe ich hier in diesem Schlaraffenland für Hobbydetektive und weiß gar nicht, wo ich anfangen soll.

Zwei Stunden später bin ich von Kopf bis Fuß voller Staub und meine Hände riechen so stark nach altem Papier, dass ich sie von meinem Körper weghalten muss, um mich nicht selbst anzuekeln. Vor mir liegt das Ergebnis meiner Suche ausgebreitet, und ich lese es immer und immer wieder durch, wobei mir immer neue Gedanken dazu zufliegen. Der erste Zeitungsartikel meiner Ausbeute ist auf März 1961 datiert.

Umweltschützer ketten sich an Eschheims Namensgeber
Die riesige Esche am Ortseingang, die Eschheim der Sage nach seinen Namen gegeben hat, soll bald gefällt werden. Bürgermeister Roland Bühler plant auf dem Gemeindegrund, auf dem die Esche wohl seit Jahrhunderten steht, die Errichtung eines Jugendhauses, in dem kirchlichen sowie gemeinnützigen Vereinen aus Eschheim und anliegenden Orten in Zukunft Gruppenräume für die Jugend- und Gemeindearbeit zur Verfügung stehen sollen. Das Jugendhaus sei schon seit längerer Zeit in Planung, und der Grund, auf dem die Esche steht, sei derjenige, der dafür am besten geeignet ist. Die anstehenden Fällarbeiten haben nun Umweltschützer auf den Plan gerufen, die sich am vergangenen Freitag nach einer Demonstration in der Fußgängerzone an die Esche gekettet und gedroht haben, dort zu verweilen, bis der Bürgermeister seine Entscheidung revidiert habe. Ein Großaufgebot an Polizisten aus Eschheim und Lahnstatt befreite die Umweltschützer gegen deren Willen aus ihren selbst angelegten Fesseln und nahm sie mit auf verschiedene Polizeiwachen. Die Esche wird heute gefällt, trotz des Bedauerns vieler Anwohner. Auch Bürgermeister Bühler spricht wehmütig über die Fällarbeiten: »Die Entscheidung ist mir nicht leicht gefallen, aber ein Baum kann der Zukunft und der Weiterentwicklung unseres Ortes langfristig gesehen nicht im Wege stehen. Früher oder später hätte er sowieso weichen müssen.«

Der zweite Artikel zeigt ein Datum im Mai 1963.

Unternehmer Georg Schlosser sorgt für Aufruhr mit Entwaldung

Georg Schlosser, Gründer und Leiter der Ägidius-Privatkliniken, schockiert die Gemeinde mit einer geplanten Bauaktion. Seit Generationen befindet sich ein Waldgrundstück von knapp über 10 Hektar Wald nahe der Eschheimer Wanderwege in Familienbesitz der Schlossers. Nun lässt Georg Schlosser das Grundstück komplett abholzen, um die Fläche zu bebauen. Was genau er damit vorhat, dazu äußerte er sich uns gegenüber bisher nicht. Spekulationen zufolge soll er eine weitere Klinik planen, vielleicht eine Kurklinik, für die das Grundstück optimal gelegen wäre. Ob dafür so viel Wald gerodet werden müsste, bleibt dahingestellt.

»Shit«, nuschle ich in den Kragen an meinem Pullover, an dem ich beim Lesen herumgekaut habe. Innerlich verfluche ich mich dafür, hier nicht früher hergekommen zu sein, mit Ella oder allein, als sie noch nicht auf dem Weg in die Kommune war. Es fällt mir nicht schwer, dieses Puzzle aus Hinweisen zusammenzusetzen. Die Esche muss Ask gewesen sein und Georg Schlosser der Großvater von Johann Schlosser. Damit waren die »Umweltschützer«, von denen in Artikel eins die Rede ist, wohl eher Anhänger des Manifests. War Georg der Autor davon? Was ich sicher weiß, ist, dass Georg keine Kurklinik auf sein Grundstück gebaut hat, sondern die Kommune. Aber wenn Ask schon 1961 gefällt wurde, wen betet diese Kommune dann überhaupt an? Haben sie einen neuen Baum gefunden, der ihnen heilig ist?

Laut diesem Kommissar befindet sich kein verdächtiger Baum auf dem Grund. Das Puzzle in meinem Kopf ist gerade erst zusammengesetzt, da bröckelt es schon wieder, und mir fällt auf, dass ich gerade einmal den Rand aneinandergesteckt habe. In der Mitte klafft ein riesiges Loch aus Fragen, bei denen mir ganz schwindelig wird. Mein Bauchgefühl sagt mir, dass Ella in Gefahr ist, und bisher konnte ich mich immer recht gut auf mein Bauchgefühl verlassen. Innerhalb von Sekunden weiß ich, was zu tun ist. Ich muss mir zuerst den Schweiß von meiner Handfläche an der Jeans abreiben, damit ich mein Handy richtig greifen kann. Dann krame ich die Visitenkarte, die mir Ella am Freitag gegeben hat, aus meiner Hosentasche und wähle die Nummer von Kommissar Mertens.

Kapitel 26

Zum zweiten Mal weckt mich der Lichtstrahl durch das Fenster. Vor meinem Bett steht ein Infusionsständer. Der Beutel, der darin hängt, ist bereits durchgelaufen. Die Haut unter dem Pflaster meines Zugangs juckt, und ich beiße mir auf die Lippe, weil ich nicht kratzen kann. Wie lange habe ich diesmal geschlafen? Das Licht, das hereinkommt, strahlt so hell, dass es unmöglich noch Freitag sein kann. Als ich das letzte Mal wach war, kam es von weiter unten, die Sonne muss schon tiefer gestanden haben. Ich schlussfolgere daraus, dass es Samstag sein muss, zumindest einen Tag später als der, an dem ich zum ersten Mal aufgewacht bin. Wann auch immer das gewesen sein mag.

Die Schmerzen in meinem Kopf haben ein wenig nachgelassen, dafür ist der Rest meines Körpers steif vom Liegen und meine Haut unter den Fesseln wund. Gerade will ich anfangen, erneut irgendwelche sinnlosen Rufe auszustoßen, in der kläglichen Hoffnung, es könne mich doch jemand hören, der auf meiner Seite steht. Bevor ich den Mund öffnen kann, dringen Stimmen durch das Fenster herein und ich lasse ihn geschlossen, um dem Gespräch lauschen zu können.

»Musst du schon wieder rauchen? Wir sollten uns lieber im Büro unterhalten.«

Ich hatte die Stimme von Herrn Unger erwartet, doch es spricht eine Frau, deren Alter ich nur anhand der Stimmlage schwer einschätzen kann. Auf jeden Fall ist sie erwachsen, könnte in meinem Alter sein.

»Vanessa hat gerade nach ihr gesehen, sie schläft noch.«

Reflexartig balle ich die Hände zu Fäusten. Der Gesprächspartner der Fremden ist eindeutig Herr Unger. Und Vanessa wird dann wohl meine persönliche Krankenschwester sein.

»Was war das überhaupt für eine bescheuerte Aktion? Du hättest sie nicht herbringen sollen.«

»Warst du nicht diejenige, die von Anfang an lieber das Set haben wollte?«

Das Set? Dann muss zumindest Tom auch hier sein. Ich schicke ein Stoßgebet in den Himmel, dass Lina nicht hier untergebracht ist.

»Aber doch nicht so! Dieses Weib schnüffelt seit Wochen in Eschheim herum und hat der Kommune schon zweimal die Polizei auf den Hals gehetzt. Wer sagt, dass sie sie nicht auch hierherlockt?«

»Beruhig dich«, sagt Herr Unger und macht eine Pause, wahrscheinlich, um an seiner Zigarette zu ziehen. »Niemand hat sie je mit mir zusammen gesehen, oder? Und als die Polizei da war, war ich nicht da, und das Mädchen hat auch keiner bemerkt. Die Polizei schaut da nicht mehr vorbei. Aber falls es dich beruhigt, werde ich mich ein paar Tage nicht dort blicken lassen.«

Das Mädchen? Spricht er von Lina? Heißt das, dass es ihr gut geht? Aber wo hat sie keiner bemerkt?

»Und was erzählst du dann Benedikt?«

»Da fällt mir schon was ein, ich war doch schon oft am Wochenende weg, ohne dass er es überhaupt bemerkt hat. Der ist an den meisten Wochenenden selbst nicht da.«

Wer ist denn nun wieder dieser Benedikt? Warum sprechen sie nicht von Johann? Müsste er sich nicht eigentlich bei Johann melden? Der Wind weht Zigarettenrauch in mein Zimmer, und ich kämpfe gegen einen Hustenanfall an.

»Was machen wir jetzt mit ihr?«

Das Gespräch ist wohl wieder auf mich zurückgekommen. Kälte springt mir von Wirbel zu Wirbel, bis sie in meinem Nacken ankommt.

»Na, was wohl?«, sagt Herr Unger, und mir wird übel.

»Wir sind keine Mörder, David!«

Sind sie nicht? Was sind sie dann?

»Davon spreche ich auch nicht. Außer du denkst, sie kann wirklich nicht hier bleiben. Dann sehe ich keinen anderen Ausweg.«

»Wovon sprichst du dann? Ich werde sie nicht benutzen, vergiss es. Die wehrt sich viel zu sehr. Das funktioniert nie.«

Die Wendung, die dieses Gespräch nimmt, gefällt mir ganz und gar nicht, und ich beginne daran zu zweifeln, ob es das Schlimmste gewesen wäre, wenn sie beschlossen hätten, mich einfach umzubringen. Wofür denn benutzen? Was läuft hier für ein Spiel?

»Die wehren sich am Anfang alle, und es funktioniert früher oder später. Versuch es doch wenigstens, die verarbeitet gerade jede Menge. Das wird gut, glaub mir. Und wenn nicht …«

»Wir sind keine Mörder!«

Die Stimme der Frau wird so laut, dass sie von einem Hall zu ihr zurückgetragen wird. Draußen muss ein großer Innenhof sein oder irgendetwas Vergleichbares.

»Redest du dir das wirklich ein? Bei allen, die wir schon verloren haben?«

»Verloren, David. Du sagst es selbst. Wir haben sie verloren, wir wollten sie nicht umbringen.«

Die Haare auf meinen Armen stellen sich auf, obwohl ich gleichzeitig beginne zu schwitzen.

»Wenn du sie nicht für deine Zwecke nutzen willst, muss ich sie loswerden. Egal, was du dir einredest, was wir sind oder nicht. Das alles hier, wir sind sowieso schon viel zu weit gegangen. Ein Schritt mehr oder weniger wird nichts ändern.«

Die Stille, die entsteht, macht mir mehr Angst als die Unterhaltung. Wird es wirklich so enden? Wird unsere komplette Familie einfach ausgelöscht?

»Na schön, ich probiere es mit ihr, gleich morgen. Also lass Vanessa schon mal alles vorbereiten. Und wehe du verlierst vor ihr auch nur ein Wort darüber, wen sie da vor sich hat!«

»Natürlich nicht.«

Schritte entfernen sich aus dem Hof und lassen mich allein mit dem Hall draußen und dem in meinem Kopf, der mir immer wieder das Gespräch vorspielt. Ich sehne mich nach Schwester Vanessa, die mich mit ihrer Spritze ruhigstellt, damit ich wenigstens schlafen kann, während ich auf die Schrecken von morgen warte.

Kapitel 27

Kommissar Mertens

»Was will sie denn jetzt schon wieder«, frage ich mich, als mein Handy klingelt, und ziehe die Augenbrauen nach oben, als mir mein Display eine unbekannte Nummer anzeigt statt die von Frau Höffner.

»Mertens?«, melde ich mich, und sofort dringt eine aufgeregte Stimme in den Hörer.

»Hier ist Marcella, äh Marcella Wiedmann, aus Eschheim. Ich rufe wegen Ella an, ich glaube sie steckt in Gefahr.«

»Ella Höffner?«, frage ich.

»Wer denn sonst?«

»Wie alt bist du?« Ihre Stimme klingt nicht viel älter als die meiner Tochter, und die ist gerade zehn geworden. Rufen mich jetzt schon Kinder an?

»Wie bitte, das fragt man nicht!«, empört sich meine Gesprächspartnerin. Als ich nicht antworte, brüllt sie »Sechzehndreiviertel!« in den Hörer.

»Und woher kennst du Frau Höffner?«

»Ist das jetzt wirklich relevant?«

Ich hetze ihr einen tiefen Seufzer, mein Markenzeichen, wie meine Frau sagt, durch die Leitung auf den Hals. »Es würde mir viel bedeuten, wenn du meine Fragen nicht mit Gegenfragen beantworten würdest, Marcella.«

Sie hat meinen Seufzer empfangen und wirft mir ein Schnauben zurück. »Meine Freunde und ich haben Ella in ihren Ermittlungen geholfen …«

»Ermittlungen«, spucke ich ihr das Wort wie saure Milch zurück in den Hörer. Ich kann es mir nicht verkneifen. Was Frau Höffner da anstellt, sind verflucht noch mal keine Ermittlungen.

»Es würde mir viel bedeuten, wenn Sie mich ausreden lassen und sich Ihren Spott in den Allerwertesten schieben würden.«

Jetzt wird mir klar, warum ein Mädchen wie sie Frau Höffner hilft. Die hat genauso viel Biss und Dreistigkeit. Ich kann sie nicht leiden, alle beide, aber irgendwie bewundere ich sie auch.

»Also, wir haben Ella geholfen, haben ihr von der Kommune erzählt, und sie hat uns über alles aufgeklärt, den Durchsuchungsbefehl und so. Oskar war bei einem Vortrag von Johann Schlosser und hat ein Treffen mit ihm vereinbart. Und dieser Herr Unger, also der, der sich mit ihm getroffen hat, hat ihn zu einem Wochenende in der Kommune eingeladen. Und jetzt ist Ella da, und ich glaube, sie ist in Gefahr.«

»Okay, jetzt lassen wir den Ferrari mal schön in der Garage.« Die Leitung stört, sodass ich ihr »Hä« nur stotternd höre. »Ja ja, war nicht mein bester Spruch. Aber wer ist jetzt wieder dieser Oskar, und wieso ist Frau Höffner in der Kommune, und wieso sollte sie in Gefahr sein?«

»Oskar ist einer meiner Freunde, Ella ist in die Kommune statt ihm, weil sie ihn nicht in Gefahr bringen wollte und endlich herausfinden wollte, was da vor sich geht. Und sie ist dort nicht sicher, weil ich hier zwei Beweise in der Hand halte, dass diese Kommune tatsächlich mit dem Manifest zu tun hat.«

Jetzt hat sie meine Aufmerksamkeit, auch wenn ich bezweifle, dass das, was sie »Beweise« nennt, auch nur annähernd brauchbar ist. »Was für Beweise?«

»Hab Ihnen grade zwei Fotos geschickt.«

Eine Weile schweigen wir beide, während ich die Zeitungsartikel heranzoome und einen nach dem anderen durchlese. Dann nehme ich mir noch eine Minute Zeit, um nachzudenken.

»Das ist interessant, Marcella. Aber das sind leider keine Beweise für irgendwas. Und ich glaube auch nicht, dass Frau Höffner deswegen in irgendeiner Gefahr ist.«

Am anderen Ende der Leitung herrscht Stille. Wahrscheinlich ist sie entweder eingeschnappt, oder muss sich beherrschen, mich nicht noch übler zu beschimpfen.

»Sie haben wirklich keinerlei Interesse daran, diesen Fall aufzuklären, oder?«

Langsam reicht es mir mit diesen ständigen Anschuldigungen. Seit Wochen gebe ich mein Bestes, aber es gibt einfach viel zu wenig Hinweise, und was die Leute nicht verstehen, ist, dass es vor dem Recht ausschließlich um Fakten geht. Ich kann niemanden verhaften, nur weil irgendein 50 Jahre alter Zeitungsartikel irgendwelche lauwarmen Vermutungen aufstellen lässt. Selbst wenn ich das gern wollte, ich *kann* es schlichtweg nicht.

»Ich will mich nicht auch noch mit dir streiten müssen, Marcella. Du hast gute Arbeit geleistet. Kannst du mir die Artikel als Fax zukommen lassen oder als Scan? Ich werde sie in meine Unterlagen aufnehmen und bei der weiteren Ermittlung berücksichtigen, das verspreche ich dir. Mehr kann ich im Moment nicht tun.«

»Ja, schon klar.«

Ich bilde mir ein zu hören, wie sie sich die Nase hochzieht, dann legt sie auf. Teenager weinen immer aus Trotz, hat mir meine große Schwester jedenfalls mal gesagt, die zwei davon im Haus hat. Beim Gedanken daran, dass Frau Höffner in diesem Moment in der Kommune ist, fühle ich mich zugegebenermaßen unwohl. Sie sollte sich doch nicht solchen Situationen aussetzen! Andererseits haben wir wirklich absolut nichts Verdächtiges in der Kommune gefunden. Ich wüsste nicht, was ihr passieren sollte. Das Schlimmste, das ich mir vorstellen kann, ist, dass sie sich mit einem der Mitglieder über Gott streitet. Dennoch bleibt ein Gefühl in meiner Magengegend zurück, als hätte mir jemand einen Fausthieb verpasst. Bis Montag muss ich noch warten, vorher kann ich nichts tun. Aber wenn sie sich dann nicht meldet, werde ich dieser Kommune einen weiteren Besuch abstatten.

Kapitel 28

Sieben Wochen zuvor

Tom

Ich habe mich bei dem Vortrag für ein Wochenende in einer Kommune angemeldet. Es muss ein fantastischer Ort sein. Die Leute dort produzieren ihre Lebensmittel selbst. Die Männer können ganz normal ihren Jobs nachgehen, wie sie wollen, auch die Frauen natürlich, wenn sie möchten. Aber die meisten kümmern sich um Haus und Hof, meinte Herr Schlosser. Ella ist sowieso selbstständig, sie könnte im Garten mithelfen und halbtags trotzdem ihre Aufträge ausführen, und ich könnte vielleicht auch aus dem Homeoffice weiter für die Agentur arbeiten. Wir würden das schon irgendwie hinkriegen. Jedenfalls hat mir Herr Schlosser versichert, dass ich in dieser Kommune eine Lösung für meine Trauer finden werde, auch wenn er mir noch nicht genau verraten konnte, wie das gehen soll. In meiner Lage bin ich zu allem bereit. Wenn die Chance auch noch so gering ist, einen Weg für mich zu finden, ich muss sie wahrnehmen.

Nächste Woche ist es schon so weit. Die Kommune liegt nicht weit von hier, ungefähr 80 Kilometer entfernt in einem Ort namens Eschheim, den ich vorher nicht kannte. Eigentlich wollte ich allein hingehen, aber Lina hat zurzeit wieder eine schlechtere Phase. Sie weint viel, isst unregelmäßig und lässt sich oft von der Schule abholen. Vielleicht würde ihr so ein Wochenende guttun, einfach mal rauskommen, die Trauer vergessen, die zu Hause jede Minute in den Schatten lauert. Es ist ja nur ein Wochenende, und wenn es ihr nicht gefällt, können wir jederzeit abreisen. Herr Schlosser hat mir die Kontaktdaten eines Herrn Unger zukommen lassen, mit dem ich alles Weitere geklärt habe. Es sei kein Problem, Lina mitzubringen, hat er mir versichert und mir den genauen Ablauf geschildert. Er holt uns am Freitag um halb elf am Bahnhof ab. Am Sonntag nach der Andacht bringt er uns wieder zurück, und dann können wir in Ruhe entscheiden, ob wir langfristig in die Kommune kommen wollen oder nicht. Am Samstag wird außerdem der Leiter der Einrichtung mit uns reden, damit er uns kennenlernen und uns erklären kann, wie unser Einzug ablaufen würde, falls wir uns entscheiden, zu bleiben.

Ich habe diese Kommune im Internet gesucht, aber nicht wirklich etwas darüber gefunden, was mir Herr Schlosser zwar bereits prophezeit hat, mir aber doch ein wenig kalte Füße beschert. Was, wenn das nur irgendwelche Spinner sind, die uns gar nicht helfen können? Ich werde wohl schon paranoid. Schließlich hält Herr Schlosser schon seit Jahren diese Vorträge, und meine Suchmaschine hat mir verraten, dass Herr Schlosser der Bürgermeister dieser Gemeinde ist und das auch schon seit mehreren Wahlperioden. Ich kann mir nicht vorstellen, dass so jemand nicht seriös ist.

Meine Fantasie geht mit mir durch, das ist alles. Nach dem Unfall sehe ich überall Gefahren, wo keine sind. Auch Menschen kann ich nicht mehr vertrauen, niemandem. Meistens nicht einmal Ella. Genau aus diesem Grund erzähle ich ihr nichts von meinen Plänen. Erst gestern haben wir uns wieder gestritten, und ich habe das als Vorwand genutzt, mich nächstes Wochenende mit Lina davonzustehlen.

»Ich muss einfach mal raus, etwas anderes sehen. Ich ersticke in diesem Haus. Und ich nehme Lina mit, es wird ihr guttun«, habe ich gesagt, und Ella hat nur was Lina angeht kurz protestiert. Was mich angeht, war es ihr egal, wohin ich abhaue. Manchmal habe ich das Gefühl, als wäre es ihr am liebsten, wenn ich gehen und nicht wiederkommen würde. Vielleicht bleibe ich auch einfach in der Kommune, ohne sie nachzuholen. Dann ist sie mich endlich los.

Kapitel 29

Ich weiß nicht, wie lange ich schon an die Decke starre, aber ich bin mir sicher, dass das Licht schon weiter nach unten gewandert ist. Schwester Vanessa hat sich gestern Abend nur noch einmal blicken lassen, um eine weitere Infusion anzuhängen, mich trinken zu lassen und mir die Bettpfanne unter den Hintern zu schieben. Zuerst habe ich protestiert, aber als sie wieder gehen wollte, ohne mich meine Blase erleichtern zu lassen, habe ich mich der Demütigung doch hingegeben.

Irgendwann als es draußen stockfinster war und ich mir die seltsamsten Geräusche eingebildet habe, bin ich eingeschlafen. Seit ich aufgewacht bin war niemand da, und ich habe nichts gehört. Jetzt allerdings nähern sich Schritte, dem Klang nach zu urteilen sind es die von Vanessa. In ihrer Schwesternuniform kommt sie hereinspaziert, nimmt mir die leere Infusion ab, lässt mich trinken und tritt mit ihrem Fuß gegen mein Bett.

»Was wird das denn jetzt?«, krächze ich, meine Kehle trotz der eben eingenommenen Flüssigkeit rau vom Schweigen. Erst als sie an jede Ecke des Bettes läuft und gegen etwas tritt, wird mir bewusst, dass mein Bett Rollen hat und sie die Sicherungen löst. Meine Ahnung wird bestätigt, als sie sich hinter mich ans Kopfende stellt, dagegen drückt und ich losrolle, wie immer unfähig, mich irgendwie zu rühren. Ich spare mir die Mühe, zu fragen, wohin wir fahren. Sie würde es mir sowieso nicht beantworten. Sie hat noch keine drei Sätze mit mir gewechselt.

Wir fahren durch einen Flur, der aus einer anderen Welt sein könnte. Es muss sich um irgendeine alte Klinik oder Heilstätte handeln, oder doch ein Gefängnis? Nein, dann wären hier nicht diese Betten. Eine Psychiatrie vielleicht? Die linke Seite des Ganges wird von geöffneten Türen beherrscht, die teilweise keine Türklinken mehr haben und deren weißer Lack vor Dreck einen Grauton angenommen hat. Rechts, jeweils versetzt zu den Türen, eröffnen riesige, jugendstilartige Fenster, den Blick auf einen Garten von der Größe eines Fußballfeldes mit einem verfallenen Springbrunnen in der Mitte, der kein Wasser mehr beinhaltet. Dahinter beginnt der Wald, und bei dessen Anblick schüttelt es mich unter den Fesseln. Das einzig Intakte, das scheinbar noch gepflegt wird, ist eine Art Rosengarten, der ungefähr ein Viertel der Fläche einnimmt. Der Garten ist umzäunt, mit eingerolltem Stacheldraht darauf, was wiederum an ein Gefängnis erinnert.

Durch manche der Fenster klettert Efeu und wilder Wein und zieht sich teilweise über den ganzen Boden bis hinein in die anderen Räume. Viele der Fenster sind aber noch intakt, sodass mir nur ab und an ein Windhauch durch die Haare streicht. Ein Spiel aus Licht und Schatten, das durch die versetzten Räume und Fenster entsteht, lässt den Flur wie einen lang gezogenen Zebrastreifen wirken. Ich versuche, einen Blick in die Zimmer zu erhaschen, kann meinen Kopf aber meist nicht schnell genug drehen, und wenn es mir gelingt, sind wir so zügig wieder vorbei, dass ich trotzdem nichts erkenne.

Schließlich biegen wir in einen angrenzenden Korridor ab, der nicht ganz so verfallen aussieht wie meiner. Die Türen zu einzelnen Zimmern stehen hier nicht offen, sondern sind mit Riegel und Schloss versperrt. Fenster gibt es hier keine, nur Türen zu beiden Seiten, alle mit den Riegeln verschlossen bis auf ein paar vereinzelte. In diesem Teil des Gebäudes wechseln sich die Schatten nicht mit Licht ab; hier herrscht Dunkelheit und Beklemmung. Zwei Neonröhren werfen flackerndes Licht auf den Boden, den ich nicht sehen kann. Geräusche dringen hier an meine Ohren. Teilweise sind es Schritte von hinter den Türen, teilweise höre ich Wasser laufen, ab und an ein Husten oder ein Klappern, stetig begleitet vom zitternden Takt der Neonröhren.

Die hinterste Tür des Flurs stellt unser Ziel dar. Mein Bett rumpelt über die Schwelle am Eingang und wird in einem komplett fensterlosen Raum angehalten, die Sicherungen wieder eingerastet. Der Raum gleicht einem OP-Saal, und ich verwerfe den Gedanken, in einem Gefängnis gelandet zu sein. Die Wände sind gekachelt, an manchen Stellen bröckeln sie und geben Stein frei. Zwei Instrumententische werden neben mein Bett gerollt, auf einem liegen Spritzen bereit, gefüllt mit Medikamentencocktails. Der andere bietet einem Defibrillator mit Monitorfunktion Abstellfläche, was meinen Puls unwillkürlich beschleunigt.

»Was habt ihr vor, was macht ihr mit mir?«

Meine Atmung stolpert so schnell vor sich hin, dass ich nur ein Wort zwischen zwei Atemzügen herausbringe. Vanessa würdigt mich keines Blickes.

Obwohl ich weiß, dass es aussichtslos ist, stemme ich mich noch einmal mit aller Kraft gegen meine Fesseln, die wie gewohnt kein Stück nachgeben.

Die Schwester bettet eine ungewöhnlich aussehende Decke über mich. Erneut will ich protestieren, aber unter der Decke wird mir so kalt, dass ich kein Wort über die Lippen bringe. Meine Zähne schlagen aufeinander, aber meine Atmung beruhigt sich. Bevor ich es richtig registrieren kann, hat Vanessa eine der Spritzen gegriffen und sich damit neben mir positioniert. Die Kälte, die Aufregung und Verwirrung, dieser unbekannte Ort, diese fremde Person … all das lässt mich keinen klaren Gedanken mehr fassen. Schwester Vanessa stülpt mir eine Art Klammer über den Zeigefinger, und der Monitor des Defibrillators spuckt meine Vitalparameter aus, die sogar ich als Laie als bedenklich niedrig erkenne. Als ich mich fühle wie nackt im Beringmeer und meinen Puls fast nicht mehr wahrnehme, spüre ich, wie mir die Spritze auf meinen Zugang gedrückt wird. Mein Körper verkrampft sich, dann wird alles um mich schwarz. Von weit entfernt dringt ein Piepston an meine Ohren, so dumpf, als wäre ich unter Wasser. Ich lasse mich treiben, bin vollkommen ruhig und umhüllt von diesem schwarzen Nichts, friedlich, zufrieden, leicht wie eine Seifenblase. Irgendwer legt einen Schalter um, und ich höre auf zu existieren.

Kapitel 30

6 Wochen zuvor

Tom

»Alles bereit?«

»Ja, alles ist vorbereitet. Wir können direkt anfangen.«

Die Stimmen dringen wie durch Watte zu mir, ich kann nicht greifen, woher sie kommen, was sie sagen, wird mir nicht richtig bewusst, da es sowieso keinen Sinn ergibt. Langsam kommt die Erinnerung zu mir zurück. Herr Unger hat uns abgeholt und zur Kommune gefahren, aber irgendwann hat er einfach gehalten und dann … Er hat mir Stoff über Mund und Nase gedrückt. Danach klafft nur Leere in meinem Kopf, ein schwarzes Loch aus ausgelöschten Erinnerungen. Wo ist Lina? Was ist mit Lina passiert? Wenn mich dieser Mann nicht umbringt, wird Ella mich dafür umbringen, Lina verloren und in Gefahr gebracht zu haben.

»… an ihm so besonders?«

»Er trauert, hat seinen Sohn verloren.«

Ich versuche, meine Augen zu öffnen, um zu sehen, wer sich unterhält. Es gelingt mir nur mit Mühe, eine Deckenlampe blendet mich zu sehr, und mein Kopf fühlt sich an wie ein vollgesogener Schwamm. Durch Schlitze beobachte ich das Geschehen. Eine Krankenschwester steckt mir etwas an den Finger, und neben mir ertönt das stetige Piepsen meines Herzschlags. Wo bin ich hier gelandet? Horrorszenarien über Organhandel, Drogenschmuggel und Kannibalismus sausen wie Papierflieger durch meinen Kopf, aber ich kriege keinen davon zu fassen. Eine Decke wird über mich gebreitet, die mich seltsamerweise nicht wärmt, sondern kühlt. Ich überlege, ob ich mir das nur einbilde und mich in Wirklichkeit die Angst kühlt, aber spätestens als ich mich vor Kälte schüttle, wird mir klar, dass es tatsächlich diese Decke ist.

Außerdem wird mir klar, dass ich an ein Bett gefesselt bin und keine Chance habe, zu fliehen. Panik kitzelt meinen Rachen, ich möchte etwas sagen und huste stattdessen. Im hinteren Eck des Raumes erkenne ich Herrn Unger, aber bevor ich darauf reagieren kann, sticht mich etwas am Oberarm, und kurz darauf schüttelt mich ein Krampfanfall, der in ewiger Leere endet.

Ich bin nicht mehr im Raum, ich bin auf einem Feld, endlos weit, die Sonne scheint, Blumen blühen so hoch, dass ich sie mit meinen Fingerspitzen streichle. Die Luft schmeckt nach Freiheit, nach Unbeschwertheit, und ich kann meinen Körper nicht mehr fühlen. Es ist, als würde ich schweben, und trotzdem laufe ich irgendwie, auch wenn ich mich der Hülle, die es tut, nicht mehr zugehörig fühle. Von Weitem höre ich Kinderlachen, sehe aber nichts und laufe darauf zu, ohne wirklich zu wissen, aus welcher Richtung es kommt.

»Papa«, ruft jemand und kichert, und ich weiß sofort, wer es ist.

»Luis!«

Die Hülle, die ich bin, rennt jetzt und dreht den Kopf zu allen Seiten, bis ich ihn erkenne. Luis kommt von links auf mich zu gehüpft, die Blumen reichen ihm teilweise bis über die Stirn. Wie ein Flummi springt er auf und ab und wird dabei immer wieder kurz vom Feld verschluckt. Endlich schließe ich ihn in die Arme, und ein Gefühl schwappt über mich, das ich so lange nicht mehr kannte. Ich bin wieder ganz, das Loch in mir ist gestopft, ich kann wieder atmen, ohne dass Luft daraus entweicht und mich erstickt. Mein Sohn ist zu mir zurückgekommen, und ich drücke ihn so fest, bis er anfängt zu zappeln, überschütte ihn mit Küssen und flüstere in sein Ohr: »Es tut mir leid, es tut mir leid.«

»Komm mit, Papa«, ruft er, und ich setze ihn ab, lasse ihn mich führen an seiner kleinen knubbeligen Kinderhand.

»Wohin gehen wir?«, frage ich, ohne eine Antwort zu bekommen. Er sagt etwas, aber ich kann es nicht hören, ich höre andere Stimmen, höre ein gleichbleibendes Piepsen wie eine Art Tinnitus, nichts davon kann ich fassen. Ein Ruck geht durch meinen Körper, hebt mich nach oben, sodass ich im Feld stolpere. Ich spüre, wie ich dieser seltsamen Welt entweiche, wie mich eine unsichtbare Kraft vom Feld reißt und greife verzweifelt nach der Hand meines Sohnes, der sie sanft drückt.

»Ich hab dich lieb, Papa«, sagt er, lässt meine Hand wieder los und hüpft weiter zwischen den Blumen umher.

»Ich hab dich auch lieb, Luis«, rufe ich ihm hinterher, »komm zurück, es tut mir leid!«

Das Piepsen dringt nicht mehr durchgehend an meine Ohren, sondern in regelmäßigen Abständen, und meine Augen fliegen auf. Sauerstoff wird über eine Maske in mich gepumpt und hilft mir dabei, wieder gleichmäßig zu atmen. Luis ist verschwunden, ich liege in diesem kalten, schrecklichen Raum, der in schlechterem Zustand ist als ich, und starre in die Augen der Krankenschwester.

»Es tut mir leid, es tut mir leid«, wimmere ich unter der Maske. Tränen benetzen meine Wangen, laufen daran hinab, neben meinem Ohr vorbei und tropfen auf mein Bett. Ich weiß nicht, was mit mir passiert ist, kann nicht begreifen, was man mit mir macht. Alles, was ich will, ist, zurück auf das Feld zu meinem Sohn, noch einmal seine Hand greifen, ihm noch einmal sagen, wie sehr ich ihn liebe und vermisse. Ich kann nicht mehr unterscheiden, was real ist und was Einbildung, nichts erscheint mir echt. Plötzlich überkommt mich Müdigkeit und Erschöpfung, und ich falle in einen Schlaf ohne Wiese, ohne Luis, ohne Träume.

Als ich aufwache, sitzt Herr Unger neben meinem Bett, an das ich nicht mehr gefesselt bin. Die Decke, die ich diesmal über mir finde, hält mich warm, und eine Infusion läuft durch einen Zugang an meiner Hand in meine Venen.

»Wo bin ich?«, frage ich und räuspere mich, da die Worte nur heiser meine Kehle verlassen.

Herr Unger legt die Zeitung, in der er gelesen hat, auf den Nachttisch, der an meinem Bett steht. »Na, in der Kommune, da wo Sie hinwollten.« Er lächelt mich an, seine Zähne zwar gelb, wahrscheinlich vom Rauchen, aber doch heller als die Wand in diesem Zimmer.

»Das sieht mir nicht nach einer Kommune aus. Was haben Sie mit mir gemacht? Wo ist meine Tochter?« Ich will laut werden, aber die Verfassung meiner Stimmbänder erlaubt es nicht.

»Beruhigen Sie sich. Es ist auch eine … besondere Art der Kommune. Ihrer Tochter geht es gut, sie ist bei den anderen Kindern.«

»Ich glaube Ihnen kein Wort.«

Während sich Herr Unger noch eine Antwort zurechtlegt, lasse ich blinzelnd meinen Blick durch den Raum schweifen. Die Tapete hat definitiv schon bessere Zeiten gesehen, genau wie der Rest der Unterkunft. Zuerst denke ich, dass Teppich auf dem Boden verlegt ist, dann fällt mir auf, dass es sich nur um eine Schmutzschicht handelt. Wenigstens ist das Fenster, das mich an Jugendstil erinnert, noch intakt. Außer meinem Bett, einem uralten Nachttisch, von dem überall die Farbe abblättert und dem Stuhl, auf dem Herr Unger sitzt, ist mein Zimmer leer. Das hier ist unmöglich die Kommune.

»Erzählen Sie mir doch von dem, was Sie gesehen haben.« Herr Unger zieht die Schublade an meinem Nachttisch auf und holt ein Clipboard heraus und einen Kugelschreiber, den er zum Schreiben bereithält.

»Was soll das? Ich sage Ihnen gar nichts, bevor Sie mir nicht sagen, wo meine Tochter ist und was für ein Spiel hier läuft.«

Das Lächeln auf seinem Gesicht bleibt so beständig, dass man meinen könnte, er hätte seine Mundwinkel mit Sekundenkleber fixiert. »Ihre Tochter ist bei den anderen Kindern, und es geht ihr gut, wie gesagt. Und das Spiel, das hier gespielt wird, ist genau das, was Sie wollten.«

»Ach ja? Was war das für ein Raum, was haben Sie mir gegeben? Mein Sohn ist tot, egal wie sehr Sie mich mit Drogen vollpumpen.«

Sein Lächeln verwandelt sich in ein ausgewachsenes Lachen. »Keine Sorge, das sind keine Drogen. Zumindest nicht die, an die Sie denken. Sie haben also Ihren Sohn getroffen?«

»Ich habe niemanden getroffen, ich habe fantasiert.«

»Herr Höffner … Sie waren tot. Sie hatten eine Nahtoderfahrung.«

Jetzt kann ich selbst ein Kichern nicht unterdrücken. »Ja klar, genau.« Im nächsten Moment überrollen mich die Erinnerungen an den Raum, die Kühldecke, die Spritze, das Piepsen, das eine ganze Weile lang ein einziger Ton war, anstatt regelmäßig zu erklingen. »Nein, das kann nicht sein«, sage ich mehr zu mir selbst.

Herr Unger rückt seinen Stuhl ein wenig näher an mich heran. »Sie haben Hilfe gesucht, weil Sie den Tod Ihres Sohnes nicht überwinden können und wir hier, wir geben Ihnen Hilfe. Wir bringen Sie wieder mit Ihrem Sohn zusammen. Ich lüge nicht, wenn ich sage, das hier ist genau das, was Sie wollten.«

Als könne es alles ungeschehen machen und mich wieder zurück nach Hause bringen, schüttle ich den Kopf bis, mir der Nacken wehtut. »Sparen Sie sich das, Sie sind kriminell, ich hätte sterben können! Das ist ganz bestimmt nicht das, was ich wollte, sind Sie verrückt?« Ich setze mich auf und will mir den Zugang aus der Hand reißen, aber Herr Unger drückt mich zurück auf mein Bett und ruft nach einer gewissen Vanessa. »Lassen Sie mich los!«

Krampfhaft versuche ich, mich freizuzappeln, aber ich bin noch zu schwach. Herr Unger muss sich nicht einmal anstrengen. Die Krankenschwester kommt in den Raum geeilt und legt mir erneut die Lederfesseln an, mit denen ich vorher schon fixiert war. Egal, wie sehr ich es versuche, mir wird nur schwindlig vom Kraftaufwand, der mir letztendlich nichts bringt.

»Tut mir leid, ich dachte, Sie würden einsehen, dass wir Ihnen hier nur helfen wollen. So muss ich Sie leider fixieren lassen. Die Infusion ist wichtig für Sie, damit Sie wieder zu Kräften kommen.«

In aller Seelenruhe hat er sich wieder zurück auf seinen Stuhl gesetzt und die Beine übereinandergeschlagen. Schwester Vanessa nickt ihm zu und verlässt den Raum wieder.

»Das hier nennen Sie Hilfe? Sie sind doch krank, Sie müssten selbst hier liegen.«

»Ich bin schon oft dort gelegen, glauben Sie, ich wollte das noch nie ausprobieren? Leider habe ich eher weniger interessante Dinge gesehen als Sie, vermute ich. Vertrauen Sie mir, wir machen das jeden Tag, seit über einem Jahrzehnt. Wir wissen genau, wann wir Sie wieder zurückholen müssen, damit Sie uns nicht verloren gehen.«

Ein schrecklicher Gedanke spukt durch meinen Kopf. »Machen Sie das auch mit Lina?« Mein Puls rast, während ich auf eine Antwort warte.

»Natürlich nicht, Kinder eignen sich für das Experiment nicht. Jetzt ruhen Sie sich erst mal aus, und dann reden wir eben morgen über das, was Sie gesehen haben. Es muss auf jeden Fall dokumentiert werden. Ich lasse Ihnen von Schwester Vanessa ein schönes Abendessen bringen. Lassen Sie es sich schmecken.«

Experiment? Nahtoderfahrung? Bin ich hier in einem schlecht geschriebenen Horrorfilm gelandet? Sein Abendessen kann er sich sonst wohin stecken. »Ich werde nicht mit Ihnen darüber reden, vergessen Sie's. Das war keine Nahtoderfahrung, das sind alles nur Halluzinationen von den Medikamenten. Ihr Experiment ist nutzlos.«

Das Lächeln, das mein Entführer jetzt aufsetzt, vermittelt eine Mischung aus Mitleid und Bemutterung, immer gewürzt mit einer gewissen Boshaftigkeit. »Am Anfang glaubt keiner dran. Das kommt mit der Zeit. Ruhen Sie sich aus.«

Damit verlässt er den Raum und lässt mich mit meiner Verzweiflung allein.

Kapitel 31

Als der Schalter wieder umgelegt wird und ich zurück in die Realität gebeamt werde, schrecke ich hoch, mein Puls rast und Panik beherrscht mich. Ich bin wieder in dem gekachelten Raum, oder besser gesagt immer noch. Vanessa drückt mir Sauerstoff über eine Maske auf Mund und Nase, und ich zwinge mich eine Weile, ruhig ein- und auszuatmen, bis das Piepsen des Monitors wieder in normalem Tempo an meine Ohren dringt. Eine Decke spendet mir angenehme Wärme, und als ich mich wieder einigermaßen normal fühle, beginne ich, aktiv darüber nachzudenken, was mit mir passiert ist. Mit einem Blick auf den Defibrillator weiß ich Bescheid, und die plötzliche Erkenntnis überrollt mich wie eine Tsunamiwelle.

»Schaffen Sie sofort Herrn Unger hierher«, sage ich zu Vanessa, noch etwas röchelnd aber mit voller Entschlossenheit.

»Nicht nötig, ich bin schon längst hier.«

Mein Kopf schnellt in die Richtung, aus der seine Stimme kommt, und ich sehe ihn an der Wand lehnen, mit einem Kaffeebecher in der Hand. Ich muss einmal blinzeln, da mir der Schwindel die Schärfe im Bild raubt.

»Gut geschlafen?«, fragt mich Herr Unger, seine Stimme viel näher als gerade. Ich öffne meine Augen wieder und sehe, dass er zu mir ans Bett gelaufen ist.

»Ich war tot«, stelle ich fest, mehr vor mir selbst als vor ihm.

»Das haben Sie eindeutig früher erkannt als Ihr Mann.«

Also ist Tom sicher hier. Das Piepsen des Monitors wird wieder schneller, und ich zapple mit dem Finger, um die Klammer loszuwerden, aber es klappt nicht.

»Ich will sofort zu Tom! Wie lange machen Sie das schon mit ihm?«

Herr Unger legt den Kopf schief. »Na ja, seit er hier angekommen ist eben. Sie wissen besser als ich, wie lange das jetzt her ist.«

»Sie mieses Schwein, wozu tun Sie das? Was erhoffen Sie sich davon?«

»Ich helfe hier auch nur mit. Aber ich mache Ihnen einen Vorschlag. Sie erzählen mir, was Sie gesehen haben, und dafür bringe ich Ihren Mann beim nächsten Mal nicht um. Der ist nämlich direkt nach Ihnen dran.«

Ich schüttle den Kopf. »Gegenvorschlag. Sie bringen mich zuerst zu meinem Mann, zeigen mir, dass er überhaupt noch am Leben ist. Wenn er noch lebt, erzähle ich Ihnen meinetwegen, was ich gesehen habe.« Was sich schwierig gestalten könnte, da ich tatsächlich überhaupt nichts gesehen habe.

Er nimmt sich einen Moment, um zu überlegen. Dann bedeutet er Vanessa mit einer Handbewegung, zu sich zu kommen, und flüstert mit ihr, was ich nicht verstehen kann. Kurz darauf löst er die Bremsen meines Bettes, stellt sich ans Kopfende und schiebt mich aus dem Raum. Bringt er mich jetzt wirklich zu Tom? Ich will protestieren, Fragen stellen, halte mich aber zurück, weil ich ihn nicht verärgern will, falls er tatsächlich vorhat, mich zu meinem Mann zu bringen. Wir rollen den intakteren Korridor entlang mit den Neonröhren an der Decke, aber diesmal in die andere Richtung als die, aus der wir vorher gekommen sind. Ich höre, dass uns etwas entgegenkommt, Schritte und dasselbe Kratzen von Rollen auf dem Boden, das auch die Rollen meines Bettes erzeugen. Angestrengt drücke ich den Kopf auf meine Brust, um nach vorn sehen zu können. Uns kommt tatsächlich Schwester Vanessa entgegen, und sie schiebt ein weiteres dieser Betten, aber ich kann noch nicht erkennen, wer darin liegt.

»Tom?«, rufe ich so laut ich kann, »Bist du da drin?«

»Ella?«, kommt eine Stimme zurück, die unmöglich Tom gehören kann. Sie klingt nicht wie mein starker, selbstbewusster Mann, sie klingt gebrochen. Und doch ist es seine, ganz sicher.

Im nächsten Moment rollen wir aneinander vorbei, und ich kann ihm in die Augen sehen, nur für einen viel zu kurzen Augenblick.

»Ella, nein, was …«, flüstert er, winselt es beinahe, und mir bricht das Herz in tausend Scherben. Was haben sie mit ihm gemacht? Musste er jeden Tag sterben und wieder zurück in diese grausame Realität kommen? Die dunklen Ringe unter seinen Augen sprechen jedenfalls Bände, genau wie die Haut, die eingefallen an seinen Wangenknochen klebt. Unsere Hände berühren sich, beide so kalt wie der Frost um unsere Herzen, keine in der Lage, richtig zuzudrücken. So schnell wie wir uns berühren konnten, so schnell müssen wir uns wieder voneinander lösen, so schnell entgleitet mir seine sanfte Berührung, und ich reiße mich zusammen, erst anzufangen laut zu schluchzen, als Tom weit genug weggerollt ist, um mich hören zu können.

Herr Unger fährt mich nicht zurück in mein heruntergekommenes Zimmer. Stattdessen bringt er mich in einen der Räume mit dem Riegel vor der Tür. Hier scheint wirklich alles noch viel intakter zu sein als in dem Part des Gebäudes, in dem ich vorher untergebracht war. Die Einrichtung – ein Schrank, ein Nachttisch, ein Tisch mit zwei Stühlen – sieht zwar nach einem anderen Zeitalter aus, erfüllt aber ihren Zweck. Neben dem Nachttisch steht vermutlich sonst ein Bett, Toms Bett? Der Teppichboden ist verdreckt und mit Flecken übersät, und hier und da zieht sich ein Riss hindurch, aber insgesamt ist das hier ein deutlich besserer Anblick als in meinem vorherigen Zimmer. Vor dem Fenster sind Gitterstäbe, der Blick geht direkt zum Wald hinaus, und ich wende ihn direkt wieder ab.

»Ist das Toms Zimmer? Wo ist Lina?«, frage ich, und Herr Unger nickt als Antwort auf die erste Frage, übergeht die zweite aber komplett.

»Also, ich habe meinen Teil der Abmachung erfüllt. Jetzt sind Sie dran.«

Schnell lege ich mir Worte im Kopf zurecht, die er hoffentlich hören will. »Da war ein helles Licht. Ich … bin darauf zugelaufen. Und dann …«, mir fällt nicht mehr ein. Was passiert dann, wie sieht es aus im Himmel? Oder will er das überhaupt hören?

»Ein helles Licht, aha. Und dann?« Herr Unger sieht nicht gerade zufrieden aus.

»Dann war ich im Himmel. Es war …«

»Sie haben nichts gesehen, oder?«

Frische Tränen glitzern in meinen Augen. »Bitte, bringen Sie ihn nicht um. Er kann nichts dafür. Bitte.«

»Enttäuschend. Aber das wird schon noch. Ich mache Ihnen einen Vorschlag. Ich mache Sie jetzt los, und Sie begleiten mich nach oben zu den anderen. Sie müssen etwas essen und trinken. Wir haben noch viel mit Ihnen vor, und dafür müssen Sie bei Kräften sein.«

Tom sah mir nicht gerade danach aus, als würden sie sich oft an dieses Motto halten, aber vielleicht reicht dieser Zustand schon aus. Vielleicht bedeutet »bei Kräften« für diese Leute weder ohnmächtig noch tot.

»Wissen Sie«, spricht Herr Unger weiter, »solange Sie kooperieren, können Sie hier ein ganz normales Leben führen. Na ja«, er lacht, kurz bevor sein Gesicht wieder ernst wird, »nicht vollkommen normal, aber eben … ganz in Ordnung. Ihr Mann schlägt sich schon ganz wacker. Sollten Sie uns allerdings Probleme machen, wird es Ihre Tochter schwer haben.«

Ich verkrampfe mich unter meinen Fesseln. »Was haben Sie mit ihr gemacht, wo ist Lina? Ist sie hier, wird sie auch …« Das Wort »umgebracht« bringe ich nicht über die Lippen.

»Sie ist an einem sicheren Ort, es geht ihr gut. Solange Sie sich benehmen zumindest. Also, wenn ich jetzt gleich Ihre Fesseln löse, benehmen Sie sich dann?«

Ich nicke. Was bleibt mir auch anderes übrig? Natürlich habe ich keine Gewissheit, dass es Lina wirklich gut geht, dass sie überhaupt noch lebt. Aber wenn es stimmt, was er sagt und sie in Sicherheit ist, werde ich ganz bestimmt nichts unternehmen, um diese Sicherheit zu gefährden. Auch wenn es mir mehr als schwerfällt, mich hier zu »benehmen«. Wie soll das alles enden? Meine einzige Hoffnung ist Marcella, die morgen den Kommissar anrufen wird und dann … Dann wird sich hoffentlich zeigen, dass er doch nicht so inkompetent ist, wie ich es ihm immer unterstellt habe. Aber wie soll er hierherfinden? Ich weiß ja nicht einmal selbst wo dieses »Hier« ist.

Versunken in meinen Gedanken habe ich nicht mitbekommen, wie sich ein ziemlich großer und kräftig gebauter Pfleger in den Türrahmen gestellt hat. Meine Hände sind bereits von ihren Fesseln befreit und sogar schon mein rechter Fuß. Meine Arme sind steif von ihrer unfreiwilligen Position der letzten Tage, und ich kann sie kaum anheben, schaffe es aber gerade so, mir die Feuchtigkeit, die die Tränen in meinem Gesicht zurückgelassen haben, wegzuwischen. Als auch mein zweiter Fuß befreit ist, wendet sich Herr Unger an den Pfleger.

»Bring sie nach oben zum Essen.«

Der Pfleger nickt und kommt auf mich zu. Ich versuche, aufzustehen, knicke aber sofort weg, weil sich meine Füße viel zu taub anfühlen. Er fängt mich mit festem Griff auf und stützt mich. Nach ein paar missglückten Schritten gelingt es mir schließlich, einen Fuß wie gewohnt vor den anderen zu setzen, auch wenn ich die Hilfe des Pflegers weiterhin benötige, der mich bestimmt festhält, aber nicht so, dass es wehtut.

»Was ist das für ein Ort?«, frage ich ihn, aber genau wie Vanessa antwortet er mir nicht.

Natürlich tut er das nicht, aber ich musste es versuchen. Während wir uns in Zeitlupengeschwindigkeit den Korridor entlang bewegen, auf eine breite Marmortreppe zu, die in der Mitte mit Teppich belegt ist, rasen die Sorgen und Ängste in meinem Kopf. Ist Tom gerade tot? Wird er wieder aufwachen? Wo ist Lina, was macht sie gerade, wird sie gut behandelt ... Die Fragen hören nicht auf, und das Schlimmste ist, dass ich ihnen hilflos ausgeliefert bin. Draußen im Wald, in Eschheim, in meiner Hütte, konnte ich wenigstens Hinweisen nachgehen, konnte durch den Wald streifen, in der Hoffnung, irgendetwas zu entdecken. Hier bin ich völlig nutzlos. Ich quäle mich die Treppen nach oben bis wir vor einer Art Gemeinschaftsraum ankommen, bei dessen Anblick ich mich endgültig fühle wie in einem dieser

Psychofilme mit dem Oscar-verdächtigen Szenenbild. Die Protagonisten dieses Films, die an einem Tisch Suppe löffeln, jagen mir eine Gänsehaut über den ganzen Körper. Ich will nicht wissen, wie lange sie schon hier sind. Verzweiflung und Aussichtslosigkeit legen sich um mich wie ein Tuch, Dunkelheit umfängt mich, und ich sacke in den Armen des Pflegers zusammen.

Kapitel 32

Ich wache mit einer Infusion im Zugang auf, in meinem neuen Zimmer, das ich mir mit Tom teile. Als mir diese Tatsache einfällt, reiße ich den Kopf herum und sehe ihn tatsächlich im Bett neben mir liegen. Weder seine noch meine Hände und Füße sind diesmal gefesselt, die Tür aber natürlich verriegelt. Er scheint noch zu schlafen. Ich schaffe es, mich im Bett aufzusetzen und mit meiner Infusion an Toms Bett zu humpeln. Als ich mich auf der Bettkante niederlasse, schlägt er die Augen auf und bekommt für einen Moment Panik, keucht und dreht den Kopf in alle Richtungen und drückt sich aus seiner Matratze.

»Ich bin's nur, Tom, ich bin's, Ella. Beruhig dich!« Ich packe ihn am Arm und schaue ihm in die Augen, dann, als er allmählich realisiert, wer vor ihm sitzt und sich entspannt, ziehe ich ihn so fest an mich, dass es wehtut, drücke seinen Kopf an meine Brust. Langsam schlingt er die Arme um meinen Oberkörper, und wir verlieren uns in unserer Umarmung. So nah waren wir uns lange nicht mehr.

»Es tut mir so leid«, schluchzt er immer wieder in mein T-Shirt.

»Ich weiß, es ist nicht deine Schuld«, gebe ich zurück und streichle ihm über den Kopf wie einem Kind. Er fühlt sich so leicht und schwach und ausgezehrt an, dass ich am liebsten mitheulen würde, aber ich habe in letzter Zeit so viel geweint, dass ich mich zusammenreiße.

»Weißt du, wo Lina ist?«, fragt er und löst sich allmählich aus meinem Griff, rückt ein Stück zur Seite, damit ich mich neben ihn ins Bett quetschen kann. Ich schüttle den Kopf und lehne ihn dann an seiner Schulter an. Er drückt mir einen Kuss auf die Stirn.

»Laut diesem Herrn Unger ist sie an einem sicheren Ort, aber er könnte mir alles erzählen.«

»Dasselbe hat er mir auch aufgetischt. Ich hätte niemals herkommen sollen, vor allem nicht mit ihr. Ich dachte … Ich wollte doch nur einen Weg finden, wie wir wieder glücklich werden.«

»Was ist das hier für ein Ort?«, frage ich, denn wir sind jetzt nun einmal hier, die Zeit kann man nicht zurückdrehen. Er ist hergekommen und ist in eine Falle gelaufen. Ich weiß, dass er es nur gut gemeint hat, auch wenn ich nicht leugnen kann, dass tief in mir Wut darüber aufkeimt, dass er sich so naiv mit unserer Tochter hierher begeben hat, ohne mir Bescheid zu sagen. Aber diese Wut bringt uns nicht weiter. Wir müssen jetzt zusammenhalten.

»Ich weiß es nicht, jedenfalls nicht die Kommune. Ich habe bisher auch nur diesen Raum und den Gemeinschaftsraum gesehen. Und … na ja, den anderen.«

Mir ist klar, welchen Raum er mit dem »anderen« meint. »Wie viele Leute sind hier und … wie lange schon?« Das Bild in meinem Kopf, vor dem ich vorher ohnmächtig wurde, taucht wieder auf. Fünf andere Gefangene saßen an diesem Tisch, die Augen so leer wie ein weißes Blatt Papier, dürr, heruntergekommen, in ausgetragenen Klamotten, dürftig frisiert und jegliches Leben aus den Blicken gewichen. In dieser Anstalt herrscht der Tod, im Gemeinschaftsraum essen Zombies zu

Mittag, verdammt dazu, bis in alle Ewigkeit Sklaven eines Verrückten mit Gottkomplex zu sein. Verdammt dazu, jeden Tag vom Tod erlöst und kurz darauf doch wieder zurückgeholt zu werden, zurück vom Himmel in die Hölle.

»Ich glaube es sind fünf, aber es sind selten alle auf einmal da. Einer ist immer ...«

»Tot«, ergänze ich seinen Satz.

Er nickt. »Manche sind schon seit Jahren hier. Keine Ahnung, wie die überhaupt noch leben können. Aber die sind dann wohl besonders wertvoll und werden nicht ständig benutzt, sondern nur so oft, wie sie es aushalten. Ich weiß es nicht, Ella, ich weiß quasi gar nichts. Die meisten hier sind schon so verrückt, dass man kein normales Gespräch mit ihnen führen kann.«

Werden wir auch so enden? Für immer in einem Zustand zwischen Leben und Tod, für immer von Lina getrennt, für immer eingesperrt, Matsch in der Birne, nur noch in der freudigen Erwartung darauf, dass das Experiment endlich schiefgeht und wir tatsächlich sterben?

»Hast du nie versucht, zu fliehen? Hast du dich nie gewehrt?«, will ich wissen und drücke mich noch enger an ihn. Seine Wärme, seine Berührung beruhigen mich. Wenigstens müssen wir nicht mehr allein durch die Hölle gehen. Wenn wir nur wüssten, wo Lina ist ...

»Er hat mir von Anfang an damit gedroht, Lina zu ... Ich konnte nicht, ich wollte, glaub mir, und wie ich wollte. Aber ich hatte zu viel Angst. Wir können doch sie nicht auch noch verlieren! Was hätte ich denn tun sollen?«

Ich kann mir denken, wie sehr er sich selbst dafür geißelt, sich nicht einmal wehren zu können, aber ich verstehe, warum er es nicht kann. Ich selbst habe es ja auch noch nicht versucht, aus genau demselben Grund.

»Wir können nichts tun, aber es muss doch irgendeinen Weg geben …« Noch während ich es sage, weiß ich, dass es den nicht gibt. Selbst wenn wir es hier raus schaffen würden, wir würden Lina niemals finden, bevor Herr Unger bemerkt, dass wir weg sind und dann … Daran will ich gar nicht denken. Lieber verrotte ich hier drin, als dass meiner Tochter etwas zustößt.

»Vielleicht finden sie uns ja, jetzt wo du auch weg bist. Vielleicht suchen sie jetzt noch intensiver«, sagt Tom und starrt dabei Löcher in die Wand, eine Mischung aus Hoffnung und Skepsis im Blick.

»Vielleicht, ja«, sage ich und berichte ihm alles, was ich unternommen habe, damit endlich intensiver gesucht wird. Erzähle ihm alles, von Anfang an, von meiner Fahrt nach Eschheim, meiner gruseligen Unterkunft im Wald, von Judith Becker, von Johann Schlosser, der Kommune, dem Kommissar, den Jugendlichen, dem Archiv, dem Manifest, dem Durchsuchungsbefehl … Wir reden bis es dunkel wird, über meine Suche, über Luis, über Lina, über unsere Ehe, über Alltägliches. Es tut so gut, endlich wieder jemanden zum Reden zu haben, es fühlt sich fast so an wie in der Zeit, bevor Luis uns verlassen hat und wir noch ein glückliches, unbeschwertes Ehepaar mit zwei wundervollen, fröhlichen Kindern waren. Für diesen einen Nachmittag und Abend, an dem uns nur Schwester Vanessa mit zwei Flaschen Wasser und zwei belegten Broten besucht, die sie uns wortlos auf den Tisch stellt, trotzen wir den Umständen und unserer ausweglosen Lage und sprechen uns alles von der Seele, das schon so lange darauf lastet. Wer weiß, wie lange wir uns noch haben. In diesem Gemäuer kann alles viel schneller vorbei sein, als man daran auch nur denken kann.

Kapitel 33

Kommissar Mertens

»Ella hat sich nicht zurückgemeldet, und sie hat mir ausdrücklich gesagt, dass ich Sie anrufen soll, falls dieser Fall eintritt.«

Das Kind ist wieder am Telefon, diese Marcella, und will offenbar die Leitung sprengen, so laut und schrill sind die Töne, die sie anschlägt.

»Ich weiß, ich bin schon unterwegs.«

»Sie müssen endlich … Moment mal, was?«

Ein junger Kerl in seinem uralten Mercedes nimmt mir die Vorfahrt, und ich hupe ihn nieder.

»Idiot!«, brülle ich meine Windschutzscheibe an, und Marcella weiß natürlich nicht, dass ich nicht sie meine.

»Wie haben Sie mich grade genannt?!«

»Nicht dich, ich bin im Auto.«

»Auf dem Weg hierher?«

»Auf dem Weg nach Eschheim, ja.«

»Das glaub ich jetzt nicht.«

Dieser Beruf wäre so viel einfacher, wenn sich nicht ständig irgendwelche Hobbydetektive in meine Arbeit einmischen würden, die mir nicht einmal zutrauen, mir den eigenen Hintern abzuwischen. »Nur weil ich am Wochenende nichts tun konnte, heißt das nicht, dass ich mir keine

Sorgen gemacht habe. Den ganzen Vormittag versuche ich schon, Frau Höffner zu erreichen, aber es geht nur die Mailbox ran und orten lässt sich ihr Handy auch nicht, was bedeutet, es ist aus.«

Marcella schnappt nach Luft. »Sie würde ihr Handy niemals ausschalten, nicht jetzt, nicht …«

»Ich weiß«, sage ich, weil ich nicht oft genug klarstellen kann, dass auch ich ab und an etwas selbst weiß.

»Und was haben Sie jetzt vor?« Ihre Stimme knackt durch die Freisprechanlage, sodass ich nur einzelne Wörter verstehe, mir den Satz aber dennoch zusammenreimen kann.

»Ich fahre zur Kommune und stelle den Leiter noch einmal zur Rede. Dann sehen wir weiter, je nachdem was er sagt.«

»Den Leiter?«, will Marcella wissen, und sie klingt näher am Hörer als vorher, als ob sie ihn sich ans Ohr pressen würde.

»Ja, den Leiter. Danke für deinen Anruf. Ich kümmere mich um Frau Höffner.«

»Moment, wer ist denn der Leiter? Es ist Johann Schlosser, richtig?«

»Nein. Mehr kann ich nicht sagen.«

»Sie müssen!«

»Auf Wiedersehen, Marcella, danke für deine Hilfe.« Damit beende ich den Anruf, und als sie direkt zurückruft, lege ich auf. Ich muss schließlich die Leitung freihalten für wichtigere Angelegenheiten.

In der Kommune öffnet mir eine der Frauen, die ich schon einmal gesehen habe. Ich zeige ihr meine Dienstmarke und lasse mich von ihr zum Büro von Benedikt Schlosser führen. Mittlerweile fühle ich mich schlecht, dass ich Frau Höffner verschwiegen habe, wer der Leiter dieser Einrichtung ist. Aber sie hatte sich schon so auf Johann Schlosser eingeschossen, dass ich ihr von dessen älterem Bruder Benedikt nicht erzählen wollte. Sie hätte sich nur noch mehr hineingesteigert und Familie Schlosser hinterherspioniert. Da ich zu diesem Zeitpunkt keinerlei Verdacht gegen Johann oder Benedikt hegte, gab es keinen Grund für mich, warum sie es hätte wissen müssen.

»Kommissar Mertens, was für eine Überraschung«, begrüßt mich der ältere Schlosser in seinem Luxus-Schreibtischstuhl.

Ich strecke ihm ein Foto von Ella vor die Nase. »War diese Frau am Wochenende hier?«

Er nimmt mir das Foto aus der Hand, mustert es eingehend und schüttelt den Kopf. »Nein, aber die kommt mir bekannt vor. Ist das nicht die, die in den Nachrichten war, weil ihre Familie hier in Eschheim verschwunden ist?«

»Genau die. Und Sie sind sich absolut sicher, dass sie nicht hier war?«

Benedikt gibt mir das Foto zurück und zuckt die Achseln. »Ja, ganz sicher. Ich kenne sie nur aus dem Fernsehen.«

Nichts an seiner Mimik und Gestik deutet darauf hin, dass er lügt, was mich innerlich zum Kochen bringt. Wie kann es sein, dass sie nicht hier war? Das ergibt doch alles keinen Sinn.

»Und was ist, wenn ich Zeugen hätte, die mir bestätigen können, dass sich diese Frau am Freitag um halb zwei mit einem gewissen Herrn Unger aus Ihrer Kommune in Eschheim getroffen hat und mit ihm in ein Auto gestiegen ist?«

Für seine Antwort muss Benedikt eine Weile überlegen. Er legt sich Zeigefinger und Daumen ans Kinn, als wäre das die mustergültige Denkerpose, die ihm auf die Schnelle einfällt.

»Herr Unger ist bei uns für die Interessenten zuständig, er wollte am Freitag eigentlich einen Jungen herbringen, der dann aber nicht erschienen ist. Die Leute bekommen oft kalte Füße, das ist also nichts Seltenes. Aber die Frau hat er nicht mitgebracht, vielleicht hat er sie nur irgendwo abgesetzt? Er war das ganze Wochenende über nicht hier, wenn ich genau darüber nachdenke, er hat mich nur kurz angerufen und Bescheid gesagt, dass der Junge nicht kommt.«

Ich habe das Gefühl, dass sich dieses Gespräch länger hinziehen wird, also setze ich mich und schaue ihm direkt in die Augen. Er zeigt weder Nervosität, noch wirkt er sonst so, als hätte er etwas zu verbergen.

»Frau Höffner, die Frau auf dem Bild, aus den Nachrichten, ist hergekommen, weil sie Ihre Kommune ausspionieren wollte. Ich glaube also kaum, dass sie auf einmal kalte Füße bekommen hätte, wie Sie so schön schlussfolgern.«

»Die Kommune ausspionieren? Warum das denn?«, ist alles, was meinem Gegenüber dazu einfällt.

»Wo könnte Herr Unger stecken?« Sein Mund schließt sich wieder, auch wenn seine Mundwinkel nach unten sacken und er offensichtlich keine Freude an diesem Gespräch hat, zumindest jetzt nicht mehr. »Frau Höffner wollte sich heute bei einer«, ich überlege kurz, weil ich nicht preisgeben will, dass es sich um eine Sechzehnjährige handelt, »bei einer Freundin zurückmelden. Hat sie aber nicht. Sie ist nicht erreichbar, und ihr Handy lässt sich nicht orten. Also verraten Sie mir doch bitte genau, wo sich dieser Herr Unger normalerweise aufhält, wenn er nicht hier ist.«

»Das weiß ich nicht, er ist ja meistens hier, er … Wenn er

am Wochenende weg ist, hinterfrage ich das nicht, er macht gern Ausflüge und …«

»Ausflüge? Ein Mann, ein Kind und jetzt auch die Frau und Mutter der beiden sind verschwunden, und Ihr Mitarbeiter ist der Letzte, der zumindest die Frau lebend gesehen hat. Und Sie glauben in dieser Sekunde wirklich noch daran, dass Herr Unger am Wochenende einen Ausflug gemacht hat?«

Mein Gegenüber passt sich farblich der weißen Wand an.

»Ist er heute schon hier aufgetaucht?«, frage ich weiter.

»Nein, er hat mir aber geschrieben, dass er ein paar Tage verreisen muss, ist wohl was Persönliches. Ich habe mich schon gewundert, weil …«

»Weil?« Ich habe nicht den ganzen Tag Zeit für dieses Gestotter.

»Weil er eigentlich keinen Kontakt zu seiner Familie hat. Aber vielleicht ein Freund …«

Ich ziehe beide Augenbrauen nach oben, um ihm zu signalisieren, dass ich auch die Erklärung mit dem Freund für wenig plausibel halte.

»Sie denken doch nicht, dass Herr Unger … Er würde niemals … Das ist absurd, er arbeitet seit zwanzig Jahren für mich!«

Ich zucke mit den Schultern. Als ob das das erste Mal in meinem Beruf wäre, dass sich jemand in einem Freund täuscht. »Es sind oft die, die uns am nächsten stehen, die wir am wenigsten kennen.«

Aus meiner Jackentasche ziehe ich einen Stapel Fotos, den mir Ella damals überlassen hat. Auf ihnen sind Tom und Lina zu sehen, von allen Seiten, mal nah, mal im Profil, mal eine Ganzkörperaufnahme. Als ich zum ersten Mal hier war, habe ich Benedikt nur das Fahndungsfoto der beiden gezeigt. Jetzt soll er sein Gehirn noch einmal auf Vollgas schalten. Ein Foto nach dem anderen breite ich vor ihm auf dem Tisch aus.

»Ich habe Ihnen doch schon gesagt, dass die zwei nie hier waren. Ich kenne sie nicht, habe sie noch nie …« Sein Blick bleibt auf einem der Bilder hängen, auf dem Lina im Profil zu sehen ist.

»Sie haben sie noch nie, was?«

»Vergessen Sie's, die hier, also im Profil, das … Sie sieht aus wie Annika.«

»Ich will nicht wissen, wem sie ähnlich sieht, ich will wissen …«

»Sie verstehen nicht, Annika ist neu hier. Herr Unger hat sie vor, ich weiß nicht mehr genau, ein paar Wochen hergebracht und meinte, das sei die Tochter einer Freundin und dass sie auf unbestimmte Zeit bei uns wohnen müsse, weil sich ihre Mutter gerade nicht um sie kümmern kann. Schwierige Zeit und so, irgendwas mit Alkoholmissbrauch, jedenfalls … Im Profil sieht sie aus wie Annika, nur ihre Frisur ist anders.«

Mein Puls beschleunigt sich, und ich bin froh, dass ich heute Morgen meine Beta-Blocker genommen habe. Dieser Beruf hat mich längst krank gemacht und ich bin noch nicht mal 45. »Schaffen Sie Annika sofort hierher!«

Vor Aufregung rutscht Benedikt sein Handy aus der Hand und landet mit dem Display voraus auf der Glasplatte. Ich verziehe das Gesicht, aber als er es wieder aufhebt ist alles noch ganz. »Sandra, hi, würdest du mir einen Gefallen tun und Annika in mein Büro bringen. Sie hat Besuch. Ja, ja, danke. Super, bis gleich.«

Während wir warten, halte ich ihm das Foto von Tom direkt vor sein Gesicht, so nah, dass er es abschlecken könnte.

»Der Mann, Tom. Sind Sie sich ab-so-lut sicher, dass er nicht doch auch hier ist?« Ich ziehe die Worte lang wie Kaugummi, damit die Schwere der Situation auf ihm lastet, aber er schüttelt direkt den Kopf.

»Schauen Sie genau hin, und denken Sie verdammt noch mal nach!« Meine Stimme wird lauter als ich beabsichtigt hatte, und auch er setzt mit mehr Nachdruck zu einer Antwort an.

»Ich bin mir sicher, es ist schon seit über einem Jahr kein neues männliches Mitglied mehr zu uns gestoßen! Glauben Sie, ich würde es nicht mitbekommen, wenn ein fremder Mann seit Wochen hier ein und ausgehen würde?«

Resigniert lasse ich das Foto wieder sinken. Wie kann das sein, dass Tom niemals hier angekommen ist, aber Lina möglicherweise hier ist? Das macht doch keinen Sinn. Aber wieso sollte Benedikt lügen, dann hätte er mir ja wohl nicht so bereitwillig von Annika erzählt.

Bevor ich mir den Kopf darüber zerbrechen und Benedikt weitere Fragen stellen kann, klopft es an der Tür.

Als ich sie sehe, weiß ich, dass ich soeben ein vermisstes Kind lebend gefunden habe. Ihre Haare waren früher lang und blond, heute sind sie bestimmt um die Hälfte kürzer und dunkelbraun gefärbt. Aber die Ähnlichkeit ist eindeutig.

»Und Sie haben sie beim ersten Mal nicht erkannt? Wollen Sie mich verarschen?« Ich flüstere beinahe über den Tisch, damit Lina mich nicht hört.

»Danke«, sage ich in normaler Lautstärke zu der Frau, Sandra, die sie hergebracht hat.

»Annika, komm rein, setz dich«, sagt Benedikt und bietet ihr seinen Stuhl an. Sie akzeptiert seine Aufforderung und setzt sich, die Augen weit aufgerissen.

»Ich bin von der Polizei, mein Name ist …«, ich zögere

und entscheide mich schließlich für meinen verhassten Vornamen, »Friedrich. Darf ich dir ein paar Fragen stellen?«

Linas Blick huscht zu Benedikt, der ihr aufmunternd zunickt.

»Okay«, sagt sie, so leise, dass ich es beinahe nicht wahrnehme. Ihre Kulleraugen mustern mich von oben bis unten und strahlen nicht gerade Vertrauen aus.

»Annika, ich glaube … Na ja, ich glaube, dein Name ist eigentlich Lina. Kann das sein?«

Schock steht ihr ins Gesicht geschrieben und Tränen schimmern in ihren Augen. Sie schüttelt kaum merklich den Kopf.

»Du darfst mir alles sagen, ich verrate es keinem. Es ist wichtig, dass du mir die Wahrheit sagst, okay? Niemand wird dir dafür wehtun oder dich bestrafen. Du bist in Sicherheit.«

Das Mädchen bricht in Tränen aus und vergräbt ihr Gesicht in ihren Händen. Benedikt nimmt sie in den Arm. Entweder er ist ein Oscar-verdächtiger Schauspieler, oder er hat wirklich absolut keine Ahnung, was hier vor sich geht.

»Bist du Lina Höffner?«, frage ich mit so viel Zärtlichkeit, wie ich in meine Brummstimme packen kann.

»Ja«, schluchzt sie, »aber der Mann hat gesagt, ich darf das keinem erzählen und jetzt …«

Das arme Mädchen bringt kein Wort mehr heraus, so sehr wird sie von immer neuen Schluchzern geschüttelt.

»Was ist jetzt, Lina?«

Sie nimmt ihre Hände runter und gibt den Blick auf ihr rotes, geschwollenes Gesicht frei. Unsere Augen treffen sich, und ihre Stimme ist nicht mehr als ein Flüstern.

»Jetzt bringt er meinen Papa um.«

Kapitel 34

Kommissar Mertens

»Papa hat gesagt, dass wir einen Ausflug machen, und so ein Mann hat uns abgeholt und in sein Auto gesetzt.«

Benedikt zückt sein Handy, wischt auf dem Display herum und hält es Lina schließlich vor die Nase. Darauf zu sehen ist ein Foto von ihm und Herrn Unger.

»War das der Mann?«, frage ich sie und sie nickt.

»Ja, David heißt er.«

Benedikt steckt das Handy wieder weg.

»Und wo seid ihr dann hingefahren?« Ich möchte das arme Kind nicht überfordern mit meiner Fragerei, aber jedes Detail zählt, und sie ist die Einzige, die Licht ins Dunkel bringen kann. Die Einzige, die ihre Eltern retten kann.

»Ich weiß nicht, da waren nur Bäume, und das war gar keine richtige Straße. Aber irgendwann hat David einfach angehalten.«

Nur Bäume und gar keine richtige Straße beschreibt den Weg, der zur Kommune führt, ziemlich akkurat.

»Mitten auf der Straße?«, fragt Benedikt, und ich werfe ihm einen Blick zu, der sagt, dass das hier meine Befragung ist und er sich raushalten soll.

»Ja. Er hat gesagt, er muss kurz was nachschauen, und dann hat er die Tür aufgemacht bei Papa und dem so ein Tuch vor den Mund gehalten. Papa hat dann geschlafen.«

»Du machst das ganz toll, Lina. Du hilfst uns wirklich sehr. Deinem Papa wird nichts passieren, okay?« Ich sage mit Absicht nicht »versprochen«. Ich bin mir nicht sicher, ob ich dieses Versprechen halten kann. Lina hat in der letzten halben Stunde so viel geweint, dass ich mir sicher war, sie hätte keine Flüssigkeit mehr übrig in ihrem kleinen Körper. Jetzt schimmern frische Tränen in ihren Augen.

»Ich hab ganz schön Angst gehabt, weil Papa schläft sonst nicht so schnell. Der Mann hat das Tuch dann auch auf meinen Mund gemacht.«

Damit hatte ich gerechnet. Sie ist zwar nur ein Kind, aber auch Kinder haben Augen im Kopf. Es wäre zu riskant gewesen, sie nicht auch zu betäuben.

»Dann hast du auch geschlafen, oder?« Wieder nickt sie. »Und wo bist du aufgewacht?«

»Im Auto. Aber da waren meine Haare ganz anders. Und Papa war weg.«

Im Auto wird er sie wohl kaum frisiert haben. Überhaupt bezweifle ich, dass er die Frisur allein so gut hinbekommen hat. Andererseits wirken ihre Haare nicht so, als hätte man sich beim Schneiden Zeit gelassen und Wert auf einen schönen Schnitt gelegt. Und Haartönung kaufen und auftragen kann jeder.

»Hast du im Auto aus dem Fenster geschaut? Waren da wieder nur Bäume?«

Zum ersten Mal in unserem Gespräch schüttelt Lina den Kopf. »Nein, erst sind wir durch die Stadt gefahren. Da war ein Fluss und viele Häuser. Dann sind wir auf einer großen Straße gefahren und dann wieder auf die Straße mit den Bäumen.«

»Das klingt nach Lahnstatt, dann durch Eschheim und hierher«, meldet sich Benedikt aus der Ecke. »Was macht David ausgerechnet in Lahnstatt?«

Vielleicht Haartönung kaufen, denke ich, spreche es vor Lina aber nicht aus. Sie soll sich auf das Wichtige konzentrieren.

»Seid ihr dann hierhergekommen in die Kommune?«

»Ja, aber der Mann hat gesagt, ich darf keinem sagen, wer ich bin und dass ich ab jetzt Annika heiße.«

Die frischen Tränen rinnen ihr jetzt wieder die geröteten Wangen hinunter, und Benedikt nimmt sie noch einmal in den Arm. Er sieht selbst so aus, als würde er gleich weinen.

»Hat er noch was gesagt?«, frage ich das arme Mädchen

»Ja, er hat gesagt, dass meine Mama nicht auf mich aufpassen kann und ich deshalb hierbleiben muss. Er hat gesagt, wenn ich jemandem was anderes erzähle, dann bringt er meinen Papa um.«

Schluchzer schütteln sie, und ich breche das Gespräch an dieser Stelle ab. Sie hat mir genug erzählt, sie muss jetzt erst mal zur Ruhe kommen. Ich knie mich neben Lina, drücke ihre Hand und schaue sie direkt an.

»Ich werde dafür sorgen, dass David deinem Papa nichts tut. Du hast das super gemacht. Was hältst du davon, wenn ich einen Kollegen anrufe, der dich zu deiner Oma bringt?«

»Wo ist Mama?«

Natürlich, das Mädchen weiß noch gar nicht, dass ich auch noch ihre Mutter verloren habe. »Sie kommt dann bald nach. Sie ...« Ich räuspere mich. »Sie kann noch nicht kommen.«

Dieses Kind hat weiß Gott genug durchgemacht. Wie soll ich ihr sagen, dass ihre Mutter genauso gut von David umgebracht werden könnte? Sie muss die Wahrheit nicht direkt erfahren.

»Okay«, nuschelt sie mit hängendem Kopf.

Mit einem Nicken bedeute ich Benedikt, dass er bei ihr bleiben soll. Dann verlasse ich den Raum und rufe bei der Polizei Eschheim an, die sofort drei Kollegen herschickt. Einen, der Lina zu ihrer Oma bringt und zwei, die sich hier draußen in den Bäumen auf die Lauer legen und auf David Unger warten. Sobald dieser hier wieder ankommt, nehmen sie ihn fest. Somit wird er auch nie erfahren, dass Lina längst weg ist und ich die Wahrheit erfahren habe.

Als eine junge Polizistin Lina ins Auto verfrachtet und sich mit ihr auf den Weg zu Annette Höffner gemacht hat und die beiden Polizeibeamten ihre Wachposten vor dem Haus eingenommen haben, mache auch ich mich auf den Weg zum nächsten Revier.

»Kommen Sie bitte in zwei Stunden zur Eschheimer Polizei, und bringen Sie Ihren Bruder Johann mit. Ich brauche eine offizielle Aussage von Ihnen«, sage ich als Verabschiedung zu Benedikt. Er sieht mich an, als hätte man ihm ins Gesicht geschlagen, nickt aber.

»Ja, okay. Aber was hat Johann damit zu tun?«

»Jedes Detail hilft.«

Mit meiner Antwort kann er offensichtlich nicht viel anfangen, aber ich habe keine Zeit für Erklärungen und steige somit wortlos ins Auto und fahre davon.

Auf dem Polizeirevier Eschheim weihe ich die übrigen Beamten in alles ein. Meine zwei Soko-Kollegen sind bereits auf dem Weg hierher.

»David Ungers Handy lässt sich nicht orten. Er ist schon seit zwanzig Jahren nirgendwo anders gemeldet als in der Kommune.«, informiert mich ein junger Polizeibursche.

»Seine Familie?«, frage ich, woraufhin der Polizist um

sein Leben tippt, die Enter-Taste so schwungvoll drückt, dass sie halb aus der Tastatur fliegt und eine Seite auf dem Bildschirm überfliegt.

»Seine Eltern wohnen in Lahnstatt, Hindenburgstr...«

»Schick mir die Adresse auf mein Handy«, unterbreche ich ihn und stehe schon in der Tür.

Bei der Geschwindigkeit meines eifrigen Gehilfen habe ich die Adresse bereits auf Google Maps geöffnet, bevor die Tür hinter mir zufallen kann.

Eine halbe Stunde später öffnet sich vor mir die Haustür einer penibel gepflegten Doppelhaushälfte. Die Nachbarschaft lässt ähnliches Spießbürgertum vermuten.

»Kann ich Ihnen helfen?«

Ein Rentner steht im Flur und glotzt mich an. »Wer ist das, Schatz?«, hört man eine Frauenstimme aus dem Inneren rufen, aber besagter »Schatz« antwortet nicht.

»Die Polizei«, rufe ich laut genug, dass mich auch die Frau hören kann, und sie kommt prompt in den Flur gelaufen und stellt sich, auf einen Stock gestützt, neben ihrem Mann auf. Ich halte den beiden meine Dienstmarke vors Gesicht und werde widerwillig hereingebeten. Kein Flöckchen Staub hat in dieser Wohnung eine Chance, es riecht nach frisch gekochter Marmelade und die Einrichtung im Wohnzimmer ist vom Stil her zwar eher 80er-Jahre, strahlt aber wie frisch aus dem Möbelhaus. Wir setzen uns auf das beige Ledersofa, das sich in L-Form an der Wand und ein Stück an der Terrassentür entlangzieht.

»Was führt Sie her?«

Herr Unger Senior hat die Stirn in noch tiefere Falten gelegt als sie auch so schon hat, und Frau Unger starrt mich voller Feindseligkeit nieder.

»Ihr Sohn David«, sage ich, »ist Hauptverdächtiger in einer meiner Ermittlungen.« Da ich ohnehin kein Mann für Strategie und Taktik bin, falle ich mit der Tür ins Haus.

»Wir haben seit zwanzig Jahren keinen Kontakt mehr zu unserem Sohn.«

Ich hätte nie gedacht, dass die Stimme eines Vaters so kalt sein kann, wenn er von seinem eigenen Kind spricht. »Sie haben ihn also seit zwanzig Jahren nicht mehr gesehen und hatten auch sonst keinerlei Kontakt zu ihm?«

»Ja, das habe ich gerade gesagt.«

Mir gefällt sein Tonfall nicht. Arroganter Idiot. »Warum nicht?«

»Was hat der Junge denn verbrochen?«, will seine Mutter wissen, deren Gesichtszüge ein wenig weicher scheinen als die ihres Mannes.

»Beantworten Sie zuerst meine Frage, bitte.«

Unmittelbar verhärtet sich die Miene der Frau.

»Er hat uns belogen und bestohlen. Wir haben ihn vor die Tür gesetzt. Hat sein Leben nicht auf die Reihe bekommen. Unser einziges Kind, eine einzige Enttäuschung.« Jedes Wort spuckt mir Herr Unger wie Galle entgegen, und ich kann die Säure und Bitterkeit förmlich riechen.

»Und Sie haben keine Ahnung, wo er danach hingegangen ist? Besitzen Sie noch irgendwelchen Grund, ein Ferienhäuschen, irgendwas?«

»Ich möchte wissen, was mein Sohn getan hat!«, donnert mir Frau Unger entgegen.

Ich werfe ihrem Mann einen auffordernden Blick zu.

»Nein, wir haben keine Ahnung, und nein, wir besitzen ansonsten nichts. Jetzt sagen Sie uns schon, was er getan hat.«

Mir entfährt ein Seufzer. »Was ich sicher weiß, ist, dass er einen Mann entführt hat.«

Frau Unger hält sich die Hand vor den Mund, aber sie tut es nicht stürmisch wie jeder andere in Schock, sondern mit einer gewissen Eleganz.

»Und was wissen Sie nicht sicher?«, erkundigt sich Herr Unger, der überhaupt nicht schockiert wirkt.

»Was nicht sicher ist, sollte man auch noch nicht herausposaunen. Danke für Ihre Zeit, ich werde mich dann mal wieder auf den Weg machen.«

Das Ehepaar trottet hinter mir her in Richtung Ausgang. Bevor ich die Tür hinter mir ins Schloss fallen lasse, drehe ich mich zu ihnen um.

»Hatte David irgendwelche Freunde, die noch in der Nähe wohnen?«

»Er ist immer mit diesem … na, wie hieß er noch? Max …«

»Maximilian Richter«, ergänzt Frau Unger ihren Mann.

»Ja, genau. Mit dem ist er immer rumgehangen. Aber ob der noch hier wohnt, keine Ahnung. Seine Eltern leben soweit ich weiß nicht mehr, kann sein, dass er von hier weggegangen ist.«

»Danke.«

Mit einem Nicken und einem Händedruck verabschiede ich mich.

Zurück auf dem Revier warten Benedikt und Johann bereits auf mich. Außerdem ist der Rest meiner spärlichen Soko angekommen, die in alles eingewiesen wurden und Background-Checks zu meinen Schlosser-Brüdern durchgeführt haben, die absolut nichts Verdächtiges aufweisen.

»Findet einen Maximilian Richter, und wenn er hier irgendwo in der Nähe wohnt, befragt ihn zu David Unger. Die beiden waren scheinbar Freunde damals. Und checkt ab, ob die Ungers nicht doch irgendwo ein Grundstück besitzen.«

Bevor ich Johann in den Verhörraum führe, drehe ich mich noch einmal zu meiner Soko um. »Ach ja, und die Kollegen hier sollen sämtliche Drogerien in der Umgebung abfahren, ihnen das Foto von David Unger zeigen und nach dem Material der Überwachungskameras vom Tag der Entführung fragen. Irgendwo muss dieser Kerl Linas Haartönung gekauft haben. So was hat man ja nicht einfach so daheim. Gut, kommen Sie.« Ich schiebe Johann in den Raum, den er misstrauisch begutachtet.

»Werde ich etwa verdächtigt?«, will er wissen, ohne besonders nervös zu wirken.

»Nein, aber hier haben wir unsere Ruhe.«

»Ich weiß, was Sie mich fragen wollen.«

»Ach ja?«

»Ja, ich habe Tom Höffner die Kontaktdaten von David Unger gegeben. Auf meinem Vortrag in Marburg vor ein paar Wochen. Darauf wollen Sie doch hinaus, oder?«

»Richtig. Haben Sie das Ganze nicht weiterverfolgt? Nie mit Ihrem Bruder darüber gesprochen?«

Johann reibt sich den Bart und zuckt die Achseln. »Als das alles in den Nachrichten war, habe ich David Unger gefragt, ob sich Herr Höffner bei ihm gemeldet hat, aber er meinte, er hätte in der letzten Zeit keine Interessenten gehabt. Damit war das Thema für mich erledigt. Ich habe Frau Höffner nichts davon erzählt, weil ich sie nicht auf die Kommune ansetzen wollte. Sie hätte doch sofort gedacht, dass die Kommune Schuld hat an allem, dabei tun die da keiner Fliege was.«

»Und Sie fanden es kein bisschen komisch, dass Tom Höffner ausgerechnet in Eschheim verschwindet, wenige Wochen nachdem er von Ihnen den Kontakt von David

Unger bekommen hat? Sie haben das einfach so hingenommen, ohne weiter darüber nachzudenken?«

Johann knetet sich die Hände auf dem Tisch. »Doch, ich habe darüber nachgedacht, okay? Aber ich kenne David schon ewig, wir sind schon lange gut befreundet, er hat sich noch nie seltsam verhalten, ist noch nie irgendwie … kriminell aufgefallen oder sonst was. Ich konnte mir einfach nicht vorstellen, dass er damit was zu tun hat. Ich dachte, Herr Höffner hätte die Kommune vielleicht selbst versucht zu finden, ohne David, und wäre dabei … keine Ahnung, gestürzt, oder entführt worden, oder hätte sich verlaufen, was weiß ich. Solche Dinge passieren.«

Ich bin mir noch nicht sicher, ob ich ihm glaube, dass er gar nichts geahnt hat, oder dass er nicht doch mehr weiß, als er zugibt. Aber zumindest für den Augenblick lasse ich das Thema fallen. Er hat mir deutlich gemacht, dass er entweder wirklich unschuldig ist oder nicht darüber reden wird. Aus dem Inneren meines Anzugs krame ich das Manifest heraus, das mir mein Team aus dem Büro mitgebracht hat. »Erkennen Sie das?« Ich schiebe es ihm über den Tisch zu, und er hebt es auf.

»Ja, das ist von meinem Großvater. Warum?«

Jetzt bin ich es, dem gleich beide Augenbrauchen nach oben schießen. »Woher hatte er es? Und wieso hat mir das Benedikt nicht schon gesagt, als ich damals bei ihm in der Kommune war?«

»Mein Großvater hatte es nirgendwoher, er hat es geschrieben. Er hat die Kommune gegründet. Warum Benedikt das nicht gesagt hat, weiß ich nicht. Aber ich vermute mal, er wollte nicht, dass Sie die Kommune verdächtigen. Außerdem richten die sich längst nicht mehr nach dem Manifest. Es ist sozusagen veraltet.«

Der Brummbär in mir entlässt ein tiefes Grollen. »Glauben Sie denn daran?«

Johann lacht und legt den Kopf schief. »Glaube ich daran, dass man über einen Baum mit den Toten kommunizieren kann? Nicht wirklich, nein. Aber ist Glauben nicht immer an den Haaren herbeigezogen und trotzdem unverzichtbar? Menschen brauchen Halt im Leben, und wenn sie den durch einen Baum bekommen, dann bitte. Waren Sie schon mal in den Eschheimer Wäldern unterwegs?«

Stelle ich hier die Fragen, oder er? Ich kann so ein Verhalten nicht leiden, entsprechend fällt meine Antwort kurz aus. »Flüchtig.«

»Nun, ob wir daran glauben oder nicht, dieser Wald ist gruselig, er spielt mit der Fantasie der Menschen. Wundert es Sie da, dass mein Großvater in ihm durchgedreht ist, nachdem er im Krieg nicht nur unzählige Leben genommen hat, sondern jeden einzelnen seiner Freunde hat fallen sehen? Wenn Millionen von Menschen an die Bibel glauben, den Koran, Buddha, was weiß ich noch alles … So abwegig finde ich den Glauben der Kommune da nicht.«

Ob der Glauben abwegig ist, wollte auch keiner wissen, aber er hat mir alles beantwortet, was mir wichtig war. Ich glaube nicht, dass er irgendetwas mit Toms und Ellas Verschwinden zu tun hat, auch wenn ich ihn nicht besonders gut leiden kann. Also bedanke ich mich für seine Zeit, lasse ihn gehen und habe wenig später das Gesicht seines Bruders vor mir, das ihm wirklich nicht allzu sehr ähnelt.

»Wie haben Sie David Unger kennengelernt?«

»Er kam vor zwanzig Jahren zu uns in die Kommune. Ich hatte sie damals gerade von meinem Vater übernommen. Seine Eltern hatten ihn auf die Straße gesetzt, weil er ihnen Geld gestohlen hatte. Er war vollkommen allein.«

»Warum hat er ihnen Geld gestohlen, wofür?«

Im selben Moment, in dem er davon erzählt, fällt mir ein, dass ich Davids Eltern diese Frage vergessen habe zu stellen. »Sie wollten, dass er Jura studiert und die Kanzlei seines Vaters übernimmt. Er wollte nach London auf eine teure Schauspielschule. Den Rest können Sie sich denken. Hat behauptet, er bräuchte das Geld für ein Auslandspraktikum, aber in Wirklichkeit hat er es als Starthilfe für London benutzt. Das haben sie rausgefunden, einen Tag bevor er abgeflogen wäre. Eine Stunde später saß er mit einem Koffer voll Klamotten auf der Straße, ohne Ziel, ohne Geld.«

»Warum ist er nicht zu seinem Freund gegangen, Maximilian Richter? Warum direkt zur Kommune?«

»Ich habe nie behauptet, dass er direkt zu uns gekommen ist. Er war zuerst bei seinem Freund, soweit ich weiß. Ich kann Ihnen allerdings nicht mehr sagen, wie er hieß, aber es wird wohl dieser Maximilian gewesen sein. Als er bei uns ankam hat er jedenfalls behauptet, ein Freund hätte ihn hergeschickt, weil er bei ihm nicht länger hätte bleiben können.«

Ich schenke ihm einen Blick, der dazu auffordert, mehr zu erzählen, aber er versteht es nicht. »Und woher kannte dieser Freund die Kommune?«

»Das weiß ich nicht, man kennt uns im Dorf eben. Sie wissen doch, wie getratscht wird.«

Mit den Informationen, die wir bisher über David Unger haben, werden wir nicht weit kommen. Der Kerl ist ein verdammtes Phantom. Meine Knie wippen auf und ab, als wäre ich auf der anderen Seite des Tisches und würde selbst verhört werden. »Seit wann ist Herr Unger für die Interessenten zuständig?«

Auch auf diese Frage muss Benedikt nicht überlegen. »Schon ewig, er hatte damals ja keine Ausbildung, keinen

Studienplatz, nichts. Da immer öfter Interessenten zu uns gefunden haben, habe ich ihn mit dieser Aufgabe betraut und ihn seit jeher dafür bezahlt. Er arbeitet für die Kommune, so wie manche andere unserer Männer, die ihren richtigen Beruf aufgeben wollten.«

»Haben Sie wirklich keine Ahnung, wo sich David Unger aufhalten könnte, wenn er nicht in der Kommune ist? Hat er Ihnen nie von einem Ort erzählt, an den er gern geht?«

Jetzt nimmt sich Benedikt tatsächlich Zeit zu überlegen. »Tut mir leid, aber nein, ich kann mir da wirklich nichts denken. Er hat nie über einen bestimmten Ort berichtet.«

Der gefühlt fünfhundertste Seufzer an diesem Tag verlässt meinen Mund. So kommen wir nicht weiter. »Warum haben wir Lina bei unserer ersten Durchsuchung nicht gefunden?«

»Na ja, Sie haben nicht die Mitglieder, sondern die Kommune an sich durchsucht. Lina war an diesem Tag durchaus im Haus, aber keiner wusste, wer sie wirklich ist und ... na ja, ich weiß auch nicht. Es hat einfach keiner auf sie geachtet vermute ich mal.«

Dieser Fehler kann mich meine Karriere kosten. Wie konnten wir das Mädchen übersehen? Über die Tischplatte schiebe ich ihm, genau wie vorher seinem Bruder, das Manifest zu. »Warum haben Sie mich angelogen? Ihr Großvater hat das Manifest geschrieben. Sie müssen es kennen. Und Ihre Mitglieder auch.«

Er schüttelt vehement den Kopf, kann mich dabei nicht anschauen. »Nein, meine Mitglieder kennen es nicht. Das Manifest, na ja ... Nicht mal mein Vater hat es damals noch eingesetzt. Seit Jahrzehnten kennt es kein Mitglied der Kommune mehr, wir haben nicht mal eine Kopie im Haus. Mein Großvater war ein guter Mann, aber er hat irgendwann den

Verstand verloren. Das Manifest ist … in den Grundzügen richtig, und daran halten wir uns auch immer noch. Aber der Rest ist viel zu radikal für unseren Geschmack. So sind wir nicht, so wollten wir nie sein.«

»Schön, ihre Mitglieder haben also nicht gelogen. Aber Sie. Sie haben unsere Ermittlungen behindert, Sie wissen hoffentlich, was Ihnen damit blühen kann?«

Die Verzweiflung in seinem Gesicht erschreckt mich. Heult er jetzt etwa gleich? »Sie wissen nicht, wie das ist. Als Glaubensgemeinschaft wird man nur schräg angeschaut, die Leute unterstellen uns alles Mögliche. Wir sind hier nur die Spinner aus dem Wald. Hätten Sie mir damals etwa geglaubt, dass wir uns nicht nach dem Manifest richten? Oder hätten Sie die Kommune sofort verdächtigt, am Ende alles lahmgelegt und mich direkt verhaftet?«

Unsere Blicke treffen sich, und seine Augen bohren sich tief in meine, ohne abzulassen. Ich erwidere seinen Blick, schweige aber. Ich kann nicht leugnen, dass ich nicht genau das getan hätte. »Was ist mit dem Übergang? Ich gehe mal davon aus, dass Sie auch darüber gelogen haben. Was ist daran bitte nicht radikal?«

Sein Kopf senkt sich wieder zur Tischplatte. »Es ist vielleicht radikal, aber im Manifest ist es viel radikaler. Wir töten niemanden! Und das kommt auch nicht oft vor. Die Menschen, die uns *freiwillig* verlassen«, er legt die gesamte Schwere des Satzes in ein einziges Wort, »sind immer so schwer krank, dass sie sowieso nicht mehr lange leben würden.«

»Ach, und das macht es okay, ihnen einfach dabei zuzusehen, wie sie sich umbringen?«

»Ja, das macht es! Diese Menschen leiden Qualen und wenn sie sich dazu entschließen, den Weg der Erlösung zu gehen, dann respektieren wir das.« Benedikt ist noch lauter geworden als ich selbst, und seine Worte hallen im Raum nach

»Und Sie sehen ihnen dabei zu?«

»Mitglieder, die sich dazu entscheiden, müssen alles selbst organisieren. Wir stellen ihnen nicht einmal die nötigen Medikamente zur Verfügung. Die Frau, die im Wald Beeren gepflückt hat, hat diese Variante gewählt. Die meisten vergiften sich mit natürlich vorkommenden Wirkstoffen. Alles, was wir tun, ist, ihnen einen Platz in der Kapelle herrichten, an dem sie friedlich einschlafen können. Ob jemand dabei sein soll und wer, das entscheidet das Mitglied allein.«

Er weiß hoffentlich, dass Sterbehilfe in Deutschland verboten ist.

»Wir leisten keine Sterbehilfe, was wir leisten ist Beihilfe zum Suizid. Von jedem der Mitglieder, die den Übergang wahrgenommen haben, haben wir eine eindeutige Willensbekundung. Ich muss Ihnen nicht erzählen, dass wir dafür also nicht strafrechtlich verfolgt werden können.«

Damit zerstört er all meine Hoffnung darauf, ihn anzeigen zu können. Natürlich kann man ihn dafür nicht belangen, egal wie sehr ich mir wünsche, solche Machenschaften zu bestrafen. »Was ich nicht verstehe … Wir waren mit Leichenspürhunden auf Ihrem Gelände und haben nichts gefunden. Wo begraben Sie Ihre Mitglieder?«

»Gar nicht. Wir geben sie dem Wald zurück.« Er sagt es, als wäre es das Selbstverständlichste der Welt. »Sie werden verbrannt. Alles hat seine Ordnung, alles steht so im letzten Willen der Mitglieder. Sie werden vom Bestattungsunternehmen betreut, in ein Krematorium gebracht, und wir bekommen ihre Urne. Die wichtigsten Angehörigen oder Freunde aus der Kommune fahren damit in die Schweiz und geben die Asche dem Wald zurück. Asche zu Asche …«

»Ja ja, sparen Sie sich das.« Nicht einmal beim Verstreuen der Asche macht er sich strafbar, denn im Gegensatz zu Deutschland, erlaubt es die Schweiz. »Eine Sache noch«, lenke ich ihn zum nächsten Thema. »Der Baum, den Sie anbeten. Diese Esche. Ich weiß, dass sie seit Jahrzehnten nicht mehr steht. Sie wurde gefällt. Wie lässt sich das noch mit dem Glauben der Kommune vereinbaren?«

Ein Lächeln stiehlt sich auf sein Gesicht. Der Kerl hat vielleicht Nerven. »Geht es hier wirklich noch um David Unger, oder wollen Sie doch die Kommune drankriegen?«

»Beantworten Sie einfach die Frage.« Auf meinem Gesicht ist nicht die kleineste Spur eines Lächelns auszumachen. Natürlich geht es hier schon längst nicht mehr um David Unger, aber was den betrifft, scheint mir ja sowieso keiner helfen zu können.

»Die Esche wurde gefällt, ja. Aber aus Holz kann man einiges zimmern.«

Kapitel 35

Wir sitzen im Gemeinschaftsraum und zwingen uns zu frühstücken. Frische Brötchen, Butter, Marmelade, Käse und Wurst stehen vor uns auf dem Tisch und sogar eine Kanne mit frischem Kaffee, der gar nicht übel riecht. Man könnte glatt meinen, wir wären in einem Hotel gelandet. Erst wenn man sich die vermeintlichen Hotelgäste genauer ansieht, merkt man, dass das hier nur das Hotel der Trostlosigkeit sein kann. Kaum jemand spricht mit uns, auch auf meine höflichen Fragen hin. Nur eine Frau, die noch nicht ganz so lange hier zu sein scheint, erzählt mir ein wenig von ihrem Leben vor der Gefangenschaft und wie sie hier gelandet ist, was die Stimmung nicht gerade aufheitert. Da sie ihr komplettes altes Leben für die Kommune aufgegeben hatte, Job und Wohnung gekündigt, die wenigen Kontakte, die sie überhaupt noch hatte, abgebrochen, ihren Partner verlassen, der sie nicht mehr glücklich gemacht hat, hat niemals jemand nach ihr gesucht. Bevor sie je an der Kommune ankommen konnte, fand sie sich hier wieder. Zu wissen, dass man hier festsitzt ist eine Sache. Zu wissen, dass einen niemand vermissen und nie jemand nach einem suchen wird, ist eine ganz andere Hausnummer, die ich mir gar nicht vorstellen mag.

Der Raum ist neben dem langen Esstisch und den Stühlen, die knarzen und knacken, wenn man sich daraufsetzt, mit zwei uralten Sofas und sogar einer Kommode mit einer Sammlung an Brettspielen ausgestattet. Ein älterer Herr sitzt einer mittelalten Dame gegenüber, ein Schachbrett vor ihnen auf dem Tisch. Sie warten nicht einmal bis der andere gezogen hat, sondern schieben jeweils gleichzeitig eine Figur von A nach B, wobei das, was ich davon mitbekomme, auch nicht so aussieht, als hätte es viel mit den Regeln von Schach zu tun. Ein Bauer wird über fünf Felder quer gezogen, der Springer läuft geradeaus, und überhaupt gleicht das Schachbrett einem Schlachtfeld.

Ein jüngerer Mann, der aufgegessen und es sich danach auf einem der Sofas gemütlich gemacht hat, stiert zum Fenster hinaus, das bis auf den Boden hinunterreicht und den Blick in die ewigen Wälder dieser Gegend freigibt. Er pfeift ununterbrochen eine Melodie, die ich noch nie gehört habe. Vielleicht hat er sie selbst erfunden. Sonnenstrahlen finden ihren Weg auf den dreckigen roten Teppichboden, und ich sehe einzelnen Staubflusen dabei zu, wie sie im Licht tanzen. Tom neben mir zittert. Die ganze Nacht über hat er sich im Bett hin und her geschmissen und gefroren. Jetzt glüht seine Stirn, und Schweiß rinnt ihm über die Nase und staut sich in seinem Nacken. Ob sein Fieber etwas mit den Experimenten an ihm zu tun hat, oder ob er sich eine Grippe eingefangen hat, kann ich nicht sagen. Jedenfalls mache ich mir unendlich Sorgen um ihn. Im Schlaf hat er ständig fantasiert, hat den Namen unseres Sohnes geschrien und gewimmert, geweint und einmal so hysterisch gelacht, dass ich mir sicher war, er hätte jetzt komplett den Verstand verloren. Weder Schwester Vanessa noch der Pfleger, der uns zum Frühstück geführt hat, wollten sich um ihn kümmern. Es interessiert hier niemanden, ob man krepiert. Früher oder später tut man es so oder so.

Plötzlich fängt Tom wieder an zu schreien. »Luis, Luis, warte, Luis, ich bin hier«, hallt seine Stimme durch den Raum mit den extrem hohen Decken, und er stößt sich vom Tisch weg, sodass sein Stuhl umkippt, er gerade noch so aufstehen kann und rennt in Richtung Tür.

Ich presche hinterher, rufe ihm zu, dass er stehen bleiben soll, aber er ist völlig im Wahn und scheint schon wieder von unserem Sohn zu fantasieren. Schließlich hole ich ihn kurz vor der Tür ein, packe seinen Arm und will ihn zurückziehen, aber er schüttelt mich ab wie ein Kleinkind, das am Ärmel seines Vaters zupft. Es erstaunt mich, wie viel Kraft mein Klappergestell von Ehemann in seiner Verfassung noch aufbringen kann.

»Sofort stehen bleiben«, befiehlt der Schrank von einem Pfleger an der Tür, als Tom hindurchlaufen will und stellt sich ihm in den Weg. Mein Mann aber macht keine Anstalten, ihm zu gehorchen und läuft stur weiter.

»Tom, bitte, bleib hier, du träumst!«, brülle ich aus Angst, der Pfleger könnte ihm wehtun, aber Tom ist in einer anderen Welt und hört mich gar nicht. Meine Angst ist begründet. Der Pfleger rammt meinen Mann mit einem Faustschlag nieder. Ich schreie auf, stürze nach vorn, wo Tom am Boden aufgeschlagen ist und liegen bleibt. Blut läuft ihm aus Mund und Nase, einer seiner Schneidezähne steht schräg in seinem Mund. Ich ziehe ihn ein Stück hoch, nehme seinen Kopf vorsichtig in meine Hände, küsse ihn und halte ihn einfach nur fest. Er scheint durch den Schlag wieder zu sich gekommen zu sein und murmelt etwas, das wie »was ist passiert« klingt.

»Musste das sein?«, spucke ich dem Pfleger entgegen, der sich wieder an der Tür positioniert hat, als wäre nichts geschehen. Er wirkt mehr wie ein Türsteher vor einer Disco, wäre da nicht seine Pfleger-Uniform. »Sie hätten ihn auch einfach festhalten können!«

Erst jetzt bemerke ich das Chaos, das hinter uns im Raum ausgebrochen ist. Das Schach spielende Paar läuft aufgebracht hin und her, die Schachfiguren haben sie umgeworfen und auf dem Boden verteilt. Das Pfeifen des Mannes, der auf dem Sofa saß, hat sich in ein lautes Winseln verwandelt. Er sitzt noch immer am selben Fleck, hat aber die Knie an die Brust gezogen und wippt hin und her. Die jüngere Frau hält sich einfach nur die Ohren zu und hat die Augen geschlossen, während zwei weitere Männer, die ich vorher gar nicht richtig wahrgenommen hatte, weil sie am anderen Ende des Tisches saßen, sich aufeinander gestürzt und begonnen haben, sich zu prügeln wie zwei Grundschulkinder auf dem Pausenhof, die noch nicht stark genug zuhauen, um sich ernsthaft verletzen zu können.

Ich war noch nie in einer geschlossenen Psychiatrie, aber so ungefähr stelle ich es mir vor. Wie lange sind diese armen Menschen schon hier und müssen das ertragen?

Auf einmal ertönt eine Trillerpfeife, und ich schrecke zusammen, kauere über Tom auf dem Boden und halte mir die Ohren zu. Das Geräusch sorgt nicht für Ruhe, im Gegenteil, jetzt bricht erst recht heilloses Chaos aus. Verschiedene Stimmen kreischen durcheinander, ein Fuß trifft mich im Rücken, jemand schüttet den Kaffee um. Zwei weitere Pfleger, ungefähr genauso kräftig gebaut wie der Schrank an der Tür, stürmen herein, dicht gefolgt von David Unger, der, wie ich jetzt erkenne, auch derjenige war, der Gebrauch von der Trillerpfeife gemacht hat.

»Was ist denn hier los?«, schreit er jetzt und bedeutet den Pflegern, zu denen sich nun auch Schwester Vanessa gesellt, für Ordnung zu sorgen. Zuerst nehmen sie sich, jeder einen, den Mann und die Frau mit dem Schachbrett vor, drehen ihnen die Arme auf den Rücken, was wieder neue Schreie, diesmal vor Schmerz, durch den Raum jagt. Während die Pfleger einen nach dem anderen festhalten, gibt Schwester Vanessa jedem eine Beruhigungsspritze, und es kehrt allmählich Normalität zurück. Schließlich machen die Pfleger bei uns Halt, und der Schrank, der noch immer die Tür bewacht, klärt Herrn Unger darüber auf, was mit Tom los war. »Er hat angefangen, hat halluziniert. Das hat die anderen aufgeschreckt. Hab ihn ausgeknockt.«

David bückt sich zu uns hinunter, inspiziert Toms Gesicht und bedeutet den Pflegern, mich von ihm zu trennen. Ich werfe mich auf meinen Mann, der immer noch verwirrt und völlig entkräftet auf dem Boden halb sitzt halb liegt. Bevor ich allerdings weiter protestieren kann, hat Schwester Vanessa auch mir eine Spritze in den Arm gerammt, und ich spüre, wie sich alles in mir entspannt und mich jemand auf das Sofa zu den anderen setzt. Hilflos muss ich zusehen, wie sie Tom aufziehen und mit sich schleifen.

»Bereite unten alles vor, wir müssen es tun, solange seine Halluzinationen noch frisch sind«, höre ich Herrn Unger noch zu Schwester Vanessa sagen.

Dann sind sie weg und ich kann wieder einmal absolut nichts unternehmen. Neben mir sitzen alle »Patienten« wie Hühner auf der Stange auf dem Sofa und starren vor sich hin, manche sabbern.

»Ist alles wieder unter Kontrolle?«, höre ich schließlich die weibliche Stimme, die ich ganz am Anfang vor meinem Fenster gehört habe. Ich drehe meinen Kopf mit äußerster Mühe zur Tür und bin mir sicher, in diesem Moment ebenfalls zu fantasieren. Die lockige Frisur, die eisblauen Augen, die Gesichtsform, der Ausdruck, das alles … Wie ist das möglich?

»Alles unter Kontrolle, Boss. Tom Höffner wird gerade nach unten gebracht«, sagt der Schrank, aber die Stimmen dringen nur noch gedämpft zu mir, wie durch Watte. Hat er sie gerade Boss genannt? All die Zeit hatte ich angenommen, Marlene wäre eines der Opfer des Eschheimer Spuks. Nie lag ich mit etwas so falsch. Marlene scheint der Drahtzieher dieser ganzen Scheiße zu sein. Marlene ist hier der Boss.

Kapitel 36

Kommissar Mertens

»Maximilian Richter ist vor zwölf Jahren ausgewandert, nach Kanada. Hat dort jemanden kennengelernt. Wir konnten keinerlei Kontakt zwischen ihm und David Unger feststellen.«

Der junge Polizeibursche verdirbt mir direkt am Morgen, noch vor meinem ersten Kaffee, die Laune und kann nicht einmal was dafür.

»Was ist mit der Hundertschaft?«

Da David Unger gestern nicht mehr zurück zur Kommune gekommen ist, bin ich sicher, er hat längst herausgefunden, dass ich dort war und traut sich nicht mehr hin. Meine Taktik, ihn ohne großes Trara verhaften zu lassen, ist damit gescheitert. Jegliche Strategie habe ich über den Haufen geworfen. Jetzt werden Nägel mit Köpfen gemacht, der Wald durchkämmt, die Kommune noch einmal komplett auf den Kopf gestellt. Davids Zimmer habe ich gestern bereits durchsuchen lassen und warte noch auf einige DNA-Proben aus dem Labor.

»Die sind unterwegs, seit den frühen Morgenstunden.«

»Gut. Ich möchte, dass Sie mir sämtliche alte Akten vom Fall Marlene und dem Touristenpaar, das in derselben Gegend verschwand, aus dem Keller holen.«

»Warum?«

»Weil ich es sage.«

Einer der Kollegen aus meiner Soko kriecht neben mich und flüstert mir ins Ohr: »Die Leute würden Sie besser verstehen, wenn Sie ihnen Ihre Pläne erklären würden.«

»Haben Sie nichts zu tun?« Mehr braucht es nicht, um meinen Kollegen zu beleidigen, und er setzt sich mit Schmollmund zurück an seinen Schreibtisch. Der Polizist ist längst in Richtung Keller davonmarschiert, wie immer schneller als die Polizei erlaubt. Ich zücke mein Handy und wähle die Nummer von Johann Schlosser.

»Schlosser?«, meldet er sich.

»Mertens hier, ich muss Sie bitten, noch einmal auf dem Revier vorbeizukommen. Ich habe noch eine wichtige Frage.«

Er gähnt in den Hörer, ist das zu fassen? »Und die konnten Sie gestern nicht stellen?«

Nein, verdammt noch mal, konnte ich nicht, weil es gestern um etwas anderes ging. »Wann können Sie hier sein?«

»Wie lange wird es denn dauern?«

Es dauert eben so lange es dauert, Herrgott noch mal, ein Ehepaar wird vermisst, und alles, worum sich die Leute scheren, ist ihre eigene unwichtige Zeit. »Nicht lange, kommen Sie am besten direkt. Bis gleich.« Bevor er widersprechen kann, lege ich auf. Mein Polizeikollege hat in der Zwischenzeit die ersten Boxen angeschleppt, zusammen mit einigen Kollegen stapelt er sie auf meinen Schreibtisch.

»Was wird das hier?«, frage ich ihn, woraufhin er rot anläuft.

»Na … Sie wollten doch die Akten.«

»Ja aber doch nicht auf meinem Tisch, ich habe anderweitig zu tun. Das ist Ihre Aufgabe, die alle durchzusehen.«

Ihm klappt kurz der Mund auf, aber er schließt ihn gleich wieder.

»Und wonach suchen wir genau?«

Da im selben Moment Johann Schlosser durch die Tür tritt, beauftrage ich meinen Kollegen von der Soko damit, dem Polizist zu helfen. Ich führe währenddessen den Bürgermeister in den Verhörraum und stelle ihm direkt meine Frage.

»1997, der Fall Marlene. Erinnern Sie sich daran?«

Er nickt und verdreht die Augen. »Im Ernst, darauf wollen Sie jetzt auch noch herumreiten? Ich habe ihr nur den Weg gewiesen, mehr nicht!«

Ja, das sagen sie alle. Johann lehnt sich nach vorn und stützt die Arme auf der Tischplatte ab.

»Das haben Sie damals ausgesagt, ja. Das glaube ich Ihnen sogar. Mich interessiert eher, *wohin* Sie ihr den Weg gewiesen haben. Ich vermute nämlich, dass Sie gelogen haben und Sie sie eigentlich in die Kommune gewiesen haben, nicht auf die Wanderwege, wie Sie damals behaupteten.«

Mein Gegenüber lässt sich nach hinten in die Lehne sacken und verschränkt die Arme vor der Brust. »Vielleicht sollten Sie weniger Vermutungen aufstellen, die Sie zu nichts führen. Ich habe Marlene auf die Wanderwege gewiesen, das war nicht gelogen. Aber sie wollte tatsächlich zur Kommune, ja. Jetzt ist es raus, buh.«

Es fehlt nur noch, dass er mir die Zunge herausstreckt. Ich würde es ihm zutrauen. »Also haben Sie Marlene auch nach einem Ihrer Vorträge an die Kommune verwiesen? Und warum wurde das damals nicht über Herrn Unger abgewickelt?«

Sein Gesichtsausdruck wird ernst, die Arme bleiben vor der Brust verschränkt. »Nein, dass ich auf Marlene gestoßen bin, war Zufall. Ich hatte sie vorher noch nie gesehen. Sie hat mich nach der Kommune gefragt, und ich habe ihr gesagt, wie sie am schnellsten hinkommt. Mehr nicht. Deshalb lief es auch nicht über David, weil wir beide nichts von ihr wussten.«

Wieso in aller Welt sollte ein siebzehnjähriges Mädchen auf die Idee kommen, zu einer Kommune zu pilgern und woher hätte sie überhaupt davon wissen sollen? Vor allem damals, in den Zeiten vor Smartphones und sozialen Netzwerken.

»Wenn das die Wahrheit ist, warum haben Sie die damals nicht gleich gesagt?«

»Weil ich keine Lust hatte, dass Sie die ganze Kommune auf den Kopf stellen und meinem Vater sonst was anhängen.«

Natürlich, damals hat noch sein Vater die Kommune geleitet, nicht Benedikt.

»Außerdem war ich mir sicher, dass sie sowieso nie dort angekommen ist. Ansonsten wäre ihr nichts passiert. Die Kommune tut keinem was und sperrt auch keinen ein, auch wenn Sie das nicht glauben wollen. Befragen Sie doch mal die Mitglieder.«

»Da sind wir schon dabei.«

Bisher scheint nur nichts Hilfreiches dabei herausgekommen zu sein, ansonsten hätten mich die Kollegen längst angerufen. Diesen Fakt verschweige ich ihm lieber.

»Und Sie haben Ihren Vater nie nach dem Mädchen gefragt, ob es gut angekommen ist?«

Johann nimmt eine Hand aus seinem Griff und fährt sich damit durch die Haare. »Nein, wie gestern schon gesagt, interessiere ich mich nicht für die Kommune. Und mit meinem Vater hatte ich damals noch weniger Kontakt als mit meinem Bruder heute.«

Ich seufze zum ersten Mal an diesem Morgen. »Gehen Sie, Sie helfen mir nicht weiter.«

Als ich wieder an meinem Schreibtisch sitze, klingelt mein Handy. Es ist das Labor, und der Mann am anderen Ende der Leitung klingt aufgeregter als ein Kind an Weihnachten.

»Wir haben ein Match!«, ruft er mir entgegen.

»Was für ein Match?« Es erscheint mir nur logisch, dass die DNA-Proben aus David Ungers Zimmer zu seiner DNA passen.

»Das Haar, das Ihre Kollegen seinem Pullover entnommen haben. Es gehört nicht David Unger.«

Das überrascht mich wiederum noch weniger. Es war schließlich lang und blond. Ich hatte den Verdacht, dass es Lina gehört haben könnte, vor ihrem ungewollten Umstyling.

»Gehört es Lina Höffner?«

Die Stimme meines Gesprächspartners überschlägt sich. »Nein, das dachten wir auch erst, aber nein. Setzen Sie sich besser hin. Sie werden nicht glauben, wem es gehört.«

Kapitel 37

Nachdem ich gefühlt Stunden im Gemeinschaftsraum auf dem Sofa verbracht habe, zwischen sabbernden Verrückten und einer heulenden jungen Frau, die noch nicht verrückt ist, bringt man mich wieder auf mein Zimmer. Zu meiner unendlichen Erleichterung liegt Tom wieder in seinem Bett und wird nicht bereits irgendwo im Garten vergraben. Er schläft, Schweißperlen glitzern noch immer auf seiner Stirn, aber sie scheinen ihm etwas gegen sein Fieber gegeben zu haben, denn er fühlt sich nicht mehr so heiß an wie vorher.

Da ich ihn nicht wecken will, verkrieche ich mich in mein eigenes Bett und döse vor mich hin. Im Schlaf zuckt Tom immer wieder nervös, wenn seine Fesseln nicht wären, würde er sich bestimmt aus dem Bett strampeln, so unruhig ist er. Ab und zu schreit er Luis' Namen oder wimmert wie ein kleines Kind. Ihm dabei zuzusehen macht mich wahnsinnig. Ich konnte ihn noch nie leiden sehen, aber das, das ist schlimmer als alles, was wir je erlebt haben. Vielleicht nicht schlimmer als der Tod unseres Sohnes, aber auch nicht weniger schlimm. Diese ganze Situation scheint mir so ausweglos, dass ich Kopfschmerzen bekomme und mein Herz nicht mehr aufhört zu rasen. Ich weiß nicht, wie lange ich so daliege, bevor man mich holt. Wahrscheinlich sind es nicht einmal zwanzig Minuten, aber sie fühlen sich an wie zwanzig Stunden.

Meine Fesseln lasse ich mir anlegen, ohne mich zu wehren, für Lina, für Tom und letztendlich auch für mein eigenes Wohl, auch wenn die Ironie hinter diesem Beweggrund mich förmlich anschreit. Während wir durch den Korridor rollen, erhasche ich einen Blick auf die Armbanduhr des Pflegers und stelle mit Erstaunen fest, dass seit Toms Fluchtversuch im Gemeinschaftsraum nur knapp über zwei Stunden vergangen sind. Ich war mir sicher, dass es bereits später Abend sein muss, dabei ist es gerade erst Mittag. Wenn die Stunden hier immer so langsam vergehen, wird das Dasein hier eine lange Ewigkeit.

Mein Bauchgefühl hat mir bereits verraten, wohin wir unterwegs sind, also bin ich wenig überrascht, als man mich erneut in den OP-Saal schiebt, oder was auch immer es früher einmal war. Herr Unger wartet bereits, genau wie Schwester Vanessa, die mir direkt wieder die Klammer an den Finger steckt und die Kühldecke über mich breitet. Die Kälte, die mich umfängt, als das gleichmäßige Piepsen einsetzt, vom dem ich weiß, dass es sich in wenigen Minuten wieder in einen einzigen lang gezogenen Ton verwandeln wird, geht nicht von der Decke aus. Diese Kälte kommt aus meinem Innersten.

»Ihr Mann hat sich grade sehr wacker geschlagen und tolle Dinge gesehen. Sehr interessant. Dann wollen wir doch mal schauen, ob Sie diesmal eine bessere Vorstellung bekommen, da drüben in der anderen Dimension«, sagt Herr Unger, und beim Anblick seiner widerlichen Fratze kommt mir das Frühstück wieder hoch.

Mein Puls wird schwächer und schwächer, obwohl alles in mir vor Aufregung schreit. Dann drückt mir Vanessa erneut ihre Spritze auf den Zugang an meiner Hand, und noch bevor ich hören kann, wie sich das Piepsen zu einem einzigen Ton vereinigt, existiere ich nicht mehr.

Keuchend schrecke ich hoch, und als mir schlagartig bewusst wird, wo ich bin und was mit mir geschehen ist, möchte ich am liebsten direkt wieder sterben. Herr Unger beugt sich über mich. »Sieht aus, als bräuchte sie noch einen Moment. Bringen Sie sie wieder auf ihr Zimmer, ich komme gleich nach«, sagt er zu Vanessa, die nickt, mir die Klammer vom Finger zieht, die Bremsen an meinem Bett löst und mich aus dem Raum schiebt. Die Neonröhren über mir flackern im selben Rhythmus wie das Piepsen meines Pulses, wenn ich am Leben bin. Zurück in unserem Zimmer ist Tom mittlerweile aufgewacht und schaut mich mit sorgenvoller Miene an, als ich hereingeschoben werde. Ich muss so blass sein wie die Wand als die Tapete irgendwann noch weiß war. Bevor ich mich mit meinem Mann unterhalten kann, kommt bereits Herr Unger durch die Tür und setzt sich falsch herum auf einen der Stühle, sodass er sich mit verschränkten Armen auf der Lehne abstützen kann.

»Also, Frau Höffner. Was haben Sie diesmal gesehen?«

Ich schlucke, und Speichel trifft auf Granit in meiner Kehle. Was wird er tun, wenn er erfährt, dass ich schon wieder keinerlei Visionen hatte?

»Sie haben letztes Mal sofort gemerkt, dass ich Sie anlüge, also versuche ich es diesmal gar nicht erst. Ich habe nichts gesehen. Nichts als Dunkelheit. Allumfangende Dunkelheit. Ich wage es aber, die Behauptung aufzustellen, dass das fast noch grausamer ist als schöne Visionen zu haben, falls Sie das zufriedenstellt.«

Herr Unger seufzt. »Nun, wissen Sie was, ich glaube Ihnen sogar. Sie wissen ja, was mit Lina passiert, falls Sie mich anlügen?«

Ich bin mir sicher, der Piepston würde sich überschlagen, wenn mir jetzt jemand diese Klammer an den Finger machen würde. »Ja, genau deshalb lüge ich Sie nicht an. Es ist die Wahrheit, es war einfach nur verdammt dunkel.«

Tom und ich tauschen einen Blick, in dem pure Angst liegt. Rastet Herr Unger jetzt aus? Bringt er mich um, weil ich nichts tauge?

»Das ist enttäuschend. Ja, in der Tat, sehr enttäuschend. Das wird ihr nicht gefallen. Dann müssen wir das Ganze wohl anders probieren. Ich habe da so eine Idee, aber ich sage es Ihnen gleich, das wird Ihre letzte Chance. Ansonsten habe ich wohl leider keine Verwendung mehr für Sie.«

Mit »ihr« meint er wohl Marlene, den »Boss«.

»Sie kann doch nichts dafür, wenn sie nichts sieht, lassen Sie sie einfach gehen und behalten Sie stattdessen mich!«, fleht Tom verzweifelt. »Behalten Sie mich, und lassen Sie meine Frau und meine Tochter in Ruhe. Ich bin doch wertvoll für Ihr Experiment, oder? Betäuben Sie sie meinetwegen, und setzen Sie Ella und Lina irgendwo im Dorf ab, dann können sie Sie unmöglich verraten. Wir haben keine Ahnung, wo wir hier sind.«

Herr Unger lacht laut auf, ein kehliges, kratziges Lachen. Am liebsten würde ich ihm den Hals umdrehen. »Ja, netter Versuch. Ihre Frau bekommt ja noch eine Chance, wie gesagt. Das wird gut, ich weiß es. Ruhen Sie sich erst mal aus, Sie werden beide Ihre Kräfte brauchen.«

Damit steht er auf, packt den Stuhl, dreht ihn mit einer lässigen Handbewegung wieder auf die richtige Seite, schiebt ihn unter den Tisch und verlässt unser Zimmer.

Eine Weile schweigen wir einfach, beide unfähig das, was gerade passiert ist, in Worte zu fassen.

»Was haben Sie mit dir gemacht?«, ist alles was mir nach einer Weile einfällt, Tom zu fragen. »Was siehst du, wenn du tot bist? Und wie oft … warst du es schon?«

»Er ist überall, Ella. Er verfolgt mich.«

Ich weiß nicht, ob er noch verwirrt ist, oder ob ihm diese Angelegenheit einfach am meisten auf der Seele brennt, aber ich dränge ihn nicht, mir meine Fragen zu beantworten.

»Luis?«, frage ich stattdessen, um auf seine Sorgen einzugehen.

Er nickt. »Ich besuche ihn, wenn ich tot bin. Und seitdem werde ich ihn nicht mehr los. Er ist in jeder Ecke dieses Raumes, manchmal steht er am Fenster und sieht rein.«

Seine Verfassung, seine Wahnvorstellungen, alles, was er durchgemacht haben muss, zwingen mich dazu, mit ihm zu weinen. Ich kann sein Leid nicht ertragen.

»Tom, das ist nicht echt. Das …«

»Glaubst du, das weiß ich nicht?« Er meint es nicht so wütend, wie er es sagt, aber ich erschrecke trotzdem.

»Entschuldige«, murmelt er dann. »Ich bin schon genauso verrückt wie die anderen alle da oben.«

Ich will sagen, dass er es nicht ist, will ihn trösten und ihm gut zureden. Aber ich kann nicht. Wir wissen beide, dass er auf dem besten Weg ist, genau so zu enden wie unsere Leidensgenossen. Es ist auch bei mir nur eine Frage der Zeit. Hier drin bleibt keiner bei gesundem Verstand.

Kapitel 38

Kommissar Mertens

»Und das, worauf wir hier sitzen, ist also dieser … Ask, diese Esche, ja?« Ich sitze neben Benedikt in der Kapelle, in der alles aus dem Holz der Esche gezimmert wurde, und werde tatsächlich von einer seltsamen Art Ehrfurcht ergriffen.

»Ja, das alles hier, zumindest so viel wir aus dem Holz herausbekommen haben und das war viel. Ask war riesig. Als ich die Kommune übernommen habe, stand das hier ja alles schon längst. Ich weiß, dass Sie uns nicht glauben, und ich sehe ein, wie verrückt das klingt, woran wir glauben. Aber wenn wir hier drin sind, es ist wie in einer anderen Welt.«

»In der Totenwelt?«, frage ich und verberge den Spott aus meiner Stimme so gut ich kann.

Benedikt dreht seinen Kopf zu mir herüber, aber ich starre weiterhin den Altar aus Holz an. »Alle Seelen sind hier einfach vereint. Wir empfangen Zeichen, Botschaften. Es ist nicht in Worten zu erklären.«

»Mhm«, mehr fällt mir dazu nicht ein. Man kann mich mit so etwas einfach nicht beeindrucken. Ich respektiere seinen Glauben, aber da wird immer ein Teil in mir sein, der ihn auslachen möchte, weil es für mich viel zu verrückt klingt.

»Unsere Gesellschaft ist darauf konditioniert worden, nur an das zu glauben, was sie sieht und anfassen kann. Jeder, der etwas anderes behauptet, wird abgestempelt. Wir leben in einer Welt, die nicht genug Stempelkissen produzieren kann, so schnell wird dir die Tinte an die Stirn geklatscht.«

Darin stimme ich ihm sogar zu. Aber ich bin wegen etwas anderem hergekommen, nicht um mit ihm über Gott und die Welt zu plaudern. Aus der Innentasche meines Jacketts hole ich das Fahndungsfoto von Marlene von 1997. Ein jüngeres Foto gibt es nun mal nicht. Ich drücke es ihm in die Hand.

»Marlene Becker, sie ist 1997 verschwunden. Johann hat mir gesagt, dass sie zur Kommune wollte. Herr Schlosser, es ist Zeit, das Versteckspiel zu beenden. Ich frage Sie das nur einmal: Ist Marlene damals hier angekommen, oder nicht?«

Benedikt senkt den Kopf und starrt seinen Schoß an. Seine linke Hand knetet die Finger seiner rechten. »Ja, ist sie.«

Wie bei einem Pferd blähen sich meine Nüstern auf, als die Luft daraus entweicht. Ich nehme ihm das Foto wieder ab und verstaue es in meiner Tasche. »Und warum zum Teufel …«

»Bitte, nicht hier drin!«

»Warum haben Sie das nie gemeldet? Oder Ihr Vater damals?«

Er verlagert sein Gewicht im Sitzen, scheint aber keine bequeme Position zu finden. »Weil sie es nicht wollte. Sie hat hier Zuflucht gesucht, wollte zur Ruhe kommen. Mein Vater hat ihr versprochen, sie nicht zu verraten. Hätten Sie das Mädchen etwa bleiben lassen, wenn Sie davon erfahren hätten?«

»Ich war damals noch nicht im Amt, aber vermutlich nicht. Sie war noch nicht volljährig.«

Sein Nicken steht sinnbildlich für ein »Sehen Sie, habe ich's doch gewusst«.

»Wo ist Marlene heute? Wir haben ein Haar von ihr an Herrn Ungers Pullover gefunden.«

Benedikts Kopf schießt so schnell zu mir herum, dass einer seiner Halswirbel knackt, was mich das Gesicht verziehen lässt. »Was, das kann nicht sein, sie ist schon ewig nicht mehr hier!«

»Seit wann?«

Er überlegt, man kann die Gedanken förmlich sehen, wie sie hinter seiner Stirn ein wildes Rennen veranstalten. »Das müssen schon über zehn Jahre sein. Eher fünfzehn. Sie hat hier jemanden kennengelernt und ihn geheiratet, ich glaube damals war sie zwanzig. Nachdem er gestorben ist, ist sie weggegangen.«

Bevor ich ihn bitte, die Geschichte genauer zu erzählen, brennt mir eine andere Frage auf den Lippen, die ich auf ihn loslasse. »Warum ist sie überhaupt hergekommen? Wie hat sie von der Kommune erfahren?«

Benedikt fährt sich mit der Hand übers Gesicht und legt den Kopf in den Nacken, um zur Abwechslung die Decke zu mustern. »Ihr Vater ist bei uns gestorben. Er hatte Krebs im Endstadium und wollte nicht mehr leiden.«

Dieses Puzzle, das wir hier zusammensetzen, will einfach kein Ende nehmen. Ich dachte wir wären schon beim letzten Teil, aber wir sind noch nicht einmal ganz in der Mitte angekommen.

»Aber ihr Vater war nicht Teil der Kommune. Und trotzdem hat er hier an diesem Übergang teilgenommen?«

»Ja, einer seiner Freunde war Teil der Kommune und hat ihm davon erzählt. Seine Frau war dagegen, wollte, dass er weiterkämpft, aber es hätte nichts mehr geholfen. Das haben auch seine Ärzte bestätigt. Er war nur noch Haut und Knochen als er hier ankam, sein Gesicht eingefallen wie ein Totenschädel. Marlene wollte ihn damals schon begleiten, aber ihre Mutter hat sie nicht kommen lassen. Er war allein hier drin, als er ging. Nur sein Freund hat seine Hand gehalten.«

Allmählich beginne ich zu begreifen, warum das Mädchen unbedingt herwollte. Das rechtfertigt aber noch lange nicht, sie hier zu verstecken.

»Ist Marlenes Mann auch hier drin gestorben?«

Ich bilde mir ein, Tränen in seinen Augen zu sehen. »Leukämie. Es war nichts zu machen, er wollte in Frieden gehen. Marlene war wie vom Pech verfolgt. Sie hat alles verloren, hatte kurz nach seinem Tod auch noch eine Fehlgeburt. Sie musste hier weg, hat es nicht mehr ausgehalten. Alles in der Kommune war für sie vom Tod befleckt.«

Dieser Mistkerl hat sich ernsthaft eine verzweifelte Frau geschnappt, die solche Schicksalsschläge durchmachen musste? Er hat wohl einen Typ … »Lassen Sie mich raten, Herr Unger hat sie zum Bahnhof gefahren, oder wohin auch immer?«

»Ja. Sie wollte eine Ausbildung anfangen, zur Krankenschwester. Menschen helfen. Das war ihr Plan. Ich weiß nicht, ob sie ihn je umsetzen konnte, wir hatten nie wieder Kontakt.«

Einen Moment lang herrscht Stille. Ich muss mir meine nächste Frage zurechtlegen, aber bevor ich sie stellen kann, findet Benedikt seine Stimme wieder. Er fixiert dabei den Boden.

»Katharina«, sagt er nur.

»Wie bitte?«

»Katharina Nessler. Das war der Name, den Marlene

angenommen hat. Wir haben ihr geholfen, falsche Papiere für sie auszustellen, damit sie ihre Zukunft so gestalten kann, wie sie möchte, ohne nur das vermisste Mädchen von damals zu sein. Vielleicht können Sie so ja nachverfolgen, was mit ihr passiert ist.«

Benedikt Schlosser ist wie eine alte Truhe, die man auf dem Dachboden findet. Man weiß nie, was sich noch alles darin versteckt. »Das hilft uns weiter, ja. Was ist mit Marlenes Mutter, hat sie sich nie an Sie gewendet?«

»Nein, aber ich denke, ihr war klar, wohin ihre Tochter abgehauen ist. Ich habe sie angerufen, etwa ein halbes Jahr nach Marlenes Verschwinden, oder besser gesagt nach ihrer Ankunft bei uns. Sie war damals gerade achtzehn geworden, konnte also selbst entscheiden, wo sie leben will. Ich wollte Frau Becker einfach sagen, dass es ihr gut geht. Sie hat sich bei mir bedankt und sich nie wieder gemeldet. Wir uns auch nicht.«

Sind sich all diese Leute eigentlich darüber bewusst, wie viel Arbeit sie der Polizei hätten ersparen können? Herrgott noch mal, die sollten alle ins Gefängnis gehen. »Ich mach mich dann mal wieder auf den Weg. Ich würde mich ja für Ihre Ehrlichkeit bedanken, aber da sie zwei Jahrzehnte zu spät kommt, sehe ich das irgendwie nicht ein.«

Jetzt wischt sich Benedikt tatsächlich eine Träne aus dem linken Auge. Er nickt nur und begleitet mich nach draußen zu meinem Auto. Die Bäume am Waldrand wirken bedrohlich, wie ein gigantisches Heer, das im nächsten Moment in Reih und Glied auf mich zustürmen könnte. Eine Hand auf der geöffneten Autotür, die andere auf dem Dach meines Dienstwagens, wende ich mich ein letztes Mal an Benedikt.

»Was hat es mit diesem Wald auf sich und den Geschichten, die man sich darüber erzählt?«

Er läuft auf mich zu, um nicht schreien zu müssen. Er hatte mich nur bis zur Tür begleitet, nicht bis in den Hof. »Askanien ist mehr als nur die Kommune und das Holz von Ask. Die Seelen sind hier überall zu Hause, sie machen nicht an der Tür der Kapelle halt. Wenn die Leute sagen, es spukt im Wald, dann sind sie den Seelen begegnet, und es sind nun mal nicht alle friedlich gesinnt. Viele haben zu Lebzeiten schlimme Dinge erlebt. Aber warum erzähle ich Ihnen das, Sie glauben doch sowieso nicht daran.«

»Ich halte mich an die Lebzeiten, ja. An die schlimmen Dinge darin glaube ich mehr als an alles andere.«

Er nickt mir zum Abschied zu und verschwindet im Haus. Gerade als ich einsteigen und wegfahren will, klingelt mein Handy, und ich sehe, dass mich Marcella schon zum siebten Mal anruft.

»Na endlich!«, malträtiert sie mein Trommelfell, als ich abhebe.

»Was gibt's denn so Dringendes?« Ich steige in den Wagen und ziehe die Tür hinter mir zu.

»Ich wollte nur fragen, ob Sie schon was wissen.« Dieses Kind ist ja noch penetranter als ihre erwachsene Freundin. Andererseits kann ich verstehen, dass sie sich Sorgen macht und wissen will, wie der Stand der Dinge ist.

»Wir haben sie noch nicht gefunden«, stelle ich nüchtern fest. »Aber wir kommen der Sache näher. Ich muss jetzt Schluss machen, Marcella.«

»Was heißt das, Sie kommen der Sache näher?«

Ich seufze. Was auch sonst. »Das kann ich nicht einfach so ausplaudern. Du wirst sicherlich als eine der ersten davon erfahren, wenn wir Frau Höffner finden, in Ordnung? Ich muss jetzt wirklich los.«

Ohne zu warten, dass sie noch etwas sagt oder sich verabschiedet, lege ich auf. Es ist mir gerade herzlich egal, ob ich unfreundlich wirke. Mir ist nämlich gerade tatsächlich etwas Dringendes eingefallen. Im Manifest gab es ganz am Ende einen Absatz, den ich nur noch überflogen habe, weil ich schon zu Tode gelangweilt war vom ganzen Rest. Wenn ich mich gerade nicht irre, könnte der der Schlüssel zu allem sein und Frau Höffner könnte in viel größeren Schwierigkeiten stecken, als ich je hätte ahnen können.

Kapitel 39

Während Tom irgendwann die Erschöpfung wieder eingeholt hat, habe ich kein Auge zugetan und stattdessen krampfhaft nach einem Ausweg überlegt, den es einfach nicht zu geben scheint. Das alles hier ließe sich viel leichter ertragen, wenn ich wenigstens Gewissheit hätte, was mit Lina ist, ob es ihr gut geht. Wenn ich wenigstens wüsste, dass meine Tochter in Sicherheit ist, bei Annette leben kann, die schließlich die letzte lebende Verwandte unserer winzigen Familie ist, dann könnte ich hier drin sogar relativ friedlich sterben. Auch wenn es mir das Herz brechen würde, dass Lina einen weiteren so schrecklichen Verlust hinnehmen muss. Aber ihre Sicherheit steht an erster Stelle, dass wenigstens eines unserer Kinder noch eine Zukunft vor sich hat.

So wippe ich ständig nervös mit den Füßen und kaue so aufgebracht an meinen Fingernägeln, dass ich mir die Haut drumherum blutig beiße. Beinahe wünsche ich mir, man hätte mir die Fesseln nicht gelöst. Das Licht draußen wandert langsam tiefer, aber die Sonne scheint noch, als würde sie uns von draußen auslachen. Kann es nicht einmal regnen? Kann der Himmel nicht einmal um uns weinen, wie in all den bescheuerten Blockbustern? Irgendwann höre ich, wie von außen der Riegel zu unserem Zimmer aufgeschoben wird, und staune nicht schlecht, als »der Boss« höchstpersönlich hereinkommt.

Ihre Locken schimmern im einfallenden Sonnenlicht. Wäre ihr Charakter nicht so hässlich, würde ich ihre Erscheinung als wunderschön beschreiben. Tom wacht durch den Lärm, den der Riegel und ihre Schritte verursachen, auf.

»Ich hoffe, ihr genießt eure Zweisamkeit«, begrüßt sie uns, Sarkasmus trieft aus ihren Worten.

Ich kann einfach nicht glauben, dass das das unschuldige Mädchen aus den Nachrichten von damals sein soll. Was muss einem Menschen zustoßen, um so zu enden?

»Marlene Becker«, stelle ich mehr für mich selbst fest.

»Hundert Punkte. Auch wenn ich mittlerweile als Frau Nessler bekannt bin. Ach«, sie macht eine wischende Handbewegung, »nennt mich Katharina.«

Tom und ich wechseln Blicke, die beiderseits Unverständnis vermitteln. Wie kam sie zu diesem neuen Namen? Ich glaube, es gar nicht wissen zu wollen. Das alles hier sind schon genug Informationen, die ich sowieso nie alle verarbeitet kriegen werde. Wenn ich hier überhaupt jemals lebend rauskomme, und ich weiß, wie meine Chancen stehen.

»Warum tun Sie das? Was ist das hier?«

»Wir folgen nur dem Manifest. Den Weg haben die Schlossers längst verlassen, weil er ihnen zu radikal war.«

Ich versuche, mich daran zu erinnern, wo im Manifest etwas über Nahtoderfahrungen stand, aber ich kann hier nicht klar denken.

»Wisst ihr, ihr seid einzigartig in unserer Sammlung. Von euch können wir hier für unsere Zwecke wirklich profitieren. Ihr seid die ersten, die wir hier haben, die vor kurzer Zeit jemanden verloren haben und dann auch noch euren Sohn. Tragisch, aber wertvoll. Wir sind darauf angewiesen, die Leute zu uns zu holen, die wir kriegen können. Aber bei Tom, da konnten wir nicht auf seine Entscheidung warten. Wir wussten sofort, dass er ein wahres Juwel für unsere Sammlung ist.«

»Was für eine Entscheidung, auf welche Leute seid ihr angewiesen?« Ich verstehe kein Wort, was sie sagt. Tom scheint es ähnlich zu gehen, seinem Gesichtsausdruck nach zu urteilen.

»Na ja, David kann schlecht diejenigen entführen, die sich gegen die Kommune entscheiden. Man würde sie vermissen. Was er tun kann ist, ab und an jemanden derjenigen mitzunehmen, die sich entscheiden zu bleiben und sich bereits von allen verabschiedet, alle ihre Zelte abgebrochen haben. Aber auch nur diejenigen, die außerdem ihren Job gekündigt haben. Kurz gesagt, niemand darf sie vermissen, und das ist gar nicht so leicht. Bei Tom mussten wir eine Ausnahme machen.«

Mir fällt nichts ein, was ich darauf antworten könnte. Die Situation überfordert mich, schockiert mich, raubt mir den Atem. All die Jahre wurde Marlene für ein Opfer gehalten, dabei ist sie weiter von der Unschuld entfernt, als man je hätte ahnen können.

»David hat mir erzählt, dass du nichts gesehen hast, nur Dunkelheit«, wendet sie sich direkt an mich. Mit dem Mund zieht sie eine Schnute wie ein trotziges Kleinkind. »Das sehen wir hier nicht gern.«

»Was kann ich denn dafür?«, protestiere ich, »ich habe eben nichts gesehen. Soll ich mir irgendwas ausdenken, damit ihr zufrieden seid? Das würde euer Experiment doch nur verfälschen.«

Innerlich verfluche ich mich dafür, vor Herrn Unger nicht einfach besser improvisiert zu haben. Ich hätte ihm die wildesten Visionen auftischen können, er hätte es mir sicher geglaubt. Dann wäre ich jetzt zumindest vor der Ermordung wegen Nutzlosigkeit sicher. Aber, ob mir das so viel bringen würde …

»Na ja, wir haben jedenfalls beschlossen, dass du noch eine zweite Chance verdient hast. Vielleicht klappt das Ganze ja besser, wenn ihr gemeinsam sterbt.«

Wie auf Kommando betreten Vanessa und David den Raum und machen sich an den Rädern unserer Betten zu schaffen.

»Sie werden damit niemals davonkommen«, höre ich Tom sagen, und sein Gesicht schreit vor Wut.

Marlene bricht in schallendes Gelächter aus. »Schätzchen, das tun wir seit über zehn Jahren.«

»Aber jetzt sucht zum ersten Mal jemand nach den Leuten, die ihr entführt habt. Vor allem seit ich auch noch verschwunden bin. Der Kommissar weiß, dass ich zur Kommune wollte. Er wird die Brücke hierher früher oder später geschlagen kriegen«, sage ich und starre ihr direkt in die Augen. Sie hält meinem Blick stand, ohne zu blinzeln, aber für einen kurzen Moment wirkt sie verunsichert.

»Das werden wir ja sehen«, erwidert sie mit aufgesetzter Gelassenheit. Unter der Fassade nistet sich die Angst in sie ein wie ein Parasit, ich merke es ihr genau an. Ich habe den Boss ins Wanken gebracht und frage mich gleichzeitig, ob das so eine gute Idee war. Was, wenn sie uns jetzt an einen anderen Ort schaffen, wo uns erst recht keiner mehr findet? Aber es wäre schon ein ziemlicher Aufwand, hier alles zu räumen und auf die Schnelle einen neuen Ort dafür zu finden. Andererseits traue ich diesen Leuten alles zu. Dumm sind die ganz bestimmt nicht.

Während Vanessa und David uns in den Korridor hinausschieben, stöckelt Marlene hinter uns her und spricht weiter. »Wenn du diesmal auch wieder nichts siehst, müssen wir uns eine Lösung einfallen lassen. Vielleicht finden wir eine andere Verwendung für dich. Und wenn nicht … Na ja, es ist noch Platz im Garten. Aber Schätzchen«, sie beschleunigt ihre Schritte, um zu meinem Bett aufzuschließen, und spricht erst weiter, als sie neben mir ist und mich dabei mit einem bittersüßen Lächeln anschauen kann. »Wenn du uns anlügst, merken wir das. Wir sind hier nicht von gestern, glaub mir, wir haben genug Erfahrung.«

Damit dreht sie sich um und läuft voraus, David und Vanessa schieben uns hinterher. Der Weg zum gekachelten Raum kann von hier aus keine dreihundert Meter mehr weit sein, aber er fühlt sich an wie drei Kilometer. Über mir flackert das Neonlicht, die Räder der Betten kratzen auf dem unebenen Boden. Im Raum erwarten uns vier Instrumententische, die sich gegenüberstehen wie die Figuren auf einem Schachbrett. Zwei Defibrillatoren warten auf ihren Einsatz.

Unsere Betten werden nah aneinandergeschoben, und wir schauen uns in die Augen, während Vanessa und David uns die Decke über den Leib breiten und uns an die Monitore anschließen. Es hat keinen Sinn, sich zu wehren, wir können uns nicht einmal bewegen. Alles, was uns bleibt, ist die Hoffnung auf Kommissar Mertens, die in diesem Moment leider kleiner als ein Sandkorn ist. Wie soll er uns hier jemals finden, wie soll er jemals diese Brücke schlagen, von der ich vorher gesprochen habe? Es ist alles völlig abwegig, niemand würde auf so etwas kommen. Ich zwinge mich dazu, meinen Kopf auszuschalten, es hat sowieso keinen Zweck, und konzentriere mich auf das Einzige, was in diesem Augenblick zählt: Tom. Ausgerechnet jetzt und hier wird mir bewusst, wie sehr ich diesen Mann liebe. Unsere Fingerspitzen berühren sich, mehr können wir in den Fesseln nicht greifen, die sie uns zum Sterben wieder angelegt haben, aber es reicht, um ein Gefühl der Geborgenheit durch meinen Körper zu jagen. Kurz darauf wird uns die tödliche Flüssigkeit gespritzt. Unsere Fingerspitzen verlieren sich nicht, als wir uns verkrampfen, sondern verhaken sich nur noch stärker ineinander. Bis zuletzt schauen wir uns an, trösten uns mit Blicken. Dann verlassen wir gemeinsam diese Welt.

Kapitel 40

Kommissar Mertens

»Wir haben jetzt das gesamte Material der Überwachungskameras aus den Drogerien durchgeschaut, aber Herr Unger ist auf keinem davon zu sehen. Frau Becker wartet im Verhörraum«, informiert mich der Kollege von der Polizei, als ich zurück aufs Revier komme.

Ich hatte Marlenes Mutter noch vor meinem Besuch in der Kommune angerufen und sie gebeten, herzukommen.

»Was ist mit Marlene?«

Noch auf dem Weg zurück habe ich die Kollegen angerufen und sie damit beauftragt, nach Katharina Nessler zu suchen. Ich muss wissen, ob David sie damals verschleppt hat oder ob sie tatsächlich die Ausbildung gemacht hat und mit ihm unter einer Decke steckt.

»Eine Katharina Nessler hat ihre Ausbildung zur Krankenschwester in der Uniklinik Marburg Ende 2004 erfolgreich abgeschlossen. Sie war bis dahin in einer Wohnung in Marburg gemeldet, danach hat sie ihre Adresse wieder auf die Kommune ändern lassen.«

»Clever«, sage ich und reibe mir das Kinn. Wahrscheinlich fängt Herr Unger ihre Post ab.

»Seit 2005 arbeitet sie als Krankenschwester auf der Intensivstation in der Uniklinik Waldburg. Das ist 30 Kilometer von Lahnstatt entfernt. Sie war sicher nicht mehr in der Kommune danach?«

»Benedikt Schlosser hat über einige Dinge gelogen, aber als ich ihm von Marlenes Haar auf Davids Pullover erzählt habe … Die Überraschung war unmöglich gespielt. Befragen Sie trotzdem noch einmal die Mitglieder über Marlene.«

Als der Polizist nur nickt, aber keine Anstalten macht, sich zu bewegen, scheuche ich ihn mit einer Handbewegung davon.

»Na los!«

Dann gehe ich zu meinem Soko-Kollegen. Der nippt an einem Kaffee und stopft sich zwischendrin einen Schokoriegel zwischen die Zähne.

»Haben Sie die Stelle gefunden?« Ihn hatte ich bei meinem Telefonat vorher angewiesen, den Absatz im Manifest zu suchen, der mir plötzlich wieder eingefallen ist.

Er kaut so schnell, dass ich Angst habe, er renkt sich den Kiefer aus, schluckt lautstark und räuspert sich. Währenddessen schlägt er eine Seite ganz am Ende des Manuskripts auf und legt sie mir hin.

»Hier, lesen Sie.«

Alles muss man selbst machen. Er hat den Absatz mit Bleistift eingekreist.

Unser aller Ziel soll darin bestehen, der Welt zu zeigen, dass nach dem Tod ein neuer Anfang beginnt. Die Kommunikation über Ask genügt nicht für Zweifler, für Ungläubige. Sie werden unserer Fähigkeiten niemals mächtig werden, wenn sie es nicht einmal für möglich halten. Unsere Aufgabe wird sein, andere Wege zu finden, die Existenz einer Totenwelt, einer anderen Dimension, glaubhaft und durch Fakten belegen zu können. Ein solches Vorhaben bedarf großer Vorsicht, Präzision und Durchhaltevermögen. Es wird sich nicht von heute auf morgen lösen lassen. Wenn es allerdings gelöst ist, darf es nicht länger in den Schatten der Verschwiegenheit untergehen. Es muss hinausgetragen werden in die Welt, in jeder Zeitung dokumentiert werden. Unsere Mission ist nun klar. Erfüllen wir sie und bringen somit Hoffnung und Aufklärung in die Welt der Zweifler.

Allmählich verstehe ich, warum Benedikt das Manifest zu radikal erscheint. Sein Großvater klingt wirklich verdächtig nach einem Sekten-Guru der Extraklasse. Ich kralle mir das Manifest und verschwinde damit im Verhörraum, in dem Judith Becker Löcher in die Luft starrt. Ich schüttle ihr die Hand und stelle mich kurz vor.

»Haben Sie Marlene gefunden?«, fragt die Frau, die mittlerweile im Rentenalter ist.

»Frau Becker, bitte fangen Sie gar nicht erst an mit dieser Nummer. Ich weiß, dass Marlene damals in die Kommune abgehauen ist, und ich weiß auch, dass Sie das ganz genau wussten.«

Sie schaut mich an, als hätte ich ihr eine Ohrfeige verpasst. »Am Anfang wusste ich es nicht sicher. Ich hatte nur eine Ahnung.«

»Warum haben Sie nie jemandem von dieser Ahnung erzählt? Wissen Sie eigentlich, wie viel Arbeit Sie der Polizei hätten ersparen können?«

Eine Träne löst sich aus ihrem rechten Auge und tropft auf die Tischplatte. Ich fühle mich schlecht dabei, dieser armen alten Frau, die im Grunde auch alles verloren hat, Vorwürfe zu machen. Aber ich verstehe nicht, wieso sie nie die Wahrheit gesagt hat.

»Ich wollte nicht, dass das alles noch komplizierter wird. Ich wollte, dass sie glücklich ist. Aber ich war auch so wütend auf sie. Ich hätte sie gebraucht, aber … Sie hat mich einfach allein zurückgelassen. Ich glaube, sie hat mich auch gebraucht, aber noch mehr hat sie Trost gebraucht, und den hat sie in der Kommune mehr gefunden als bei mir, in den vier Wänden, die sonst mit seiner Lebensfreude ausgefüllt waren.«

Einen Augenblick weiß ich nicht, was ich darauf antworten soll. »Warum sind Sie ihr nie hinterhergereist? Auch nicht nachdem die Ermittlungen längst abgeschlossen waren?«

Ihr Blick wird finsterer als die Nacht. »Weil ich von dieser Kommune nichts gehalten habe. Sie haben meinen Mann in den Tod getrieben!«

»Der Krebs hat Ihren Mann in den Tod getrieben.«

Sie stößt ein zynisches Lachen aus. »Ja, der Krebs war das Hauptproblem. Aber er hätte kämpfen können, egal, wie aussichtslos es aussah. Gerade er als Pfarrer hätte an Wunder glauben sollen und nicht nur für sich selbst, sondern auch für seine Familie kämpfen müssen. Und wenn er schon nicht kämpfen wollte, hätte er ja wenigstens die Zeit, die ihm geblieben wäre, mit uns an seiner Seite verbringen können. Wir haben ihn gebraucht, und diese verdammte Kommune hat ihn mit ihrem gestörten Selbstmordplan angelockt. Ich habe das nie unterstützt, war auch nicht dabei, als er es getan hat. Ich konnte nicht. Niemals hätte ich mich diesen Leuten anschließen können. Nicht einmal für Marlene.«

Das Gespräch mit dieser Frau wird mir immer unangenehmer, ich kann nicht erklären warum. Sie tut mir einerseits unendlich leid, andererseits kann ich sie nicht verstehen, was mich wiederum verärgert. »Frau Becker, Ihre Tochter … Sie hat in der Kommune ihren Mann an Krebs verloren und hatte eine Fehlgeburt. Sie hat danach eine Ausbildung zur Krankenschwester gemacht, hat die Kommune verlassen. Sie ist schon seit Jahrzehnten nicht mehr dort.«

Judiths Kopf schnellt nach oben. »Was? Das … Ich hatte keine Ahnung.« Sie schlägt sich eine Hand vor den Mund und beginnt zu schluchzen. »Ich dachte, sie wäre dort glücklich. Aber sie … sie hat alles verloren, genau wie ich? Warum ist sie nicht zurückgekommen?«

Ich warte einen Moment, bis sie sich ein wenig beruhigt hat und reiche ihr Taschentücher. »Wir haben Grund zur Annahme, dass Marlene in mehrere Entführungen verwickelt ist.« Ich hasse es, nach der ersten Schreckensnachricht noch einmal nachtreten zu müssen, aber ich habe keine Zeit, es ihr erst morgen zu sagen, wenn sie den ersten Schock verdaut hat. »Es geht möglicherweise um Experimente mit Nahtoderfahrungen. Könnte das etwas sein, womit sich Marlene auseinandersetzt? Ich meine, besonders nach allem, was sie verloren hat …«

Judith bekommt ihre Hand gar nicht mehr weg vom Mund, fast scheint es, als hätte man sie mit Sekundenkleber dort befestigt. Ihre Augen weiten sich im Schock. Ich gebe ihr eine Minute, um ihre Antwort zu formulieren. »Marlene war damals schon besessen davon, herauszufinden, wo ihr Vater nach dem Tod hingeht. Aber, dass sie dafür Menschen entführt und Experimente durchführt, das … Das ist doch … Nein.«

Das reicht mir als Antwort. Wir haben den Täter, oder besser gesagt die Täterin. Ich stürme zur Tür hinaus, ohne mich von Frau Becker zu verabschieden und renne direkt in meinen Soko-Kollegen hinein.

»Marlene hat ihren Vater, ihren Mann und ihr Kind verloren«, setze ich zu einer Erklärung an.

»Es wäre nicht verwunderlich, wenn sie den Drang danach verspürt hätte, dem Mysterium Tod auf den Grund zu gehen. Ihre Mutter hat mir außerdem gerade bestätigt, dass sie damals schon herausfinden wollte, was nach dem Tod mit ihrem Vater passiert.«

Mein Kollege stimmt mir mit einem Nicken zu, und ich kombiniere weiter. »David Unger und Benedikt Schlosser scheinen ein enges Verhältnis zueinander gehabt zu haben, von Anfang an. Er wusste bestimmt von dem Manifest und hätte es Marlene jederzeit weitergeben können. Oder sie hat es selbst in die Finger bekommen. Ob es ihre und Davids Absicht ist, die Mission zu erfüllen, oder sie sie einfach als Vorwand benutzen für ihre eigenen Zwecke … Das wissen wir wohl erst, wenn wir sie selbst danach fragen.«

Ich spüre, dass ich den Fall gelöst habe, aber wir müssen Marlene und David immer noch finden. Um so etwas aufzuziehen, bräuchten sie nicht nur genug Zimmer, um ihre Opfer unterzubringen, sie bräuchten auch eigene Büros, einen Raum für ihre Experimente, Waschräume, Zimmer für eventuelle Komplizen, und Marlene selbst müsste auch dort schlafen, da sie sonst nirgendwo gemeldet ist. So ein großes Gebäude können sie also unmöglich gebaut haben, und ich kann mir auch nicht vorstellen, dass die beiden genügend Geld haben, um ein Haus dieser Größe zu kaufen oder zu mieten. Es muss also bereits leer gestanden haben, und noch dazu müsste es abgelegen sein. Nachbarschaft macht sich nicht gut in solchen Fällen.

»Gibt es in der Umgebung von Marburg, unseren Radius miteingeschlossen, Gebäude, die seit mehr als fünfzehn Jahren leer stehen und im Umkreis von, sagen wir fünf Kilometern, keine angrenzenden Gebäude als Nachbarn haben? Irgendwas im Wald, so, wie die Kommune? *Irgendwas*?«

Mein Kollege treibt den Rechner auf Hochtouren, durchsucht die Umgebung, die ich genannt habe, bestimmt fünf Minuten lang, während denen ich dem Kollegen ungeduldig über die Schulter schaue.

»Da!«, rufe ich, als wir auf ein frei stehendes Anwesen treffen, das einst prächtig gewesen sein muss. »Zurück! Ja, da. Finden Sie heraus, was das ist!«

Wieder muss ich mich einige Minuten gedulden. Dann klärt mich der junge Mann in einer Lautstärke auf, in der das gesamte Revier mithören kann, was wahrscheinlich Absicht ist.

»Das ist die ehemalige geschlossene Psychiatrie von Hohenwaldburg. Keine zwanzig Kilometer von Lahnstatt, direkt bei Waldburg, wo Marlene arbeitet, mitten im Wald, genau wie die Kommune. Wurde schon Ende der 70er-Jahre geschlossen und steht seitdem leer.«

Das muss es sein, es ist einfach perfekt! Wir haben sie gefunden, ich weiß es.

»Hat die was mit den Ägidius-Kliniken zu tun?«, hake ich nach. Am Ende stecken die Schlossers doch noch mit drin. Aber mein Kollege schüttelt den Kopf.

»Nein, die Ägidius-Kliniken hatten nie geschlossene Psychiatrien.«

Wir haben sie.

»Schicken Sie sofort das SEK und den Rettungsdienst.«

Kapitel 41

Ich bin im Haus meiner Eltern, die längst gestorben sind, nun aber auf einmal wieder quicklebendig, sehe mir selbst als Kind beim Spielen zu. Meine Mutter knipst ein Foto von mir an meinem ersten Schultag mit meiner Häschen-Schultüte im Arm, die größer ist als ich. Noch einmal fotografiert mich meine Mutter, diesmal mit meinem Abiturzeugnis in der Hand. Ich küsse meinen ersten Freund, sitze in einer Vorlesung an der Uni, gehe mit Freunden feiern und liege am Strand in Kalifornien. Die Kirchenglocken läuten, und mein Vater führt mich zum Altar in meinem Brautkleid mit Unmengen an Tüll. Lina wird geboren, ich bringe sie das erste Mal in den Kindergarten, und im nächsten Moment halte ich schon Luis als Baby im Arm. Ein Bild jagt das andere, ich bin jedes Mal dabei und irgendwie auch nicht, ich bin wie ein Komparse in einem Film, irgendwie Teil davon, aber stehe eben nur daneben, nicht mitten im Geschehen. Im nächsten Moment stehe ich an Luis' Grab und weine. Aber die Szene verändert sich, ist anders als ich sie aus meiner Erinnerung kenne. Luis steht plötzlich neben mir an seinem eigenen Grab, zupft mich am Ärmel und ruft nach mir. Ich beuge mich zu ihm hinunter, schließe ihn in eine Umarmung und küsse ihn auf die Stirn, auf die Wange, umarme ihn noch fester. Als ich wieder aufschaue, stehen meine Eltern hinter Luis, in der Kleidung, die ich jeweils für sie ausgesucht habe für ihre Beerdigungen. Luis drückt mir einen feuchten Schmatzer auf die Backe und läuft zu meiner Mutter, die ihn auf den Arm nimmt und mir zulächelt. Mit meinem Sohn auf dem Arm drehen sich Mama und Papa um, nehmen sich an die Hand und laufen in Richtung Friedhofsausgang. Kurz vor dem Tor drehen sie sich noch einmal zu mir, winken fröhlich und verlassen mich für immer. Ich will ihnen hinterherlaufen, aber meine Füße werden vom Boden gezogen, alles verzerrt sich, und ich höre fremde Stimmen. Mein Körper wird nach oben gerissen und prallt wieder auf eine Unterlage. Es piepst um mich herum, Stimmengewirr mischt sich dazu, ich möchte mir die Ohren zuhalten, aber meine Hände bewegen sich nicht. Ich reiße meine Augen auf, schnappe nach Luft und sauge gierig den Sauerstoff in meine Lungen ein, der mir zugeführt wird. Über mir erkenne ich fremde Gesichter in Uniformen, sind es Sanitäter? Alles ist verschwommen, ich blinzle, aber es wird nicht schärfer. Der Raum sieht aus, als würde ich in ein Aquarium schauen, unscharf, seltsam verschoben.

Ist das der Kommissar da in der Ecke? Wo ist Marlene, David, Vanessa? Tom! Erst jetzt fällt mir mein Mann wieder ein, aber mein Bett muss von seinem weggeschoben worden sein, denn ich halte nicht mehr seine Hand, kann ihn nicht mehr erkennen. Dieselben Menschen in Uniform, die an meinem Bett stehen, sind auch über ihn gebeugt. Während mein Monitor ein rhythmisches Piepsen in mehr oder weniger regelmäßigen Abständen von sich gibt, ist der Laut, der aus dem meines Mannes dringt, noch immer durchgezogen.

»Frau Höffner, Sie sind in Sicherheit.«

Jetzt glotzen mich die Augen des Kommissars an, und ich keuche unter meiner Maske, möchte etwas sagen, aber niemand kann mich hören. Der Sanitäter realisiert, dass ich sprechen will, und nimmt mir die Maske ab.

»Lina!«, ist alles was ich herausbringe, dann stülpt mir der Sanitäter die Maske wieder über Mund und Nase. Der Kommissar tätschelt mir etwas unbeholfen die Schulter.

»Lina ist bei ihrer Oma, es geht ihr gut.«

Erleichterung rauscht durch mich hindurch wie eine Welle, die über den Sand saust. Ich drehe meinen Kopf zu Tom, der reanimiert wird, ich höre das Piepsen, ein einziger Ton, der sich gefälligst endlich aufteilen soll in mehrere hintereinander.

»Schafft sie hier raus«, höre ich den Kommissar zu den Sanitätern sagen, die mich auf meinem Bett nach draußen rollen, weg von meinem Mann, der sich nicht lösen kann aus der Welt, in der er wieder mit unserem Sohn vereint ist.

Tränen kriechen unter meine Maske, ich lasse einen Schrei los, von dem nicht einmal die Hälfte ungefiltert durch das Material über meinem Mund dringt. Ich spüre, wie man mir die Fesseln löst und möchte um mich schlagen, aber ich schaffe es nicht. Dann hebt man mich auf einen anderen Untergrund und schnallt mir erneut etwas über Brust und Beine. Ich registriere es kaum. Auch hier im Flur ist alles verschwommen, jetzt weiter getrübt durch meine Tränen. Die Neonröhre über mir flackert, der Lichtstrahl streckt seine zittrigen Finger nach mir aus, aber ich werde weitergeschoben, durch den Flur, den ich kenne, durch unbekannte Gänge, alle sehen gleich aus, ab und an ziehen mehr der Jugendstilfenster an mir vorbei. Irgendwann muss ich die Augen schließen, weil mich Tageslicht blendet. Man nimmt mir die Maske ab, weil ich versuche, mich mit dem Kopf dagegen zu wehren und ich atme frische Luft. Es fühlt sich an, als würden meine Lungen aufblühen. Wie ein Feuerwerk schießt der natürliche Sauerstoff durch meine Luftröhre zurück in meine Nase, die ihn in die Freiheit entlässt und sich gleich den nächsten schnappt. Allerdings nur so lange, bis ich auf meiner Liege in einen Krankenwagen gewuchtet werde und man hinter mir die Türen zuknallt. Als sich der Krankenwagen in Bewegung setzt und von dem schrecklichen Ort davonwackelt, wiegt mich das sanfte Ruckeln in den Schlaf.

Kapitel 42

Kommissar Mertens

Sieben Menschen haben wir heute gerettet. Es sollte ein guter Tag sein, aber es fühlt sich nicht so an. Sieben Menschen in teils schockierendem Zustand, geistige Wracks, körperlich ein Abbild des Elends. Ein Mann, der noch um sein Leben kämpft. Leichenspürhunde, die im Rosengarten durchgedreht sind, aus dem nun eine Leiche nach der anderen ausgehoben wird. Wie es scheint, wurde für jedes Opfer ein neuer Rosenstrauch gepflanzt. Schon beim ersten Hinschauen zähle ich über zehn davon. Zwei Büros von der Größe einer Suite, alle voll mit Akten, die Nahtoderfahrungen dokumentieren, den Zustand der »Patienten«, dazu Schränke voll mit Bildmaterial zur weiteren Dokumentation, Kassetten mit Aufnahmen der Opfer. Über fünfzehn Zimmer in verwahrlostem Zustand, mit Betten, an denen die Lederfesseln stets bereit sind, ihre Dienste zu verrichten. Waschräume, deren Decken schwarz vom Schimmel sind und deren Toiletten seit Jahren nicht geputzt wurden.

Im Obergeschoss renovierte Räume für Marlene und ihre fünf »Angestellten« sowie eine Art Gästezimmer, in dem David ab und an geschlafen haben muss. Eine voll funktionstüchtige und penibel in Stand gehaltene Küche, in der noch die Spülmaschine lief.

Die Bilanz eines Tages, der gut sein sollte, aber gleichzeitig eine Tragödie darstellt. Alle Verantwortlichen konnten verhaftet werden, und alle Opfer wurden in Krankenhäuser gebracht. Es wird Wochen dauern, Monate, all das Material zu sichten, was momentan aus den Büros und den Zimmern sichergestellt wird. Marlene, David und die Schwestern und Pfleger werden sich in langen Prozessen vor Gericht verantworten müssen, und ich werde nicht eher ruhen, bis jeder davon hinter Gittern schmort. Benedikt und Johann Schlosser werden sich für ihre Lügen verantworten müssen, und ich hoffe, dass auch sie nicht ungestraft davonkommen. Ob Frau Becker wegen ihrer Lügen auch eine Strafe droht, weiß ich nicht. Eigentlich hat diese Frau genug durchgemacht.

Das Anwesen mit der Jugendstilfassade und dem Springbrunnen im Garten glotzt mich an, und ich glotze zurück, wie zwei Gegner im Boxring. Diesen Kampf habe ich gewonnen, aber ich fühle mich nicht wie ein Sieger. Was hier passiert ist, wird mich so schnell nicht loslassen, vielleicht auch niemals. Denn was für immer bleibt, ist das Warum, das mir keiner beantworten kann. Wir versuchen es jedes Mal, und jedes Mal müssen wir feststellen, dass wir in manche Köpfe einfach keinen Einblick haben. Dass wir, egal, wie sehr wir uns bemühen, in manchen Situationen einfach machtlos sind und Grausamkeiten wie diese nicht verhindern können. Ich muss an Frau Höffners Frage denken, ob ich Atheist sei, die ich mit Ja beantwortet habe. Aber das stimmt nicht. Ich möchte glauben, nur erlaubt es mir mein Beruf selten. Das, was wir heute gesehen haben, war ein Akt des Glaubens, aber war er das wirklich? Es raubt mir jegliche Kraft, dass Menschen wie Marlene und David ihren Glauben als Vorwand benutzen, für Dinge, die so weit davon entfernt sind. Dinge, die den absoluten Gegenpol zu dem darstellen, was Glauben bedeuten sollte. Wie kann man von mir erwarten, mich an etwas festzuhalten, das andere benutzen, um zu foltern und zu töten?

Millionen von Menschen da draußen schaffen das und finden damit ihren Frieden. Und ich mag manchmal ignorant sein, aber insgeheim beneide ich diese Menschen. Alles, woran ich zu glauben gelernt habe, ist das Böse in jedem von uns.

Der Anblick der ehemaligen Psychiatrie verstört mich, und ich drehe mich weg, in Richtung Wald. Keine fünfzig Meter vor mir hat sich das Heer an Bäumen auch heute aufgereiht, und in seiner Mitte lauern ewige Schatten. Können Seelen wirklich in der Natur zu Hause sein? Was ist das überhaupt, eine Seele?

Als würde mir der Wald antworten wollen, durchfährt eine Windböe die Baumkronen, schüttelt sie kräftig durch und rüttelt an meiner Gelfrisur, die unkaputtbar ist. Grübelnd steige ich in meinen Wagen, starte den Motor und drehe das Radio auf, aus dem mir die Rolling Stones ein Lied über den Teufel entgegengrölen.

»Ja, sehr witzig«, seufze ich dazwischen und beschleunige auf der Forststraße, um der Enge des Waldes um mich herum ein für alle Mal zu entfliehen. Egal, welche Geister sich darin verbergen, die schlimmsten Dämonen haben wir heute geschnappt. Um einen Spuk sind die Eschheimer Wälder nun ärmer.

Epilog

Ein Jahr später

Es fühlt sich komisch an, den Tisch mit vier Tellern darauf zu sehen, so wie damals, als wir noch eine ganz normale Familie waren, Mutter, Vater, Tochter, Sohn. Erst als ich auch die restlichen Teller auf den Tisch stelle, ist es weniger seltsam und gleichzeitig noch seltsamer. Unser Besuch wird jeden Moment da sein, und ich freue mich darauf, Marcella und die Jungs wiederzusehen. Ich streiche mit der flachen Hand über eine Falte in der fliederfarbenen Tischdecke, aber sie geht nicht raus, also stelle ich den Serviettenhalter darauf. Aus dem Schrank hole ich zwei Teelichter und arrangiere sie liebevoll auf der Kaffeetafel. Von draußen dringt Linas Lachen zu mir und das Bellen von Malou. Lina und Malou waren von Anfang an ein Herz und eine Seele, und ich kann nicht leugnen, dass mir dieser Hund genauso viel Freude und Halt gibt, wie ihr. Sogar Annette hat sich mit unserer Hundedame angefreundet, auch wenn sie sich beim Streicheln so versteift, dass ich regelmäßig denke, sie hätte wieder einen Hexenschuss. Den hatte sie gleich zwei Mal, als wir Luis' Zimmer ausgeräumt und es in ihr Reich verwandelt haben. Sie muss aber auch immer alles noch selbst schleppen, meine sture alte Schwiegermutter.

Ich schaue auf die Wanduhr über dem Esstisch, die viertel

vor drei anzeigt. Bald wird Marcella mit den Jungs vor der Tür stehen. Damit alles rechtzeitig fertig ist, schmeiße ich die Kaffeemaschine an, stelle das Milchkännchen und die Sahne, die ich geschlagen habe, auf den Tisch und hole den Zuckerstreuer aus dem Küchenschrank. Irgendwie wirken alle Räume in unserem Haus immer noch ein wenig fremd auf mich, obwohl ich sie selbst umgestaltet habe. Umziehen kam nicht infrage, egal, wie schmerzlich es ist, Tom und Luis ständig vor uns zu sehen, wenn wir durch die Zimmer wandern. Sie sind hier trotzdem noch zu Hause, und das Haus an sich ist für Lina und mich ein Ort der Geborgenheit, den wir nicht missen möchten.

Als mich die Sanitäter damals reanimierten und ich zusehen musste, wie sie dasselbe bei Tom versuchten, wusste ich, dass er nicht mehr zu uns zurückkehren würde. Ich kann mich noch genau an die Worte erinnern, die einer der Sanitäter danach im Krankenhaus zu mir sagte:

»Ihr Mann … er war schon zu weit weg.«

Und ich wusste das. Diese Welt war nicht mehr seine, nachdem er Luis verloren hatte. Jeder Weg, den er einschlug, um die Schuldgefühle und Trauer zu verarbeiten, muss ihm das vor Augen geführt haben. All die Monate vor seinem Tod hat sich Tom Stück für Stück von uns entfernt, und als ihm Marlene und David diese seltsame Zwischenwelt eröffnet haben … Das muss der Moment gewesen sein, in dem er wusste, wohin er gehört. Mein Hass auf die Mörder meines Mannes ist groß, aber ich glaube fest daran, dass das, was passiert ist, nicht hätte verhindert werden können. Tom hätte uns verlassen, egal, ob in dieser Welt oder in einer anderen. Sein Schmerz war stärker als seine Hoffnung, und dieses Blatt hätte sich nicht mehr gewendet. Wir alle wussten das, und trotzdem ist im ersten Moment unsere Welt in sich zusammengefallen. Es wird ein langer Weg sein, bis wir alle die Ereignisse der letzten Jahre verarbeiten können, aber wir beschreiten ihn gemeinsam. Die Hoffnung in uns lebt und hat die Überhand. Die Erinnerung an unsere Männer kann uns keiner nehmen. Ich weiß immer noch nicht, woran ich glauben soll. Was ich gesehen habe, als ich zum zweiten Mal tot war, war so surreal, dass mein Verstand es nur auf Halluzinationen abschieben kann. Und trotzdem glaube ich heute fest daran, dass es mehr gibt als das, was uns unmittelbar umgibt. Der Gedanke daran, dass Luis seinen Papa wieder hat und Tom seinen Sohn, ohne den er nicht leben konnte, hat mich über die grausame Zeit nach seinem Tod hinweggetröstet. Dass es dafür niemals Beweise geben wird, egal, was Monster wie Marlene und David versuchen, stört mich nicht. Ich halte daran fest, egal, ob es Sinn ergibt, egal, was die Leute denken. Annette ist zu uns gezogen, damit wir die Zukunft, die mir ohne meine Männer so unüberwindbar vorkam, zusammen meistern können. Lina hat ihr ganzes Leben noch vor sich, und wir setzen alles daran, die Weichen für ihre Zukunft auf Freude, Glück und Unbeschwertheit zu stellen. Meine Familie ist nicht verschwunden. Meine Familie hat sich nur auf unbestimmte Zeit aufgeteilt.

Die Klingel reißt mich aus meinen Gedanken.

»Ich mach schon auf«, sagt Annette, die gerade ihren selbst gebackenen Pflaumenkuchen auf den Tisch gestellt hat. Ich rufe Lina herein und schicke sie zum Hände waschen.

»Wow, das ist toll geworden«, staunt Marcella, die zum letzten Mal hier war, als das Wohnzimmer noch nicht renoviert war. Bei der Umgestaltung von Luis' Zimmer hat sie mitgeholfen, und sie ist für Lina inzwischen wie eine große Schwester geworden. Wenn sie bald ihr Abitur in der Tasche hat, wird sie in die Nähe ziehen, um Rechtswissenschaften zu studieren. Ihr Ziel ist der Masterstudiengang der Kriminologie. Mein kleines Fragezeichen wird erwachsen, und ich weiß jetzt schon, dass sie ihre Arbeit gut machen wird.

»Ist echt krass schön geworden«, komplimentiert Finn, und Oskar pflichtet ihm bei: »Super, ja.«

Annette verteilt Kuchen an alle und Kaffee, den meine drei Fragezeichen natürlich schon trinken seit sie 13 sind, weil sie ja schließlich cool sind. Ich kann kaum glauben, dass sie bald erwachsen sind. Für mich werden sie immer Teenies bleiben.

Es fühlt sich komisch an, am Tisch nicht mehr gegenüber von Tom und Luis zu sitzen. Aber Annette im Haus und Marcella als treue Besucherin ergänzen die Runde wunderbar. Dinge ändern sich im Leben, und sie ändern sich oft anders, als man sich das Ganze vorgestellt hat. Wenn ich heute von den Eschheimer Wäldern träume, dann nicht mehr in Albträumen. Wenn ich heute von den Eschheimer Wäldern träume, fliege ich darüber wie ein Vogel. Die Zeit in Eschheim hat meine Perspektive verändert, und manchmal ist genau das das Geheimnis.

Danksagung

Zuallererst möchte ich mich beim Piper Verlag, genauer gesagt bei Eliane Wurzer und ihren lieben Piper Digital Kollegen sowie den Jurymitgliedern des #newpiper talent2019 Wettbewerbs bedanken. Dieser Wettbewerb, ausgetragen auf der Plattform Sweek.de, hat mir endlich die lang ersehnte Tür ins Autorenleben geöffnet und dafür könnte ich nicht dankbarer sein. Liebe Eliane, du hast immer ein offenes Ohr für »deine« Autoren und hast mir mit deinen inhaltlichen Anmerkungen unglaublich geholfen, das ganze Potenzial dieser Geschichte auszuschöpfen. Ich danke dir!

Vielen Dank auch an Diana Napolitano für den sprachlichen Feinschliff und an Christin Giessel für das wunderschöne Cover.

Ich durfte als ein Kind aufwachsen, das in seinen Leidenschaften stets bestärkt wurde, das sich niemals Sätze wie »mach mal lieber was Richtiges« anhören musste. Daher danke ich meiner Familie, vor allem meinen Eltern und meiner Schwester sowie meiner Oma, die meine Geschichten immer von der ersten Minute an auf Sweek verfolgt haben, aber natürlich auch meinen Tanten und Cousins, von ganzem Herzen. Eure bedingungslose Unterstützung bedeutet mir unendlich viel! Aber auch der Teil der Familie, der nicht mehr hier bei uns sein kann, hat mich geprägt und somit zur

Geschichte beigetragen und vielleicht aus der Ferne die ein oder andere Tür aufgestoßen.

Thomas, ich kann mir vorstellen, wie anstrengend ich in den »harten Phasen« gewesen sein muss und danke dir, dass du meine Launen immer aushältst und dir jedes einzelne Kapitel vorlesen lässt.

Das ist erst mein Debütroman und trotzdem kenne ich mittlerweile schon so viele tolle Autorenkollegen, die hier nicht unerwähnt bleiben sollen …

… Marina, ich hoffe dein Buch geht durch die Decke und haut alle um und ich danke dir für nächtliche Autorentalks über Arbeitstitel, die möglichst nichts mit Pferden zu tun haben und das ein oder andere Gespräch über Nicer Dicer und Co.

… Bianca, ich bin so stolz auf uns, dass wir diesen Weg gemeinsam gehen dürfen, freue mich unglaublich auf dein Buch und drücke dich in Gedanken.

… Julia, du Coolste unter den Coolen, ich danke dir für deine stets ehrlichen und somit mehr als hilfreichen Tipps, für deine grenzenlose Unterstützung, die lustigen Gespräche und das nie endende Spencer Reid Fangirling.

… Selin – du glaubst nicht, wie stolz ich auf dich bin und wie sehr ich dich ins Herz geschlossen habe. Von dir und deinen Büchern wird man noch viel hören, da bin ich ganz sicher, und ich liebe es, wie wir gemeinsam ausrasten können.

Bedanken muss ich mich auch bei meinen Freunden …

… Susi, meine Miss New Ivy, wenige unterstützen mich so wie du – ich danke dir!

… Linda und Jaana, meine Testleser der allerersten Stunde sowie meine Gesangslehrerin Gabi, meine liebste Maria und alle Freunde aus der bayrischen Heimat, aber auch denen aus dem schwäbischen Zuhause – danke für eure Unterstützung.

… und bei meinen Kollegen: Danke, dass ihr an mich geglaubt habt und mich weiterhin unterstützt.

Danke auch an mein Blogger-Team, das mir hilft, diesem Buch die angemessene Aufmerksamkeit zu verschaffen und an alle anderen, die mich auf Instagram als @buchstaben sarah unterstützen.

Last but not least danke ich dir, liebe Leserin/lieber Leser, dafür, dass du dir die Zeit genommen hast, mein Buch zu lesen und dich mit Ella auf die Suche nach der Wahrheit begeben hast – ich hoffe, es hat dir gefallen!